去年の雪

江國香織

角川文庫
23542

目次

だけど、去年の雪はどこに行ったんだ？

——D・G・ロセッティ訳 フランソワ・ヴィヨン "The Ballad of Dead Ladies" より

事故はあっというまに起き、制御不能で、どこを打ちどこが切れどこが折れたのか、皮膚がどうなり眼球がどうなりどの内臓が破裂したのか、頭ではもちろん身体感覚としてもわからなかった。何かを考える暇はなかった。自分の人生をふり返るとか、残される家族や友人を思って胸を痛めるとかの時間は。ただ、一つの認識が、ほとんどまぶしいほどの明晰《めいせき》さで市岡謙人《けんと》の脳裡《のうり》に渦巻いた。ああ、自分はいま死んでいるのだ。圧倒的に正しく、目がくらみそうに強烈なその認識は謙人の脳裡からはみだし、世界全部の真理となってそこにあった。死ぬという言葉を進行形で使ったのははじめてのことだったが、それを感慨深く思う余裕もなく、謙人は息をひきとった。

「事故？　先月？　あらー、お気の毒に」

電話口で三保子は言った。

「まあー、ほんとうにねえ」

三保子がいるのは自宅の居間だが、最近は、しばしば客間兼仕事場にもなる。

「でも、圭子ちゃんのお友達のご主人の息子さんっていうことは、圭子ちゃんのお友達の息子さんってことじゃないの？　ああ、なるほど、ご主人は再婚なの。でもそのお友達は大変よねえ、義理のとはいえ息子さんですものねえ」

三保子は言い、ちょっと待ってね、と断って手帖《てちょう》をひらく。

「来月の上旬はどう？　ええ、それはどちらでも結構ですよ。あらー、それはそうねえ、そうでしょうとも。ええ、もちろんよ。圭子ちゃんのためですもの、いーの、いーの、そんなことは。公にやっていることじゃありませんのでね、ご縁のあったかただけ。ええ、ええ、もうほんとうに。それで、亡くなったかたのお名前をもう一度教えてくださる？　ウダガワ、ユウタさん？　どんな字を書くの？」

三保子は手帖にその名前を書きとめる。

夏レンコンは白い。

ピーラーで皮をむきながら、律子はその野菜の肌に見とれる。肌ばかりか、皮も白いのだ、夏レンコンは。ほんとうにきれい、と、つい声にだして呟《つぶや》くと、

「なにか言った？」

と、台所の床に坐《すわ》ってゲームをしている夫に訊《き》かれた。

「なんでもない」

律子はこたえ、そのきれいなレンコンを、切るそばから酢水に放つ。枝豆を茹《ゆ》で、

絹さやの筋を取る。日曜日。おもてはまぶしく晴れていて、すりガラスの小窓ごしに、丈高く伸びてしまった雑草の緑が見える。

「ごめんなさい、もうちょっとそっちにずれて」

冷蔵庫の前から夫をどかせ、律子は冷蔵庫をあける。必要なものをとりだして扉を閉めると、夫はまた元の位置に戻った。たぶん、寄りかかれるからその場所がいいのだろう。休日の夫はまるで子供で、律子のそばから離れない。この人がこんなふうなのは、子供がいないせいかしら、と考えることを律子はとうにやめている。

「くっそー、なんだよう」

夫が弱々しく毒づいた。同時に夫のアイパッドから、スタジアムの歓声を模した喧《けん》噪《そう》と、実況中継するアナウンサーの声が沸きあがる。

「勝てば昇格だったのにー」

どたん、と音を立てて床に大の字になった夫には構わず、律子はしょうがを刻んで甘酢に漬ける。レンコンを茹で、みょうがを刻む。そのころには夫はまたゲームに集中しており、低いヴォリウムで間断なく聞こえている背景音楽をべつにすれば、真昼の台所は静かだ。

「そういえば、お義母《かあ》さん、まだあの占いみたいなのをやってらっしゃるの？」

律子がそう訊いたのは、昼食を終え、テーブルを拭《ふ》いているときで、ゲームではな

くテレビに気をとられていた夫は、それでも、

「占いじゃないよ、供養って、母親は言ってる」

とこたえた。

「供養ねえ」

律子の義母は、夫の死後突然〝あちらとの交信〟ができるようになった。すくなくとも本人はそう主張している。はじめのうちは義母の夢枕に立って、その後は義母の購入した鏡や水晶玉やろうそくの灯《あか》りを介して、義父は実にさまざまな助言や予言をするらしい。その幾つかがたまたま（だと律子は思うのだが）当たり、口づてに評判が広まった。尋ねれば、義父は他の死者たちの様子も事細かに教えてくれるという。

「大丈夫なのかしら」

食後のお茶を淹《い》れながら律子は言い、深緑色にまるまったその茶葉が、義母の香港《ホンコン》土産だったことを思いだした。

「大丈夫って、何が？」

「だってほら、お金を受け取ったりもしてるんでしょう？　新興宗教とかと間違えられたりしないかしら」

「無料でやってるはずだよ」

夫は言い、食卓から床に移動して、またゲームのスイッチを入れる。

「お金は相手が勝手に置いてくんじゃないかな、お礼として。お金じゃなくて果物とかお菓子とかのこともあるみたいだし」

だから、そういうのが、こわいんじゃないの。湯呑《ゆの》みを夫のそばに置き、律子は胸の内でひとりごちる。あなたは気づいていないかもしれないけれど、世のなかってこわい場所なのよ、大の大人が、一日じゅう床に坐ってゲームをしていたりする場所なんだから、と。

背景音楽が鳴っている。中国茶は熱く、おいしかった。

午後の海は波が高く、藤田みずきの実力では、泳ぐのは難しそうだった。

「写真もういっぱい撮れたし、早目に街に帰る？」

隣で大谷春香が言った。春香とは、この春大学に入学して知り合った。現在いちばん親しい友人ではあって、たとえばみずきのインスタグラムを見る人は、二人が〝いっつもいっしょにいる〟という印象を持つに違いないのだが、みずき本人としては、まだ心を許すには至っていない。みずきは昔から、何をするにも時間がかかるのだった。

「だね」

同意して、氷が溶けて薄くなったカクテルを啜《すす》る。海に来たのは写真を撮ることが目的だった。屋根も壁もまっ白に塗られた海の家、グラスにミントの葉っぱが沈んだ透明なカクテル、水着姿の自分と春香、青い空と入道雲、空とは別種の青さを湛《たた》えた海、たまたま出会った大きな犬、デッキチェアーに寝そべった自分の爪先（もちろんきれいにペディキュアをしてある）と、その先に見えるまっすぐな水平線――。みずきも春香も写真を撮ることが好きだ。ほとんどそれにとりつかれているといっていい。どんなに美しい景色も、どんなにたのしい時間も、写真に撮らないと消えてしまう。それは残念すぎるとみずきは思う。だから全部記録したい、と。

「最後にもう一回だけ足を濡《ぬ》らしてくるね」

そう言って春香のそばを離れ、波打ち際まで歩いた。日にあたためられた砂はもっさりしていて歩きにくい。ざばん、と打ち寄せた波がひくときの、ぷちぷちと泡が弾《はじ》ける音にみずきは耳を澄ます。ざばん、ぷちぷち、ざばん、ぷちぷち、ざばん。足指のあいだに濡れた砂を感じ、前屈して両手を水にひたす。ざばん、ぷちぷち、ざばん、ぷちぷち、ざばん。

だけれどもさ、ヨーコさんだって悪気があって言うわけじゃないだろ。

ふいに、はっきりと聞こえた。曲げていた背中をのばし、あたりを見まわしたが、声の主（おじさんっぽい声だった）らしい人は見あたらない。ざばん、ぷちぷち、ざばん、ぷちぷち、ざばん、と、波の音がするだけだ。え、とみずきは思う。え、いまのは何？　空耳？　続きを待ったが、声はそれきり聞こえなかった。

海の家に戻り、水着の上にTシャツを着て短パンをはき、バス停まで歩く。太陽はまだまだ沈む気がないらしく、頭のてっぺんと足の甲が熱い。

「だけれどもさ、ヨーコさんだって悪気があって言うわけじゃないだろ」

みずきは言ってみる。

「は？」

スマホで電車の時刻表を調べていた春香が顔をあげた。日焼けした肌が赤い。

「なんでもない」

「バスがすぐ来れば二分の快速に乗れるけど、その次でも十八分だから、六時すぎには恵比寿《えびす》につくね」

春香が言う。

「竹田たちでも呼びだして飲む？」

と。

プラットフォームと電車のあいだの隙間をまたぐとき、小沼茉莉子はいつもすこし緊張する。わずかな高低差につまずいて、派手に転倒した老女を見たことがあるからだ。茉莉子はまだ老女という年齢ではないが、自分が徐々に（そして確実に）それに近づきつつあることは自覚している。それで視線を足元に落とし、慎重に乗り込んだ。地下鉄特有の、ゼリーのように緩く固まった空気にたちまち包囲される。

足を投げだして坐っている男性の前は避けて、行儀よく坐っている小学生の前に立った。ドアの閉まる音に続いて、電車が動き始める。九月。さっきまで歩いていた地上は、日ざしがまだ夏のそれだった。

目の前の小学生は、白いシャツに紺色の半ずぼん、白い帽子という制服姿だ。黒いランドセルを背負ったまま、座席に浅く腰掛けている。六歳か七歳。茉莉子はそう見当をつけ、ついこのあいだ生れたばかりじゃないの、と思ってぎょっとした。ついこのあいだより前にはどこにも存在していなかったものが、いまここにいて、身動きしたり、茉莉子をじっと見つめたり、何か考えたりしている。

凛《りん》を重ねてもよかったはずだ。息子の凛はすでに成人しているが、かつては勿論《もちろん》六歳だったり七歳だったりしたのだし、半ずぼんから突き出た脚が、こんなふうに――目を疑うほど――細かったりもしたはずなのだから。けれど茉莉子がその小学生に重ねたのは、親友の孫の勇也だった。もっとも、茉莉子はその勇也とやらに、会ったことは一度もない。五十歳そこそこの若さで祖母になった親友の香坂真紀が、孫の写真をよくインターネット上にあげるので、顔かたちや成長ぶりを、漫然と目にしているだけだ。真紀の孫も、たぶんそろそろ小学校にあがるころだろう。離婚した娘が孫を連れて実家に帰ってきたことを、真紀は内心喜んでいるのかもしれない。

茉莉子と真紀は女子大で出会った。おなじ英文科のおなじクラス、という以外に共通点はなく（茉莉子とは違って、真紀は快活だった。キリスト教系の学校だったのだが、作法に厳しいシスターにも臆《おく》さず自分の意見を言った。テニスやゴルフも上手で、他校の男子学生にも人気があった。将来は外交官の妻になって海外で暮したいと言っていたが、眼科医と結婚して日本に住んでいる）、どういう経緯で親しくなったのだったか思いだせない。つかず離れずの関係を保つうちに、結局のところ何となく馬が合い、互いの人生の悲喜こもごもを眺め、愚痴もノロケも笑い話にして、気がつけば四十年近いつきあいになっていた。ここしばらく会っていないので、家に帰ったらひさしぶりに真紀に電話をしてみようかと、茉莉子は考える。それともメールの方がいいだろうか。電話をすれば、あのかん高い声で、勇也がああしたとかこうしたとか、あの人は果てしなく喋《しゃべ》るに違いないのだから。

周囲が慌しいと思ったら、ターミナル駅についたところで、たくさんの人がホームに降りていた。あの小学生もいつのまにか降りたらしく、目の前の席があいていたので茉莉子は腰をおろす。くしゃり、と、尻《しり》が何かを踏んだ感触があり、見るとキャラメルの包み紙だった。しかも二枚——。あの小学生が置いていったのだろう。茉莉子は包み紙をまるめ、あとで捨てるつもりでハンドバッグの内ポケットに入れると、かわりに銀色の、薄い機械をとりだす。〝真紀ちゃん　お久しぶり、お元気？　毎日暑いわね〟

そこまで打ったとき、腰と尻のあいだあたりがふいにもぞっとし、何かが押しつけられるような感触があり、茉莉子は驚いて立ちあがった。座席に転がっていたのはキャラメルの空き箱で、さっき包み紙を拾ったときにはこんなものはなかったはずなのに、と茉莉子は不審に思う。まるで、たったいま誰かが茉莉子の尻の下にそれを押し込んだかのような、不遠慮な感触を思いだしてぞっとする。が、周囲の人たちは誰も茉莉子になど関心を払ってはいず、犯人はさっきの小学生だとしか思えない。まったく子供というものは、と茉莉子は半ば呆《あき》れ、でも、叱られるべきは子供ではなく躾《しつけ》を怠った親の方ではないかしら、とも半ば憤りながら、あとで捨てるつもりでその赤い小箱をハンドバッグのなかに入れた。

窓の外はどんよりした曇り空で、いまにも雪が降ってきそうだ。バスの床はワックスくさく、それが機械臭と混り合って、車内の空気を重たく濁らせている。小学三年生の末松織枝は、先月東京に引越してきたばかりだ。両親が〝リコン〟をしたからで、でもそれは、誰にも言ってはいけないこと（もし誰かに訊かれたら、「お父さんは仕事の都合で遠い街に住んでいる」とこたえること）になっている。

織枝はいま、習字の先生の家に向っているところだ。土曜日、せっかく学校が半日で終る日なのに、家に帰ってのんびり過すことも、学校の友達と遊ぶこともできない。もっとも、先月から通い始めた小学校に、友達と呼べる子は一人もいない。べつに構わないと織枝は思う。友達になりたいと思うような子もいないのだし、友達は、引越す前の街に、すでにちゃんといるのだから。

でこぼこ道でバスが揺れ、膝《ひざ》の上にのせた習字道具がカタカタと音を立てる。織枝はジャンパーのポケットからクリームキャラメルの箱をだし、紙をむいて口に入れた。むいた包み紙を、座面と背もたれのあいだに押し込む（深く手を入れれば、そこはある種の空洞になっているのだ）。

新しい学校で、織枝はいじめられているわけではない。ただ観察され、判断され、警戒され、何か失敗するのを待たれている、そんな感じだ。織枝が授業中に発言すると、教室じゅうがしんと静まる。男の子たちは織枝に近づいてこない（たまたま目が合うと、「恐え」とか、「なんで睨《にら》むんだよ」とか言われる）。女の子たちは二、三人でかたまって、織枝のことをひそひそ話す。たぶん、自分たちと違うところを見つけて、あげつらってたのしんでいるのだろう。織枝がランドセルではないかばんを使っていることや、教科ごとにノートを使い分けたりしないこと、何日もおなじ服を着ていることや、女の子なのに野球帽をかぶっている（去年お父さんと野球を観に行って買ってもらった西鉄の帽子で、織枝は西鉄が好きだ。去年は確かにいやな事件があり、成績も五位だったけれど、稲尾《いなお》が監督に就任した今年は期待している）ことなんかを。

二つ目のキャラメルを口に入れ、一人でも平気だ、と織枝は思う。現にきょうも、一人で学校に行って一人でコークスを運び（朝、コークス小屋に行って炭の山にスコップを突き入れ、バケツにすくって教室に運ぶのは日直の役目で、日直は二人いるはずなのに、もう一人は現れなかった）、誰とも喋らずに授業を四つ受けて一人で学校から帰り、おばあちゃんとお昼をたべて、またこうして一人でバスに乗っている。

東京に来るまでの織枝は、バスというのは後ろの扉から乗って前の扉から降りるものだと思っていた。教室のストーブのコークスは用務員さんがくべてくれるものだと思っていたし、休み時間には上級生も下級生もいっしょに遊ぶものだと思っていた。家に帰ればお母さんがいて、夜になればお父さんが帰ってくるものだと思っていたし、野球に八百長なんて、あるわけないと思っていた。でも、そんなの全部、すぐにいつでもひっくり返るのだ。

バスが習字の先生の家に近づき、織枝は降車ボタンを押す。空っぽになったキャラメルの箱を最後に例の場所に押し込み、座席から立ちあがる。

大谷春香にラインで呼び出された竹田礼生《れお》は、気乗り薄の高橋雅人を説きつけて、ともかく恵比寿に駆けつける。春香に興味があるからではなく、こういうフットワークは大事だと思っているからで、それを、礼生は父親に教わった。父親を見て学んだとかそういうことではなく、はっきりと言葉で教わったのだ、女にもてたいのならまずフットワークだ、と。父親には他にもたくさんのことを教わってきた（し、これからも教わるだろう）。礼生は父親が大好きだった。それを言うなら勿論母親のことも、五歳年上の姉のことも大好きで、人生でいちばん大切なのは家族だ、というのもまた、父親に教わったことなのだった。だから礼生が自分のガールフレンドに求める条件というのは、礼生の家族とうまくやれて、家族の側にも認められ、気に入られるような子、ということになり、これは結構ハードルが高い。が、礼生には妥協するつもりはなかったし、そもそも本気のガールフレンドを、欲しいとも必要だとも思わなかった（そんなものは三十過ぎてからでも十分間に合う、と父親にも言われている）。

待合せ場所である交番の前に、高橋は所在なげに立っていた。もっさりとした長身で、頭部が大きく、髪形が休日の相撲取りみたいな高橋の長所は、人混みでも目立って見つけやすいことだ。

「悪い」

片手をあげ、挨拶《あいさつ》がわりに数分の遅刻を詫《わ》びながら近づくと、

「おつかれ」

と高橋は言った。これがいつもの高橋の挨拶なのだ。意味はよくわからない。

夕方になっても蒸し暑い。礼生は着ているTシャツを肌から離し、すこしでも風を通そうとした。すぐそばに喫煙所があるので煙が臭う。

「お祭があるんだね」

高橋が言い、見ると確かにロータリーに櫓《やぐら》が組まれ、ピンク色の提灯《ちょうちん》がたくさん、滲《にじ》むように灯《とも》っていた。JRと地下鉄の両方から人が吐きだされてくるそのあたりには、通勤帰りの人々に混ざって、浴衣《ゆかた》姿の女の子たちもちらほら歩いている。

これは店の確保が先だな、と、フットワークを旨とする礼生は思い、

「お前、ここで彼女たちを待ってて」

と言い置いてその場を離れる。

「え？　お前はどこ行くんだよ」

呟くように訊いた高橋は無視した。駅からそう遠くなく、値段が安く、とりあえず飲食ができる店。礼生は頭のなかに周辺の地図を思い描く。試し打ちなのか、どん、どん、と規則正しく太鼓の打ち鳴らされる音が櫓から聞こえていた。大谷春香と藤田みずきはきょう海に行ったのだという。二人が夏の終りを満喫する写真が、すでにインスタにあげられていた。どちらもそこそこかわいく（とくにみずきは胸も大きく）、性格も悪くない。礼生はどちらにも興味がないが、興味がないことと下心がないこと

とは、無論またべつなのだった。

どん、どん、と太鼓の音がしている。自分が人混みのなかに立っていることを、不覚だと高橋雅人は思った。ほんとうは、アパートでテレビでも観ている方がよかった。それか、礼生と二人で飲む方が。女の子と話すのは、苦手というより面倒くさい。が、雅人は昔から、友達に頼まれると断れないのだった。

礼生とは小学生のころに知り合った。学校は別だったが英語塾が一緒で、毎回のように帰りにコンビニで買い食いをしたことが、いまではいい思い出になっている。

その礼生は、しかしどこかに行ってしまった。女の子たちは六時すぎに来ると聞いているが、〝すぎ〟というのが五分すぎなのか十五分すぎなのかわからなかった。三十分すぎ、ということは、さすがにないだろうと思うけれども――。

雅人がそのバスに注意を向けたのは、停留所ではない場所に停まったからだ。祭の櫓が組まれているせいかもしれなかったが、それにしても、え、こんなところで？と思う奇妙な場所――なにしろ曲がり角を曲がっている途中、雅人のほぼ目の前――でバスは停まり、降車ドアがあいた。降りてきたのは一人だけで、古くさい野球帽をかぶった女の子だった。降りたその場で驚いたように立ちすくみ、きょろきょろとあたりを見まわしている。女の子の外見は、何かが変だった。変というより間違っている、と雅人は感じ、その理由に気づいて驚いた。真冬みたいな服装なのだ。ベージュのジャンパー、紺色のスカート、グレーのタイツ。手編みらしいマフラー（色はからし色）まで巻いている。

目が合ってしまい、雅人はあわてて視線をそらした。が、遅かったようで、女の子はまっすぐ雅人に近づいてきて、

「すみません、ユーテンジはどっちですか？」

と訊いた。子供特有の、妙にしっかりした口調で。

「祐天寺？」

訊き返すと、

「はい。習字の先生の家に行くところなんですけど、降りるところを間違えちゃったみたいで」

と女の子はこたえ、「暑い」と呟いてマフラーをはずした。

「祐天寺はあっちだけど、歩くと結構遠いよ。電車で二駅分だから」

教えてやると、女の子はショックを受けたようで、

「ゲバゲバ」

と言った。

「そんなのあり得ない。ついさっき先生の家が見えたのに」

とも。

「もう一度バスに乗った方がいいよ。その横断歩道を渡ったところに人がならんでるのが見えるでしょ、あれがバス停だから」

女の子は眉根《まゆね》を寄せ、何か考えているらしかったが、

「歩きます」

と、決心したように言った。

「ユーテンジに行く道、もう一度くわしく教えてください」

と。くわしくも何も、大通りをひたすらまっすぐ行くだけなので、そう説明する。

「ありがとうございました」

女の子は、きちんと上体を折って挨拶した。

「でも、遠いよ？」

かわいそうになり、雅人はもう一度言ってみる。

「もしかして、バス代がないとか？」

「バス代はあります」

雅人をにらむようにして女の子はこたえ、

「でも、それは帰りの分だから」

と続けた。腹立たしげにジャンパーを脱ぎ、

「東京ってお天気がへんですね。さっきまで曇っていたし、あんなに寒かったのに」と言う。そして雅人に背を向け、決然と去って行った。右手に赤い習字道具入れを持ち、ジャンパーとマフラーを左腕で抱きかかえるようにして——。小学校四年生くらいだろうか。その小さな後ろ姿が人混みにまぎれるのを、雅人は見守った。英語塾の帰りにコンビニで買い食いをしていたころの自分と礼生も、あんなふうに小さく頼りなく見えたのだろうか。

「あれ？　大谷たちまだ？」

戻ってきた礼生が言う。

「店、確保してきたから」

走ったらしく、小さく息を弾ませている。

「バリ島風居酒屋。飲み放題つきで三千八百円」

息を弾ませたまま、うれしそうにそう報告した。

もうすぐ裕子に会える、と思うと、野村健太の鼓動はいやがうえにも速まった。だから足どりも速まる。どんな顔をしていいのかわからない、という気がするのは、放っておくと自然に相好が崩れてしまうからで、四十近い年齢の男として、さすがにそれは変態みたいでまずいだろうと思う。が、かまうものか、という気持ちもどこかにあった。ともかく健太は一刻も早く裕子に会いたいのだし、会う必要があるのだ、本来の自分を取り戻し、世界を十全な場所にするために。

他人が聞けば嗤《わら》うだろうが、イヴがアダムの骨からつくられたように、裕子は健太の骨の一本からつくられた女に違いなかった。そうでなければ、会えないときの自分の不完全さも、会えたときの自分の、あの充足と万能感も説明がつかない。裕子なしでは上手《うま》く呼吸ができない、と思うことさえ健太にはあった（裕子と出会うまで、自分は一体どうやって呼吸をしていたのだろう）。

渋谷《しぶや》の街に夕暮れが始まっている。人だらけの歩道をつき進みながら、自分がこれから誰に会うのか、まわりを歩いている人間は誰も知らないのだと思うと、健太は優越感にも似た喜びに圧倒された。いますれ違った疲れた顔の中年女性（気の毒に）も、会社飲みにくりだすところらしいスーツ姿の男たち（そんなことが楽しいとは）も、笑顔をふりまくビラ配りの兄ちゃん（おつかれさん）も知る由のないことだが、この道の先で自分を待っているのは裕子なのだ。身長百六十二センチ、体重は推測だが五十キロ、愛知県出身で、三人姉妹の末っ子、甘いものが苦手で豚肉好き、のんべえでかわいくて賢い裕子が、服屋や靴屋の入っているビルの地下、二人にとって〝いつもの〟あのカフェで自分を待っていてくれる。

店についても、健太は席に坐ることはしない。裕子もそれを知っているので、健太を見るなり席を立つ（もちろん、健太が先についていた場合はその逆になる）。そうやって、食事の前に二人がまず向うのはラブホテルだ。しっかりと指をからめて手をつなぎ、会う前以上に足を速めて——。これを他人にわかってもらうのは難しいと健太は思うし、そもそも他人にわかってもらう必要もないのだが、そこに行くのは精を放ちたいからではなかった（まあ、結果として精も放つが）。そうではなく、自分たちにはともかくくっつく必要があるのだ。ぴったり、きっちり、たっぷり、どこもかしこも密着させる必要が。そうやって互いの存在を確かめ、呼吸を落着かせてからでないと、食事などとても喉《のど》を通らない。

「あー、やっと元に戻った」

ラブホテルのベッドの上で、裕子もしばしばそう言う（「あー、落着いた」と言うこともあるし、「あー、生き返った」と言うこともある）。この上なく満足そうに、嬉《うれ》しそうに。

〝いつもの〟カフェの入ったビルの真上に半月がでていて、健太は思わず立ちどまって空を見上げた。埃《ほこり》っぽく蒸し暑い都会の夜気を浄化するような、それはいかにも清らかな、白く美しい半月なのだった。

時間が読めないので、長保《ながも》ちするようにストローですこしずつ啜っていたアイスカフェラテを、田中野花《のか》は思いきり吸いあげた。生クリームが重たいせいで、たいして吸いあげられなかったが、それでも氷が動いて、ぺなぺなしたプラスティックのカップのなかで、小さな音を立てた。〝ごめん。きょうはやっぱり無理だわ。申し訳ない〟隆昭《たかあき》からのラインには、やくざ者が土下座をしているスタンプが添えられていた。いつものカフェの、いつものテーブルにいる野花は、さっきまで二人連れの客（の、早く来た方）だったのに、いきなり一人ぼっちの客になってしまった。〝了解。じゃあ、きょうはおとなしく帰ります〟そう返信したものの、〝了解〟しきれてはいないのだった。

以前の隆昭なら――。考えても仕方のないことを、野花はどうしても考えてしまう。待ち合せ場所に現れるとき、隆昭はいつも息を弾ませていた。走ってきたみたいに。あるいは、感情が溢《あふ》れすぎて息が上手くできないみたいに。

映画でも観て帰ろうかな。野花は思い、近くの映画館を検索する。いま帰れば満員電車を避けられないし、母親に夕食は要らないと言ってきてしまった。

隆昭とは、会えばまずホテルに行き、食事はそのあとだ。それは野花の希望で、なぜなら、セックスは空腹なときの方が、断然気持ちがいいからだった。食事をすれば、お酒ものむので酔っ払ってしまうし、もし酔っていなくても、身体が重くなると動きが鈍くなってしまう。

とはいえ、食後の運動もいいものだと思う、と隆昭に言われて、彼の部屋で二度目のそれに突入することもあるにはあるのだったが――。

「野花？」

声をかけられたのは、生クリームとミルクコーヒーとシナモンパウダーと溶けた氷で混沌《こんとん》とした液体を、なんとか最後までストローで吸いあげようと努力しているさなかだった。

「宮《みや》たん！」

昔の呼び方が、考える前に口をついてでた。ひさしぶり、と言ったときには腰を浮かせていて、なにしてるの、こんなところで、と言ったときには互いに声が高くなっていた。元気？　なつかしい。ちっとも変らないね。野花こそ全然変らない。パパとママは元気？　元気元気。宮たんのところは？　うちも元気。野花まだおなじところで働いてるの？　法律事務所、だっけ？　うん、そう、五年目になる。宮たんは？　私は去年転職したの。いまは演劇関係。演劇？　そう、事務方だけどね。

互いに腕をつかみ合った姿勢でそんなことを言い合った。なつかしさというより思いがけなさに高揚し、さらにしばらく立ち話――千絵たちには会ってるの？　会ってる会ってる、月に一度はごはんたべてるよ。えー、みんなあいかわらずなの？　会いたいなあ。今度私も呼んでよ。呼ぶ呼ぶ。宮たんいまどこに住んでるの？――をしたあと、連絡先を交換し合って別れた。
高校時代の級友がでて行くと（野花は気づかなかったのだが、彼女はずっと店の奥にいたらしい。帰り際に野花を見つけて、声をかけてくれたのだ）、野花はまた一人になった。いつものカフェの、いつものテーブル。それなのに自分のまわりの空気が、さっきまでとはあきらかに違っていることに野花は気づく。恋人に約束をどたキャンされた女の放つ空気から、旧友にばったり出くわした直後の女の放つ空気へ。〝ねえねえ、いま誰に会ったと思う？〟野花はその空気に喜んで魂を売り渡し、千絵たち――というのは月に一度は会っている、野花を含めた四人組――にラインを送る。

半月がでている。夜の道を進む簡素な仕立ての車のなかで、荻原正嗣《おぎわらまさつぐ》は右の脛《すね》をさすっている。乗り込むとき、ついうっかりして鴟尾《とびのお》にぶつけてしまったのだ。これ以上遅くなれば茴香《ういきょう》の機嫌が悪くなるのはあきらかなので、気が急《せ》いていた。それもこれも規那《きな》のせいだと正嗣は思う。遊びに来た弟の規那が、碁盤から解放してくれなかったのだ。おまけに相談があると言われ、碁を打ちながらえんえんと幽霊話を聞かされた。俺はこれから女のもとに行くのだから早く寝ろ、とはさすがに正嗣も言えず、酒をのみながら聞いてやった。すこし前から、夢に若い男のもののけが現れるのだと言う。名を尋ねると〝けんと〟とこたえ、何の恨みがあるのかと問うと、恨みなどまったくないとこたえるのだと、規那は言った。

「じゃあなぜ現れるんだ？」

正嗣が訊くと、

「知るもんか」

と規那はこたえた。

「神仏参りを怠るからだ。どこかの寺にでかけるか、僧侶《そうりょ》に来てもらうかしたらどうだ」

若干おざなりな忠告になったのは、早く茴香の待つ屋敷に行きたかったからだ。もののけはもちろんおそろしいが、現れても気をたしかに持ち、心をこめて神仏に祈れば、祖先の霊が必ず助けてくださると正嗣は信じている。そうでなければ、この世はとっくにもののけの天下になっているはずだ。

そう説明しても、規那は心許《こころもと》なげだった（昔から、規那には気の弱いところがあるのだ）。

「でも、そいつはひどく奇妙なんだ」

とか、

「見たことのない風貌《ふうぼう》なんだ」

とか言った。

「それがもののけというものじゃないか」

正嗣は苦笑してそう応じ、碁の方は、手加減をして負けてやった。が、そんなことをしているうちに、家をでるのが大幅に遅くなってしまったのだった。

「いまどのへんだ？」

物見をあけて尋ねると、

「小野さまのお邸《やしき》のそばです」

という声が返った。がらごろと、車輪の回る音がしている。

茴香とは、この春に出会った。小柄な女で、まつ毛がびっしりと濃いところが風変りでおもしろいと思った。定石通りに手紙を贈り、無事に返事をもらえたので逢瀬《おうせ》を重ね、すこし前には戸外にも連れだした。もちろん夜の戸外だ。この車で、供の者も最小限にして、川まで行った。月のあかるい晩だったので、夜気のなかで、茴香の白い頬がぼんやりと光って美しかった。交際は順調なのだ。ただ、あの家の女房の一人から聞いた話は寝耳に水だった。彼女によれば、茴香は最近べつな男とも、頻繁に手紙のやりとりをしているらしい。どのくらいの身分の相手なのだろう。彼女も、そこまでは教えてくれなかった。

鶏尾にぶつけた右の脛が痛む。手燭《てしょく》の火を近づけてみると、ベンケイの泣きどころが見事に腫《は》れ、赤黒い痣《あざ》になっていた。

周囲から柳《やなぎ》と呼ばれている妹娘は、御帳台《ベッド》のなかでとっくに目をさましていた。一時間ほど前に、姉のところに来ていた男の車が帰った音も、ばっちり聞いた。いまならば、屋敷じゅうの人間のほとんどが寝静まっているだろう。柳は、夜あけの屋敷がいちばん好きだ。御帳台から降り、音を立てないように妻戸をあけて、簀子《ベランダ》に立つ。ちょうど、空がどんどん白んでいくのにまにあった。黒々とした土の匂いと、まだ誰も吸っていない空気。カラスの声がしたので急いで上を見あげたが、例の一羽はいなかった（柳には、気に入りの一羽がいるのだ）。小さな階段を五段降り、はだしのまま庭を歩く。夏とはいえ早朝は肌寒く、汗衫《ガウン》を羽織ってこなかったことをすこし後悔した。家の誰かに見つかったら、もう子供ではないのだからと叱られてしまうだろう。子供ではないと言われても柳は困る。姉の茴香と違って男の人に興味など持てないし、宮仕えにでるつもりもない。柳としてはただこのまま、母や姉と暮していたいのだ。時間が止まればいいのにと柳は思う。時間がぴたりと止まって、いつまでもいまのままならいいのに、と。でもそれは、もちろん叶《かな》わない願いだ。

かすかに異臭が漂い始め、厨《くりや》に近づくにつれてそれは強まる。食料と薬草と焼け焦げた石や木の、複雑で愉快な匂い。料理人も台所女中たちもいないこの時間の厨は、柳とカラスたちのものだ。

カラスたちは植込みのあたりにも、すこし離れた築山《つきやま》にもいた。柳を見て期待まんまんのはずだが、注意深いので近づいてはこない。けれどたべものを投げてやれば、一斉に翼をひろげて飛び立ち、それに群がるのだ。

「おはよう」

柳はカラスたちに言い、素早く目を走らせて、気に入りの一羽を探す。すると、いた。植込みの、一本の木の枝に止まって、じっと柳を見ていた。そのカラスが、仲間のなかでもひときわ注意深く、ひときわ賢いことを柳は知っている。それに、ひときわつぶらな目をしていることも。昼間や夕方には姿を見せず、早朝の、この時間だけにやってくるのだが、柳の考えでは、そのカラスは特別なのだ。なにしろ片方の羽の一部が、まるで職人に染めつけられたような、鮮やかな緋色《ひいろ》なのだから。

棚や櫃《ひつ》や甑《こしき》のなかを物色し、見つけた強飯《こわいい》とわかめを数か所に投げてやると、カラスたちは胸のすくような羽音を立てて舞上がり、獲物のそばに着地して食事を始めた。それをしばらく眺めたあと、柳は、破子《わりご》にしまわれていた漬物を一切れ自分でもつまんだ。食事の時間にたべるたべものより、こうしておもてで口に入れるたべものの方が、はるかにおいしいと柳は思う。とくにそれが、噛《か》むとシャクシャク音のする、涼しい味の瓜《うり》の漬物の場合は。

十五歳の土屋恭子が公園のベンチでお弁当をたべているのは、そうしないと、学校をさぼったことが母親にばれてしまうからだ。

恭子は学校が嫌いではない。とくに好きではないにせよ、行った方がいい場所なのだろうということはわかっていた。授業はたまにおもしろいし、教師とは距離を置いているので何の問題もない。友達と呼べる子も、たぶんだけれどいることはいる。友達とそうでない子の境目が、恭子にはよくわからないにしても。

こうしてときどき学校をさぼる理由を、だから恭子は自分でも自分に説明できない。ただふいにすとんと、行きたくない方にはかりが傾くのだ。もしかすると、単に怠け者なだけかもしれない。そうだとしても、学校にいるときよりも公園にいるときの方が、自分の身体がふくらむのは確かだ。気持ちよく、のびのびとふくらむ。

お天気のいい午後で、公園にはいろいろな人がいる。コースを走るランナーたちやサイクリストたち、恭子とおなじようにお弁当をひろげている子連れの人たちや、杖《つえ》がわりに乳母車を押して歩くおばあさん、犬の散歩の人たちや、遠足だか写生だかに来た子供たち、駅への道をただショートカットするために、足早に歩いて行く人たち。

恭子はほとんど見とれてしまう。イヤフォンとマイクをつけて喋りながら歩く人や、ざござご、と音を立てておなじ場所を行ったり来たりするスケートボード少年（この子も学校をさぼったのだろうかと恭子は訝《いぶか》る）、顔に新聞や雑誌をのせて、日陰で昼寝をするおじさん。実にさまざまな人がいるのだ。学校にいたら決して見られない種類の、昼間の人たち。違う場所に行けば違う時間が流れている、ということを、学校にいると忘れそうになる。

空になったお弁当箱を、恭子は元通りにハンカチで包む。上を向くと木の枝が見えた。葉っぱの一枚一枚も。目を閉じてもまぶしい、と恭子は思い、でもそのまま、首が痛くなるまで上を向いていた。

姫りんごの木が死んでしまった。枯れたのではなく死んだのだ。きのう、一年ぶりに来た植木屋がそう言っていた。ありゃ、これはもうだめだな、死んでる、と。結婚祝いに妹から贈られた苗木だった。庭ではなく、玄関脇の狭い地面に植えたところよく根づいて、十一年間毎年春には白い可憐《かれん》な花を咲かせ、秋にはまっ赤な実をつけてくれていたのに。

やはり庭に植えるべきだったのかもしれない、と野村萌音《もね》は思い、でも、それじゃあこの玄関脇の、何本か木を植えるのにちょうどぴったりな感じの地面には、何を植えればよかったのだろう、とも思う。

萌音が不思議なのは、木が死んでいるのに自分が全く気づかなかったことだ。毎日目にしていたのに。一体いつ、どの瞬間に木の心臓が止まったのだろう。

いま、その木は幹の途中ですっぱり切られ、痛々しい切り株状態になっている（植木屋の話では、根が張りすぎていて今年は抜くことができず、来年、根が痩《や》せたところで抜くことになるそうだ）。

九月。空は澄んでいて青く、空気には隣家のキンモクセイの匂いがする。赤い鼻緒の下駄《げた》（数年前、夫と大分を旅行したときに買ったものだ。宿のまわりの山道を散歩するのに、東京からはいて行ったかかとの高い靴では窮屈だったから）をつっかけ、玄関前に立った萌音は、ごめんね、という気持ちを込めて指先で切り株に触れる。かつて確かに姫りんごの木だったものに。

自分でも驚いてしまうほど喪失感が大きく、失われた木が恋しかった。玄関のドアをあけるたびに、あるいは外出先から帰るたびに、まっさきにその木が目に入った。そこにあるのがあたりまえだった。それなのに死んでしまった。

その悲しみにくらべれば、自分の人生に散在する他の悲しみは、どれもとるに足りないと萌音は思う。たとえば夫が浮気をしていることなんかは――。

夫の健太は数か月前から浮気をしている。それは確かだった。無防備なのですぐにわかった。機嫌のよさ、外食をしてくる日の言い訳のまずさ、突然聴き始めたエディ・リーダーやアデル、「自分で買った」と言い張るキーホルダーや入浴剤やブレスレット（！）、携帯電話への執着、普段は無造作に（ということはつまり、萌音がたたんで入れておいた順に）身につける下着を、ときどき選んで（ひきだしのなかをぐしゃぐしゃにしたまま）身につけてでかけていくこと。萌音はほとんど呆れてしまう。恋におちたときの夫がどんなに目を輝かせ、どんなふうに我を忘れるか、萌音ほどよく知っている人間もいないというのに。

けれどまた、この先に起ることが萌音にはわかってもいる（わからずにすめば、どんなによかっただろう）。いずれ夫は自分の熱情に飽き、疲弊して、ここに戻ってくるだろう。そして、軽い驚きと共に萌音を再発見する。安堵《あんど》とか、気の咎《とが》めとか、感謝とか。萌音はただ待っていればいいのだ。

外にでたついでに郵便物をとりこみ、だから、と野村萌音は考える。だから、姫りんごの死の方が、ずっと（おまけに文字通り）根元的で、取り返しのつかない喪失だ、と。

「おい、でるぞ！　十二回だぞ！」

伊吹慎一は大声をだした。

「大変大変」

台所から妻がこたえ、タオルで手を拭きながら、小走りにリビングにとびだしてくる（七十になっても妻の足腰に衰えが見えないことに、慎一はいつも驚く）。かたん、と静かな音がして、鳩時計から鳩がとびだす。ポッポォ、ポッポォ、ポッポォ、ポッポォ、ポッポォ、ポッポォ、ポッポォ、ポッポォ、ポッポォ、ポッポォ、ポッポォ、ポッポォ。

一鳴きごとに鳩は頭を上下させ、壁際に立ってそれを見上げている妻も、いっしょになって頭と上半身を揺らす。うなずくように、あるいは応援しているかのように。シュッ、という低い音と共に鳩がひっこむとき、妻も一歩うしろにさがる。拍手をして鳩をたたえてから、

「十二回、見ました」

と、うれしそうに言う。

まず前菜が五品。次に蒸しスープと点心。香味揚げにした鶏がでたあとで、フカヒレののったごはん。たっぷりとしたその昼食のあいだじゅう、大垣香澄は男をじっと見つめていた。グラスを持つ手、唇のあいだに滑り込むスプーン、運ばれた料理に目をみはるさま。

会話が全くないのも気づまりなので、ときどきさしさわりのない質問——立派な身体つきだが何かのスポーツをしていたのか、好きなたべものは何で嫌いなたべものは何か、年齢は幾つか——をしたが、こたえには興味がなかった。

食事をする男の目や手や唇を香澄は見る。嚥下のときに動く喉や、「うまい」と言うときの表情、ときどきナプキンで口を拭《ぬぐ》う仕種《しぐさ》を。

おもてはよく晴れていたはずだが、窓のない店内は暗い。それも、香澄がこの店を気に入っている理由の一つだ。外界を遮断できること、時間がわからなくなること、どこでもない場所にいる気がすること。しけこむ、という言葉がぴったりの店だ。

男はよくたべ、質問をすれば素直にこたえた。

「あなたは？」

ときどきそう質問し返して、香澄に喋らせようとした。が、そのたびに香澄は「だめ」と言って却下した。お金を払うのはこちらなのだ。

「なんにも教えてくれないんですね」

男は残念そうな顔をしてみせる。

「せっかくいっしょにおいしいものをたべているのに」

と。

「話すほどのことはないもの」

香澄がこたえると、男は肩をすくめた。べつに、隠すようなことがあるわけではない。夫も子供もいない香澄は自由の身だ。持っているものといえば、定年まで働いて貯めたお金と両親の残してくれた家、幾つかの思い出と愛猫のトムだけなのだから。

そして、それでも香澄は自分について、男に知らせるつもりはない。

男性コンパニオン、という職業があることを知ったのは去年で、それ以来香澄はだいたい月に一度の割合で利用している。食事、会話、買物や観劇のお伴《とも》、スポーツの相手、ドライブ、バーベキューなど、というのがそのサービス内容で、性的な接触は厳禁（ただし〝ハイタッチ〟と〝ハグ〟はその限りではない、という奇妙なルールが明文化されているのだが、香澄はそのどちらも特にしたいとは思わない）。

「それで、このあとはどうしましょうか」

デザートの桃とマスカットを食べながら男が訊き、香澄は、次回もこの男を指名しようと決める。おなじ相手を指名したことはこれまで一度もなかったのだが（というのも、せっかくならいろんな男を見てみたかったから）、今回の男はたべ方が気持ちよく、マスカットのむき方まで美しかった。あの指に、今度は鮨《すし》かピザをつまませてみたいと香澄は思う。

「きょうはもう、帰ってくれていいわ」

香澄は言い、果汁に濡れた男の指先を見つめる。

庭に椅子を持ちだして琵琶《びわ》を弾いているのは母親が聴きたがったからで、その母親は、地面にひろげた敷物の上で、曲に合せて小さく歌を口ずさんでいる。長閑《のどか》な午後だが、規那の頭を去らないのはもののけのことだ。兄の助言に従って修験者を呼び、祈禱《きとう》してもらったのだが効果がなく、毎晩のように現れるのだ。あまりにも頻繁なので、声も姿も規那の脳裡に刻まれてしまい、昼間、たとえばこうして琵琶を弾いているいまも、ありありと思いだせる。気配さえ感じとれた。すぐそばにいるかのように。若い男のもののけで、ひどく粗末な身なりをしている。なんといっても特徴的なのは髪で、まるでねずみのように短いのだ。名を尋ねると「けんと」だとこたえるが、何の用かと尋ねると、困ったように黙ってしまう。最近では尋ねもしないのに、「ここは広いね」と言ったり、「みんなに見せたいなあ」と言ったりする。殺気のようなものは感じないが、あきらかにこの世ならざるものの気配を発しており、恐怖のあまり規那は動けなくなる。

「そんなにこわがらなくてもいいよ。何もしないから」このあいだはそんなことも言った。が、もののけはどうしたっておそろしい。

「規那」

母親の声がした。

「もうすこしあかるい曲をお弾きなさい。せっかくこんなにいいお天気で、風が花の匂いを運んでくるというのに」

と、そばの藤棚を指さして言う。

「あなたときたら、さっきから暗い顔で暗い曲ばかり。どこかのお嬢さんとけんかでもしたの？」

母親ののんきさを、普段の規那なら美質だと思っただろう。けれどきょうは癇《かん》にさわった。

「正嗣じゃあるまいし」

それでそう言ったのだが、母親はとりあわず、

「そうだ、あれがいいわ。〝うぐいすと皇帝〟。あれを弾いてちょうだい」

と言う。規那は従った。楽の音というのは不思議なものだ。たしかに自分の指先がつくりだしているのに、たちまち規那の支配下を逃れ、勝手にそこらに漂いでていく。母親が鼻歌《ハミング》を始める。

もののけに悩まされていることを母親に打ちあけてしまいたい衝動に、一瞬だけ規那は駆られる。が、怯《おび》えさせるわけにはいかないと思い直す。青い空だ。楽の音に誘われたかのように、蜂が一匹、藤棚の方からふらふらと飛んできて、規那の琵琶に止まった。

雨音が聞こえ、島森りりかはピアノを弾く手を止める。いつのまに降りだしたのだろう。ざあざあ、ばたばた、すごい音だ。

「まだ一時間たってないわよ」

台所から母親の声がして、

「わかってる」

とりりかはこたえた。ママはちょっとせっかちすぎる、と思う。練習をさぼろうとしたわけではなく、雨の音を聞こうとしただけなのに——。

部屋のなかが暗くなっていたので、ピアノの脇のフロアランプをつけた。楽譜がぼうっと照らしだされる。いい感じだ。と思ったのに、台所からでてきた母親が、天井の電気をつけてしまった。だいなし。ママは全然わかっていない、とりりかは思う。

仕方なく、そのまま練習を再開した。

いま練習しているのは〝すみれ〟という曲だ。ワルツのリズムで、フラットがひとつ。ペダルをたくさん使うところが難しいけれど、かわいい曲で、気に入っている。弾いている途中で、りりかは嬉しくなって笑ってしまう。ピアノの音と雨の音が、混ざり合って聞こえたからだ。ピアノの音と雨の音、ピアノの音と雨の音、ピアノの音と雨の音。レガートとスタッカートを交互に弾くところで、とくに二つが混ざり合った。ピアノの音と、雨の音。

〝すみれ〟を作曲したのはストリーボッグという人で、ベルギー人だ（りりかの使っている教本は、最後の頁に作曲家の一覧がのっている。何度も見ているうちに暗記してしまった。たとえばバッハはドイツ人、リギーニはイタリア人、サラサーテはスペイン人、というふうに)。ストリーボッグはとっくに死んでいるに違いない(表によると、活躍した年代は一八三五年から一八八六年になっている)のに、その人のつくった曲はいまここにあって、雨の音と混ざり合っている。それはおもしろいことだとりりかは思う。自分の弾く〝すみれ〟をストリーボッグに聴いてもらえないのは残念なことだ、とも。りりかはその作曲家を興味深い人物と見做《みな》している。なぜなら、楽譜の欄外の特記事項(たとえばバッハなら「音楽の父と呼ばれた」とか、ハイドンなら「交響曲の父と呼ばれた」とか)に、こう書かれていたからだ。「ストリーボッグ(Streabbog)は、本名Gobbaertsのつづりを逆にしたペンネームで作品を発表しました」

そんなことを考えつく人は、興味深いとしかいえないではないか。

「雨?」

施術台から顔をあげた客というか患者に訊かれ、千葉孝大《たかひろ》は、

「みたいですね」

とこたえる。厚いコンクリートに囲まれた室内は静かで、雨音はさわさわとしか聞こえないが、街路樹の葉が無数の水滴に打たれて、枝が上下に動いているのが窓から

見える。

「傘、お持ちですか？」

患者の腕をとり、肘《ひじ》をうしろに引いて肩甲骨を寄せてやりながら訊くと、

「だい」

と、どうやら「ない」と言ったらしい声が返った。

「何本かありますから、持って行ってください。返却はいつでもいいんで」

患者はそれにこたえずに、

「ここにこんな店があるの、ちっとも知らなかった」

と言った。

「何年目？」

もうすぐ一年になります、と孝大はこたえ、仰向《あおむ》けになってください、と続けて、患者の身体にタオルを掛け直す。

「内転筋、のばしますね」

「俺、腰痛持ちだからさ、探してたんだ、こういう店」

五十歳くらいだろうか、仰向けになった患者は、孝大と目を合せて言った。

「きみ、結構巧《うま》いね」

結構は余計だと思ったが、ありがとうございます、とこたえる。

「膝、押さえますから、一、二、三で閉じてください」
一、二、三。一、二、三。一、二、三。その運動のあいだだけ、患者は目を閉じて無言でいた。かすかだった雨音が、ふいに大きくなった気がする。
「マッサージ師さんってさ」

施術がふくらはぎに移ると、患者はまた喋り始める。

「よく辞めたり転職したりするよね。俺が前に行ってた店の人たちも、顔見知りになったころにはみんな辞めたり店を移ったりして」

「一、二、三、で、今度は蹴《け》ってください」
一、二、三。一、二、三。一、二、三。
「一人なんてさ、独立したって聞いたからそっちに行くことにしたんだけど、一年もたたないうちに転職しちゃって、いまじゃダンスのインストラクター。なんなんだろうね、あれは。腰がすわらないっていうか、ひとところに落着いていないっていうか」
それは――。孝大は胸の内で反論した。それは、落着いていないのではなく落着けないのだ。労働量に比して対価がすくないからで、実際、技術はあっても転職を余儀なくされた人間を、孝大は何人も知っている。厚生労働大臣認定柔道整復師、理学療法士の資格を持つ孝大自身も、複数の店および整骨院で働いたあと、去年独立したのはいいものの、諸経費を差し引くと収入が不十分で、ときどきアルバイトをしなくてはならないのだ。

「こっちも身体を任せるわけだから」

患者はまだ何か言っていた。

「信頼できる人がいなくなっちゃうと困るんだよね」

「それはそうですよね」

笑顔で相槌《あいづち》を打ち、患者の頭部にタオルを掛けて、指の腹で圧を加える。

孝大が男性コンパニオンというアルバイトをしていることを、二年前から婚約している恋人の陽水《あきみ》が快く思っていないことはわかっていた。客が女性ばかりだからだ。が、決していかがわしいことをするわけではない。一緒にスーパーマーケットにでかけて、思うさま食料品を買い、男性に荷物を持ってほしい、と希望する未亡人や、息子にキャッチボールを教えてほしい、と望むシングルマザー。女性たちのニーズはさまざまだ（いちばん最近の客は、昼食をいっしょにするだけでいい、という年配の女性で、孝大は旨《うま》い中華料理をたらふくたべた）。ネットによる登録制で、都合のいい日時にだけ働ける点も気に入っていた。

「ゆっくり上体を起こしてください」

孝大は言い、仕上げに患者の肩をほぐす。

「あー、気持ちがよかった」

そう言った患者の顔は、眠たげに表情が弛緩《しかん》している。

雨が降っている。停めた車のなかでこういうことをしているとき、雨音はいいBGMになると、白石みどりは思う。水滴で窓が曇って、外からのぞかれにくくなるし――。自分がこんなことをしているなんて、みどりにはなんだか現実感がない。行為のさなかでも思考はどこかさめていて、他人の目で自分を空から見ているような気がする。ひどくヤらしい姿だ。着衣のままだからなおさらヤらしく、たくしあがったスカートとか、片方だけ床におろした脚とか、汗で額にはりついた髪とかを、みどりはいやでも意識してしまう。実際に見えているのは、男の頭部と車の天井、それに曇った窓ガラスの一部だけれども。

男――国見《くにみ》智志《さとし》という名前で、身体が熊のように大きい――とみどりはおなじ会社につとめている。いっしょに外回りをするようになってすぐ、互いを意識した。どちらも無口なので、いっしょにいて話が弾んだわけではないし、勤務時間外にデートをしたこともない。好きだと言ったことも言われたこともなく、それなのに会うたびに意識だけが高まって、顔を合せると息苦しいほどになり、ある日、ばん！　と、こういうことになったのだった。意志確認的なことは必要なかった。これ以上ないくらい自然だったし、同時に不自然でもあった。だって、会社の営業車のなかだけの関係なのだ。そして、その非現実感がみどりは気に入っている。

狭いバックシートでみどりは弾み、頭がドアにぶつかる。いつのまにか上にあげていた手がガラス窓に触れ、指がつめたさを味わう暇もなくみどりはのけぞる必要に駆られ、熊のような男の両肩をつかんで無理矢理上体を起こした。しがみついて男の皮膚そのものの匂いをかぐ。頭皮、頬、首――。頬の匂いがみどりはいちばん好きだ。

　男の動きが速まり、みどりは男にしがみついたまま頭だけのけぞる。車内の空間も空気も、みどりと男で一杯になる。熊のような国見の温厚さや羞恥心《しゅうちしん》、屈託や困惑や信頼が全部目の前にある気がして、みどりは圧倒されてしまう。おそらくみどり自身の感情や羞恥心、屈託や困惑や信頼も大放出されているはずだ。

　重さがとり除かれ、ティッシュとタオルの一幕のあと、呼吸を落着かせながらみどりは、ほら見て、と思う。ほら見て、私たち立派にやりとげたよ、と、空の上から自分を見おろしていたはずの誰か（でも誰だろう。神さま？　ご先祖さま？）に向って。

「動物だからね」

　呟くと、みどりは片手を国見の膝にのせた。激しい雨音が車を包囲している。国見は無言で窓の外を眺めたまま、膝に置かれたみどりの手に自分の片手を重ねた。

　庭の隅にスチール製の物置を設置してほしいと言ったのは妻で、それも一刻を争うかのような切迫した口調で連日急立《せきた》てるので、瓜生明彦《うりゅうあきひこ》は金物屋にでかけ、言われたとおりに買ってきて設置した。それが先週のことだ。いま、その物置の棚のほとんどがトイレットペーパーで占められているのを見て、明彦は暗澹《あんたん》とした気持ちになる。何によらず、買い占めるというのは浅ましい行為だ。自分の身内がそんな行為に走ったことを明彦は恥じ、妻を恥じるとは心ない夫だと感じて気が咎めた。が、新聞記者である明彦は、政府の発表した紙の使用節約運動について家族にきちんと説明したし、一時的なことなので心配ないと伝えもしていたのだ。

物置は、実際に運び入れると思ったよりも大きく、小さなバラの木を一本、別な場所に植え替えなければならなかった。初夏にあかるい黄色の花をつけるその華奢《きゃしゃ》な木は、下の娘が生れた記念に、去年明彦が植えたものだ。明彦には息子が一人と娘が二人いて、息子のときには沙羅双樹《さらそうじゅ》を、上の娘のときにはピンク色の花をつけるバラを、それぞれ植えた。末の子はまだ理解できていないが、上の子供たち二人はそれぞれ自分の木を、庭の他の木とは違う特別なものとして、愛着を持って眺めている。それこそが明彦の望んだことなのだが、妻の麻江《あさえ》の意見はまた別で、

「どれかが枯れちゃったらどうするの？」

と心配している。最初に沙羅双樹を植えたときから、

「せっかく記念にするのなら、枯れたり虫がついたりしないものの方がいいじゃあり

ませんか」

と言っていた。妻と自分に、似たところはまるでない。

がたがた、と音を立ててガラス戸があき、縁側に、長女の恵《めぐみ》が立っていた。

「お父さん、お客さん」

と言う。あわててサンダルを脱いで縁側にあがり、玄関にまわると、ひょろりと背の高い男が立っていた。雨も降っていないのに、濡れた傘を手にしている。

「何か？」

尋ねると、

「あの、ここに、コーポ・エリゼってなかったですか？」

と言う。

「あの、このお宅は……」

「瓜生ですが？」

明彦が言うと、男はもごもごと詫びを呟き、ぺこりと頭をさげて、でて行った。

「誰？」

恵に訊かれ、さあ、とこたえる。

「お母さんは何時に帰ってくるの？」

さらに訊かれ、

「夕飯までには帰ると思うよ」

とこたえたが、定かではなかった。麻江は赤ん坊を連れて実家の両親に会いに行っており、夕飯までには帰るつもりでいるけれども、場合によっては向うですませてくるので、そうなったら、電話をするから店屋物でもとってほしい、と言っていた。

「もし帰ってこなければ、何かとればいいさ。鮨でもそばでもね」

明彦が言い、

「定かなことなんてないのが世の中なんだから」

と続けると、恵は不安そうな顔をした。

かみなりが鳴るのが聞こえ、千奈美は読んでいた絵本から顔をあげた。すこし離れた場所——二人はいま、子供部屋の端と端にいる——で、妹の真奈美がやはり読んでいた絵本から顔をあげたことが、見なくてもわかった。次の瞬間、二人は同時に動いた。ベッドによじのぼって窓をあける。膝立ちになり、窓枠に手をついて顔をつきだす。

「つめたーい」

同時に言い、くすくす笑って顔をひっこめた。今度は片手ずつつきだす。どどん、とまたかみなりが鳴り、二人は同時に首をすくめた。

「揺れたね」

千奈美が言ったとき、夕方の空が光った。どどん、と、また音がして、二人はまた首をすくめる。

「揺れたね」

今度は真奈美が言った。再び顔をつきだす。駐車場とその向うのアパート、それに空が見える。空は、灰色と群青色を混ぜて薄めたみたいな色だ。暗いけど、まだ夜にはなっていない色。埃っぽくてひんやりした、雨の匂いを二人はかぐ。しばらく顔で雨を受けとめたあと、同時に頭をひっこめて窓を閉めた。真奈美が先にベッドからおりて、ティッシュの箱を持ってくる。二人は無言で二枚ずつとり、濡れてしまった手と顔と髪を拭く。まるめたティッシュをごみ箱に捨てた途端に、もう一度だ、ということが千奈美にはわかり、ベッドによじのぼると、真奈美もやはりそうしていて、二人は同時に窓をあけ、膝立ちになって外を眺めた。

千奈美と真奈美は双子だ。顔だけじゃなくて声もそっくりなので、いっぺんに笑いだすと、どちらがどちらの声なのか、自分たちでもわからなくなった（そして、二人はたいていいっぺんに笑いだした）。

強い風が吹いて、ばらばらっと雨粒が屋根にぶつかる。屋根や壁や窓枠や、二人の鼻の頭に。びくりとしたが、どちらも顔はひっこめなかった。もっと雨粒にぶつかってきてほしいと、妹が思っていることがわかった。千奈美もおなじ気持ちだった。

今年から通い始めた小学校に双子は自分たちだけなので、世のなかには双子より双子ではない人たちの方がずっと多いらしいと知っている。でも、千奈美にとっては双子であることが普通で、双子ではないというのがどういう感じか、想像するのが難しい。きっと、おそろしくひとりぼっちな、おそろしく淋《さび》しい気持ちがするに違いない。

ばらばらっとまた雨粒が降り注ぎ、二人はくすくす笑った。

あなたときたら、さっきから暗い顔で暗い曲ばかり。

女の人の声が聞こえ、同時に妹が身を固くしたので、妹もおなじ声を聞いたことが千奈美にはわかった。二人は顔を見合せる。聞こえた？　と訊く必要も、聞こえた、とこたえる必要もなかった。あなたときたら、さっきから暗い顔で暗い曲ばかり――。こういうことは、ときどきあるのだ。パパにもママにも聞こえない声が、自分と真奈美には聞こえる。

二人は同時に頭をひっこめ、窓を閉めた。今度は千奈美が先にベッドをおりて、ティッシュの箱をとってくる。おなかがすいたな、と思ったとき、

「おなかがすいたね」

と言ったのが自分なのか妹なのか、千奈美にはほんとうにわからなかった。

目がさめたとき、遠藤拓也が最初に思いだしたのは、歪《ゆが》んだ妻の顔だった。ゆうべ、妻はまた懲りもせず、いつもの小言を縷々《るる》持ちだした。拓也がせっかく互いのためにとりあわずにいたというのに、その理性に感謝するどころかますます激昂《げきこう》した。拓也が返事をしなかったのは、しても仕方がないからで、そのことをなぜ妻が学ばないのかわからなかった。結婚してもう十五年にもなるのに、そのあいだ、妻はずっとおなじことを言っている。女には学習能力というものがないのだろうかと、拓也はときどき疑ってしまう。ゆうべなど、妻はしまいに、わかったのかどうかと詰問してきた。拓也にはこたえようがない。わからないとこたえればさらに説明を聞かされる羽目になるし、わかったとこたえれば妻はそれを逆手にとって、あのときわかったと言ったじゃないの、と、あとになって言いだすに決っていた（拓也には学習能力があるので、それがわかる）。

ゆうべの雨はあがっていた。シャワーを浴び、身支度をして食卓につくと、コーヒーを運んできた妻の顔は能面のようだった。東京のきょうの天気は晴れで、気温も湿度も高くなると、テレビの天気予報が言っている。拓也は、ゆうべは言いすぎたという妻からの詫びを待ったが、妻は何も言わない。しかたなく譲歩して、

「おはよう」

と、こちらから言ってやった。

「きょうは暑くなりそうだね」

とテレビの受け売りをして沈黙を埋める。我ながら涙ぐましい努力だと思ったが、結婚生活というのはたぶん、こういう小さい努力の積み重ねなのだろう。

「ゆうべ私が言ったこと、聞いてた?」

妻が言い、拓也はぞっとする。また始める気なのか? せっかく涙ぐましい努力をして、なかったことにしてやろうとしているのに?

「聞いてた?」

妻は表情の読みとれない顔で問いを重ねる。

「もしもーし。聞こえる? いま私がここにいて、質問しているってわかってる?」

恐怖と驚きとわずらわしさが渦巻き、拓也は沈黙する。何か言えば、その十倍の言葉が返ってくるからだ。

「どうして黙ってるの? 返事をして」

重苦しい空気に耐えきれず、

「パンはまだ?」

と訊いてみた。トースターに入れっぱなしなのだとすれば、焦げているかもしれないからだ。

「本気?」

妻が訊く。意味がわからなかった。パンが気になるのはほんとうのことだが、肯定すればまた怒りだすかもしれない。いや、すでに怒っているらしいのだからおなじことか。

「いいよ、じゃあ」

ふいに、努力することが空しくなった。

「行ってきます」

コーヒーを一口のんで、立ちあがる。

おもてにでると、予報どおりよく晴れていた。ところどころまだ濡れているので、余計にまぶしく感じられる。

隣家の妻が、わざわざ玄関の外まででて夫を見送っている（世のなかには幸運な夫もいるのだ）。おはようございます、と声をかけると、隣家の妻は驚いたようにふり向き、でもすぐに笑顔をつくって、おはようございます、とおなじ言葉を口にした。チェックのシャツにジーンズ、という服装が、朝の空気に合っていてすがすがしい。片手が、奇妙な切り株のようなものに添えられている。

「あれ？　切っちゃったんですか？」

拓也がそう言ったのは、その場所に木が植えられていたことを憶《おぼ》えていたからでは無論なく、その貧弱な切り株に見憶えがなかったからだ。

「ええ、よんどころなく」

隣家の妻はこたえ、まるで会話を打切るかのように、
「いってらっしゃい」
と拓也にまで言った。

おじいちゃんが死にました、と、佐々木絵美里は作文に書く。何回もにゅういんしたりたいいんしたりしていましたが、夜におばさんからお母さんに電話がかかってきて、朝にわたしとお母さんがびょういんに行くともう死んでいました、と。

新学期になって席替えをしたばかりなので、新しい席に絵美里はまだ慣れない。以前は廊下側の前から二番目だったのに、いまは教室全体のまんなかへんで、なんとなく落着かない。うしろの席が声の大きい佐藤くんで、左隣が忘れものばかりする（し、いつも給食をこぼす）杉田くんであることも気に入らなかった。が、決ってしまったものは仕方がない、ということを、二年生の絵美里はもう知っている。

生きていたときには、と、絵美里は作文用紙に書いた。生きていたときには、おじいちゃんはやさしかったです。タクシーのうんてんしゅさんをしていました。家ぞくで水ぞくかんに行ったとき、おじいちゃんの車で行きました。わたしがカワウソを気にいったので、おじいちゃんはカワウソのぬいぐるみを買ってくれました。わたしは

家のおふろばでカワウソをかいたいと思ったのですが、お母さんが、カワウソはかえないといいました。

紙の上を鉛筆が走る音がしている。先生が机の列のあいだをゆっくり歩いて回る足音も。窓があいているので、弱い風が通る。きょうの作文に与えられた題は〝夏休みのできごと〟で、最初に頭に浮かんだのがおじいちゃんの死だったのでそれを書くことにしたのだが、話がカワウソに脱線してしまったいま、どうやっておじいちゃんに戻せばいいのかわからなかった。

絵美里はおじいちゃんの顔を思いだそうとする。お葬式のときの写真の顔は、すぐに思い浮かんだ。でも、生きているときのいろんな顔は、なぜかはっきり思いだせない。おじいちゃんのことが好きだったのに。

冬になるといつも着ていた緑のカーディガンは思いだせるし、一年中履いていた黒い革のスリッパも思いだせる。おじいちゃんの家のなかの様子も匂いも思いだせるし、車のなかに貼ってあった免許証の写真も思いだせる。それなのに肝心の顔だけが曖昧《あいまい》で、絵美里はもどかしくなる。あんなにたくさん会っていたのに。忘れるはずなんてないのに。

どん、といきなりうしろから椅子の底を蹴られ、絵美里は驚いてふり向く。

「はたけってどんな字だっけ」

佐藤くんに訊かれた。が、絵美里がこたえるより前に、
「他のひとのじゃまをしない」
と先生が言い、黒板に大きく〝畑〟と書いた。

空港内のカフェレストランで、早坂みのりはカツカレーをたべている。飛行機や新幹線に乗る前にはカツカレー。いつのまにか、それが決りみたいになっている。

カメラマンであるみのりは旅が多い。動物好きなのに犬も猫も飼えないのはそれが理由だ。恋人ができても長続きしないのも、もしかするとそれが理由かもしれない、とみのりは思い、でもすぐに、いやいやいや、と胸の内で否定の言葉を重ねた。責任転嫁はよくない。恋人ができても長続きしないのは、自分の性格の問題だとわかっていた。みのり自身の分析では、みのりは冷静すぎるのだ。好きになった相手のことも、その相手を好きだと思っている自分のことも、妙に冷静に観察してしまう。すると、なんだかばかばかしくなって、どうでもいいような気がするのだ。拘泥するほどのことではない、という気が。

飛行機の出発時刻までは、まだ一時間近くある。カメラ機材などで荷物の重いみのりは車移動が基本で、渋滞の心配がつねにあり、早目にでるのでたいてい早目についてしまう。今回みのりが向うのは鹿児島で、旧知の編集者との二人旅だ。その編集者

とは、搭乗ゲートで落合うことになっている。

こういう場所でカツカレーをたべるのは、もう十年も前につきあっていた男の習慣で、その男との恋も長続きはしなかったのに、どういうわけか習慣だけが残ってしまった。「こういう場所ではカツカレーだろう」空港や駅で店に入るたびに、男は自信に満ちた口調でそう言った（彼は、当時みのりがアシスタントをしていたカメラマンで、だからよく一緒に旅をした）。男の顔も身体つきももはやぼんやりとしか思いだせないが、あの男の身につけていた根拠のない自信だけは、なんとなく微笑ましいものとして憶えている。彼と出会うまで、みのりはカツカレーというものをたべたことがなかった。カツとカレーを、なぜ一緒にするのかわからなかった。いまでもわからない。

鹿児島では、数軒の豪農の写真を撮ることになっている。蔵とか墓とか鄙《ひな》びた風景の写真も。みのりは、飛行機が地上をゆっくり滑走していくのをガラスごしに眺める。そうしながら、大きな、まるまるとしたらっきょうを一つ口に入れて嚙み砕く。


日あたりのいい寝室で洗濯物をたたみながら、ゆうべあれだけ怒鳴ったのに、いまこの時間は安らかだ、と遠藤由香は思う。由香は自分の家が好きだし、妻であり専業主婦である自分が好きだ。この家のなかで自分が幸福を感じるのが、夫のいないときばかりであることに、由香はとうに気づいている。顔を合せれば喧嘩《けんか》になるのだ。ゆうべも喧嘩をした。夫の拓也は由香の言葉に耳を貸さない。中身を何一つ耳に入れずに、ただ対処しようとする。だから由香が何を言っても伝わらないし、何も変らない。「男の人ってそういうものよ」由香の母親ならそう言うかもしれない。「パパだってそうじゃないの、見てごらんなさいよ」と。でも由香には納得がいかない。相手が本気で話しているときに、その話を聞かないなどという芸当が、一体どうすればできるのかわからなかった。拓也は、妻である自分を軽んじていると由香は思う。軽んじているし、あなどっている。それは我慢のならないことだ。「男の人にそこまでの自覚はありゃしないわよ。面倒くさいことはご免だって思ってるだけなんだから」母親の声が聞こえる気がした。でも、と、それでも由香は思わずにいられない。でも、無自覚に相手を軽んじるのは、自覚的にそうするよりも、もっとひどいことなのではないだろうか。

乾燥機からだしたばかりの洗濯物はふんわりとあたたかい。たたんだバスタオルに、由香は頰をあててみる。ゆうべの喧嘩を、拓也はもう過ぎたこととして、すっかり忘れているに違いなかった。中身については一切考えないまま——。それでもこうして続いている日常が、由香には不思議だった。子供がいるわけでもないのだし、十五年間喧嘩ばかりしているのだから、別れた方がお互いにいいはずなのに。でもバスタオルはあたたかく、夫のいない家のなかは静かで安らかで快適で、問題ないよと由香に囁《ささや》く。気づかないふりをしなさい、と、バスタオルや家が。

コンクリート打ちっぱなしのビルの三階、馴染《なじ》みのバーのカウンター席で、鍋島亘《なべしまわたる》は四杯目のレモンサワーをのんでいる。昼間の奇妙な出来事——恋人のアパートに用事があって行ったのに、アパートは影も形もなく、古めかしい一軒家が建っていて、なかから子供がでてきた——について語っているところだ。街路を見おろせる一面ガラス張りの壁、こんなのが欲しいなあと亘がいつも思う大きな銀色の冷蔵庫。亘にとってこの店は第二の我家なので、すっかり寛《くつろ》いでいた。天井で、四枚羽根のファンが回っている。

「コーポ・エリゼはどうなっちゃったのかなって、俺訊いたんですよ、その子供に。そしたらその子供が家んなか戻って、父ちゃん連れてでてきて。そんでその父ちゃんが、ウリュウですって言うんですよ、不審そうな顔で」

亘が言うと、

「そりゃ不審そうな顔するよ、お前みたいなのがいきなり現れたら誰だって」

と、バーテンダーの瞬《しゅん》さんが断じる。

「だってそこ一軒家なんだろ？　コーポ・エリゼじゃないに決っててんじゃん」

「まあ、そうなんですけどね」

亘は意味なく笑った。酒が入ると、亘の笑い声は自分の耳にさえけたたましく響く。

「だけど瞬さん聞いてくださいよ、絶対変だったんですから。百回、は嘘ですけどそれに近いくらい行ってる場所なんで、道間違えるはずないよなって思って、確かめるためにこいつに電話したんですよ」

「かかってきてないもん」

隣で、亘の恋人であり、コーポ・エリゼの住人である七海《ななみ》が呟いたが、それは無視して、

「そしたら全然通じないんですよ、急に充電切れみたいになっちゃって。このスマホ、機種変更したばっかなのにですよ？」

と訴えてから、レモンサワーをのみ干した。

「おかわりください」

「それで結局どうしたの？」

この店でしょっちゅう会うので仲よくなった、美容師だという琴子《ことこ》が口をはさんだ。

「仕方ないから途中まで道ひき返して、ローソンあんじゃん？　こいつん家《ち》のそばに。ローソンの角を入るじゃん？　こいつん家に行くときに。だから絶対こっちだよなって思って、もう一回ゆっくり歩いたら、ついた」

なんとなく、またけたけた笑ってしまう。

「なんだそれ」

瞬さんが呆れたように言い、

「それは単にお前が方向音痴だってことだろ」

と、また断じる。

「それか、また酔っ払ってたか」

琴子がつけ加えた。

「昼間だってば。仕事中だったし、一滴ものんでませんって」

「なんでお前、仕事中に七海ちゃん家とか行ってるんだよ」

すかさず瞬さんにつっこまれ、

「だからそれは、仕事に必要なものがあって、取りに行ったんですってば。こいつはまだ会社にいる時間だし、俺が一人でこいつん家行ったって、いいことなんかあるわけないじゃないですか」

とこたえると、

「なんだよ、いいことって」

と、またつっこまれた。この店での亘はいじられ役なのだ。そしてそれが、亘は嫌いではない。すくなくともここに来れば誰かしら顔見知りがいて、〝いつも〟の空気がある。昔からの友達とか会社の同僚とかよりも、ここで出会った人間たちの方が、ある意味で自分にとって大切だ（もちろん七海は別だが）。何の利害関係もなく、純粋につきあえるからだろう。愉快な仲間と愉快な酒。大事なのはそれなんだよなと亘は思い、またレモンサワーを口に運んだ。

瞬さんの選曲は、ほんとうに趣味がいい。スピーカーから流れだしたヨットのサイキック・シティに合せて軽く頭をふりながら、琴子はモスコミュールの入った銅製のマグに口をつける。マグはきんきんに冷たい。

琴子がこの店に通い始めてもうすぐ二年になる。それまでも、仕事帰りのバスで毎日店の前を通っていた。輸入ビールの名前のネオンが窓辺でまたたいているのを見上げて、ずっと気になっていた。それでも、実際に入るには勇気が要った。バーという場所に、一人で入ったことはなかったから。

琴子は美容師をしている。腕前にはそこそこ自信があるし、指名も多い。いまの店に移ったのはいわゆるヘッドハントをされたからで、琴子を見込んでひき抜いてくれたオーナーには感謝している。美容室の営業時間は午後九時までだが、終業後に研修やデモンストレーションがあり、ひとり暮しのマンションに帰りつくのは深夜で、毎日毎日そのくり返しで、友達とも疎遠になり、おなじ都内に住む両親とも年に二度くらいしか会っていなくて、気がつくと仕事以外に何もしていない自分がいた。

このバーの扉をはじめてあけたのは、そういう自分の生活に疑問を感じるようになったころだった。三十歳になるのに結婚はおろか恋人もいなくて、たまの休みに映画とかショッピングとかにつきあってくれる友達もいなくて、大丈夫か、あたし、と思っていた。

「こういうマグに入ったモスコミュールって、あたしここではじめてのんだんだよね」

琴子は瞬に話しかけた。

「ていうかさ、お前、はじめのころビールしかのめなかったじゃん」

常連客の鍋島亘が騒々しく口をはさむ。

「そんなことないよ。あたしはお酒、学生時代から強いもん」

「強いかもしんないけど、いーっつもビールばっかだったじゃん」

酔うと、亘は小学生のいじめっ子のような口調になる。

「それはね、慣れてなかったから、何を頼んでいいかわからなかったの。緊張してたんだよ」

「緊張？　お前が？　あり得ねえ」

亘は言ったが、確かに緊張していたのだと琴子は思う。いまとなってはなつかしいほど遠い昔だ。

「あっというまに馴染んじゃったけど」

琴子は言って笑い、モスコミュールのおかわりを注文した。亘か七海ちゃんか由紀さんか次郎くん。ここに来れば誰かがいる。みんな三十歳前後で独身で、たいてい近所に住んでいて、会えば馬鹿話で盛りあがれる。きょうの亘の迷子話とか。口にはださないが、琴子は、みんな小学校とか中学校とかで、周囲からすこしだけ浮いていた人たちじゃないのかなと思っている。琴子自身がそうだったように——。だから、最初はもちろん初対面だったけれど、すぐに、なんだ、みんなここにいたの、という感じがした。仕事ばかりしている自分の生活についても、べつに間違ってはいない、と思えた。みんな、おなじような生活をしているのだ。夜はまだまだながく、運ばれたモスコミュールは今度もまたきんきんに冷たい。

香坂勇也はおばあちゃん子だ。周囲の大人たちがみんなそう言うので、たぶんそうなのだろうと勇也自身も認識している。おばあちゃん子というのがどういう子供のことなのか、はっきりとはわからなかったけれども。

たとえば朝、こうしておばあちゃんの身仕度をじっと見ずにいられないことがそれなのかもしれない。身体は壁のうしろに隠し、顔だけだして、勇也はほとんど毎朝（というのは、寝室でお母さんに世話を焼かれたり、おねしょの小言を言われたりして手間取らなかったらという意味だ)、洗面所でのおばあちゃんの一挙手一投足を観察する。おもしろいからだ。おばあちゃんは、まず鏡で自分の顔をじっと見る。何秒も何秒も見ている。そのときの、まるで何も見えていないかのような無表情な顔を、はじめて見たときにはびっくりした。びっくりして、目が離せなくなった。普段のおばあちゃんはばっちりお化粧をしていて、声も表情もくるくる変ってにぎやかなのだ。

次に、おばあちゃんはヘアバンドをつけて顔をむきだしにする。歯を磨き、糸みたいなものを棚からだして切り、歯と歯のあいだにいちいちそれを通して動かす。そのときの真剣な顔は、ほとんどこわいといってもいいのだが、勇也は、どういうわけかいつまでも見ていたいと感じる。おばあちゃんは、ゼリー菓子みたいにすきとおったオレンジ色の石けんを、丁寧に泡立てて顔を洗う。背中側の壁にかけてあるタオルをとるためにふり向くので、その直前に、勇也は顔をひっこめなくてはならない。そうしないと見つかってしまうし、見つかればお母さんのところへ追いやられてしまうからだ。タオルで顔をふいたあと、おばあちゃんは一つ目の化粧品をつける。それは黒いびんに入った透明な液体で、白い四角いガーゼみたいなものにしみこませてからつけるのだが、その動作をおばあちゃんはゆっくり、慎重に行う。勇也も息をつめて見守るのだが、それはおばあちゃんの顔の皮膚がすごく薄そうに見えるからで、紙みたいに破けてしまうのではないかと心配だからだ。

おばあちゃんは、次に棚から毛抜きをとりだす。鏡にぐっと近づいて、左右の眉毛《まゆげ》を一、二本抜く。毎朝必ず一、二本抜くので、そのうち眉毛がなくなるはずなのだが、いまのところなくなってはいないし、減ったようにも見えない。

たいていここで、勇也は洗面所の前からこっそり離れる。おばあちゃんの身仕度はまだ続くのだが、あとはいろいろな化粧品を顔に塗って髪をとかすだけなのであまりおもしろくないし、それ以上ながくそこにいると、お母さんが探しに来るからだ。

台所に行くと朝ごはんも、勇也が幼稚園に持って行くお弁当も準備ができている。

「おっ、起きてきたな」

おじいちゃんが言う。

勇也の両親は離婚しているので、勇也のお父さんはこの家にはいない。勇也には、それはべつに構わなかった。お父さんはときどきここに遊びに来るし、いっしょにどこかにでかけることもある。お母さんはお父さんを「あの人」と呼ぶけれど、おばあちゃんは「亀ちゃん」と呼ぶ。亀山という名前だからだ。でも、勇也がお父さんを亀ちゃんと呼ぶと、お父さんはいやがる。いやがるけれど笑うので、勇也はたまに、亀ちゃんと呼ぶ。亀ちゃん亀ちゃん亀ちゃん。そう連呼することもある。

勇也を幼稚園まで送ってくれる車のなかで、おばあちゃんはいつも英語の曲をかける。曲に合せて自分でも歌う。エアコンを入れていても窓をあけて走るのが好きで、

窓をあけるたびに必ず、

「危いから乗りださないでね」

と言う。チャイルドシートに固定されているので、乗りだすことなんてできないのに。

おばあちゃんとお母さんは親子なのに全然似ていない。おばあちゃんはお喋《しゃべ》りだけれどお母さんは無口だ。おばあちゃんの髪は茶色いけれど、お母さんの髪は黒い。勇也がちらちら見たからだろう、その視線を敏感に察知して、

「なに？　勇也、どうした？」

と、おばあちゃんが訊《き》いた。窓の外はいいお天気で、正面のガラスごしの日ざしがまぶしい。

「なんでもなーい」

勇也はこたえる。そして、おばあちゃんの秘密を知っているのは自分だけだと思った。毎朝のあの身仕度を、観察しているのは自分だけなのだから。

コーポ・エリゼってどこにあるんだろう。瓜生恵は、きのうからずっとそれが気になっている。家の前に立っていた男の人が、大人なのにひどく心細そうな顔をしていたせいかもしれない。恵は、生れたときからずっといまの家に住んでいる。お父さん

もだ。でも、恵もお父さんも、そんな名前の建物は知らない。

水曜日。給食のあとの学級会は、いつものように退屈だ。先生は、学級会というのは皆さんの学校生活をよりよくするために、自由に意見を発表する場です、と言うけれど、実際には積極的な女子（阿部さんとか田中さんとか）が、男子の誰それくんが掃除をさぼったとか、誰それさんの髪をひっぱって泣かせたとか、一方的に糾弾して終る。

窓の外はどんよりとした冬の空だ。石炭ストーブは十二月にならないと使われないので、教室のなかは足元が寒い。きのうの男の人が印象に残っているのはそのせいもあった。半袖《はんそで》のTシャツを着ていたのだ、十一月なのに。それに、雨も降っていないのに濡《ぬ》れた傘を持っていた。

「はい、末松さん」

先生の声がして、恵の物思いは中断される。末松さん？　物静かな、いつも一人で行動する、女子なのに野球帽をかぶっている、あの末松さんが手をあげたのだろうか、〝自由に意見を発表する〟ために？

「はい」

末松さんはこたえ、がたがたと椅子をひいて立ちあがった。

「前から思ってたんですが、終業のときに全員が机をうしろに運んで、掃除当番が広くなった床を掃くのはへんだと思います」

　そしてそう言った。

「へんというのは？」

　先生が尋ね、恵は自分が尋ねられたわけでもないのにどきどきした。教室じゅうがしんとしている。

「それをやるなら、掃いたあとで、今度は机を全部前の方へ寄せて、教室のうしろの方も掃かないとおかしい」

　一斉に不満の声があがる。なんだよそれ、いいじゃんいままで通りで、ふざけんなよ。

「静かに」

　先生が言った。

　末松さんを見ると、みんなの声に動揺したふうもなく、しっかり前を見て立っている。長身、細身、灰色のセーターに臙脂《えんじ》色のスカート。三年生のときに転校してきた末松さんと、恵は三年間おなじクラスだが、ほとんど話をしたことがない。というか、末松さんは誰とも必要以上の言葉は交さないのだ。

　結局、末松さんの提案は多数決によってあっさり却下された。が、恵は末松さんの言ったことを正しいと思った。教室の掃除のしかたについて、恵自身はこれまで一度も考えたことがなかった。机をうしろに運ぶのは、そうするように言われたからで、掃除当番が空いたスペースだけ掃いて机を元に戻すのを、普通のことだと思っていた。

「正しい意見だったのにね」

終礼後に、だからそう声をかけた。末松さんは何も言わず、ただ肩をすくめた。その大人びた仕種《しぐさ》にも、恵はなんだか感銘を受ける。学級会で個人を糾弾するのにも勇気がいるけれど、みんなの反感を買うことを発言するのには、もっと勇気がいる。

うちに帰ると、母親が大騒ぎしていた。買いだめしておいたトイレットペーパーが、誰かに一袋盗まれたというのだ。

「えー？　勘違いじゃないの？」

恵は言った。庭に置かれたスチール製の物置には、鍵《かぎ》がかけてある。

「ピンクのとブルーのと白のを、全部三袋ずつ買ってあったの。間違いありません」

ピンクのが、一袋足りないのだと母親は言う。

「使ったんじゃない？」

「絶対に使っていません。市場から消えたときのための備えなんだから。なくなったら大変だから、お母さん、必死で買い集めたのよ」

でも、市場から消えたりしないってお父さんは言ってたよ、という言葉を辛うじてのみこみ、末松さんを見習って、恵はただ肩をすくめてみせる。

　定年後も再就職して働いていた夫が去年ついに退職し、何が嬉《うれ》しいかというと、こうしていっしょに散歩がたのしめるようになったことだと伊吹弥生《やよい》はしみじみ思う。九月も終りに近づき、風に秋の気配がする。

「あら、こんなところにも駐車場が」

　家と家にはさまれた狭いスペースに、いつのまにか小さなコインパーキングができていた。

「ここ、以前は普通のお宅だったのかしら。憶《おぼ》えてる？」

　尋ねたが、夫は返事をしなかった。返事をするほどのことではないと思ったのかもしれないし、単に質問が聞こえなかったのかもしれない（夫の慎一は、すでにだいぶ耳が遠くなっている）。

　庭先に色鮮やかな花をたくさん植えている家、塀からねむの木の枝が大きくはみだしている道、飲食店が次々替る一角、家具とか如露《じょうろ》とか額縁とかの他に、焼き菓子も売っている不思議な店――。夫と散歩をするようになってから、幾つもの発見があった。三十年もおなじ街に住んでいながら、自分が見ていなかったものの多さに、弥生は驚いてしまう。用事のある場所――郵便局とかスーパーマーケットとか、駅とか病院とか銀行とか――にしか行かずにいると、知らないうちに、それ以外のものが見えなくなるのかもしれない。

すこし前に夫に鳩時計を買ってもらったのも、散歩の途中で発見した店でだった。昔のものと違ってすっきりと小ぶりな、箱形の本体も文字盤も真っ白なその鳩時計が弥生は一目で気に入って、欲しい、と、滅多に言わない言葉を口にしたのだった。その時計は居間の壁にかけてあり、正時と三十分過ぎがくるたびに、弥生の目と耳をたのしませてくれている。

「ここは昔から変りませんね」

竹林を眺めながら弥生は言った。家のすぐ近所、大通りから一本入っただけの場所に立派な竹林があり、ここに越してきた当初から、夫婦はそれを眺めるのが好きだった。笹をざわめかせて渡る風の音に耳を傾けるのも。

「憶えてますか?」

弥生は夫の腕に手をかけ、夫を立ちどまらせて訊いた。

「ここに越してきたとき、風景にあなたは悲観的で、『どうせこの竹林も、すぐに売られてマンションか何かになるんだろうよ』って言ったのよ」

人生には、嬉しい予想外というものも、すくないながらあるということだ。弱い風が渡り、竹林がざわめく。

「いい音」

呟《つぶや》いた弥生が目を細めたとき、葉ずれにまじっていきなりたくさんの声が聞こえた。男の、女の、子供の、大人の——。いっぺんに聞こえたそれらはあっというまに聞こえなくなり、とてもすべてを聞きとることはできなかったが、それでも幾つかの言葉ははっきりと耳に残った。揺れたね、という子供の声、本気なの？　という女の声、そして、それはあんたの問題だろう、という男の声——。まるで、無数の葉っぱにひっかかっていた無数の声が、風にのって一度に落ちてきたかのようだった。

「聞こえました？　いまの」

弥生は訊き、夫の腕をぎゅっとつかんだ。

「聞こえたよ。マンションになるって俺が言ったって話だろ？　聞こえたし、憶えてるよ」

夫は言い、また歩き始める。

「よかったじゃないか、マンションにならなくて」

そして短い笑い声をあげ、

「でも、もうじき売られてマンションになるぞ。がっかりしないように、そのつもりでいた方がいい」

とつけ足した。そうだった、と弥生は思う。夫は耳が遠いのだった。そのことを、何度でもつい弥生は忘れてしまうのだ。

その奇妙な棒を、柳は庭で見つけた。植込みの脇で。蟻が群がっており、最初、それは棒ではなく、何か薄赤いものに見えた。西瓜《すいか》の実のかけらのように。けれどしゃがみ込んで見ているうちに、その薄赤いものはみるみる溶けて水になった。そして、右往左往する蟻たちの中心に、その棒が出現したのだった。柳は椀《わん》に水を汲《く》み、何杯分も地面にぶちまけて蟻を追い払うと、それを拾った。木片であることは確かなように思われるが、それにしては驚くほど滑らかで平べったい。中央に文字が浮きでており、それは〝あたり〟と読めた。棒を柳は袂《たもと》に入れる。あとで櫛箱《くしばこ》にしまうためだ。そこには柳の見つけた奇妙なものが、他にも幾つか入れられている。完全に透明で、手で押すとべこりとへこむ四角い器（果実に似た、ほんのりと甘い匂いがする）とか、裏に針のついた、小さくて精緻《せいち》で美しい細工物とか――。それらが何であるかはわからないものの、あのカラスに関係があるに違いないと柳はにらんでいる。羽に緋色《ひいろ》の痣《あざ》のある、朝にだけ姿を見せるあのカラスだ。なぜなら、どれもカラスを見かけたあとで、カラスのいた場所に落ちていたのだから。

屋敷には、数日前からお客さまが泊っている。他にも人がたくさん出たり入ったりしていて落着かない。泊っているのは姉のところに通ってきていた男の人なので、たぶんそろそろ結婚が決るのだろう。

「やあ、こんにちは」

うしろから、いきなり声をかけられた。直衣《カジュアル服》姿の男の人が立っている。袍《ジヤケツト》は二藍《ふたあい》染《ぞめ》の穀織《こめおり》。ほっそりした顔は美しいと言ってもいいが、どこか面やつれしているようでもあった。

「いい庭だね。池が広くて。遣水《やりみず》はどっちにあるの？」

「見たい？」

尋ねると、男の人はうなずいた。

「こっち」

柳は言い、先に立って歩く。寝殿と東対《ひがしのたい》のあいだに遣水はあるのだ。渡り廊下の下を小川が流れていて、それはもちろん屋敷の外に続いている。柳には、男の人が遣水を見たがったことが好もしかった。柳自身、遣水を見ることが好きだからだ。おなじ水でも、池のそれは濁っていて静かだが、遣水のそれは澄んでいて、元気よく流れる音もする。引き入れたばかりだから新鮮なのだ。

「きみは茴香さんの妹さん？」

小川のそばに立ち、男の人が訊いたので、柳はうなずいた。

「そうか。私の名は規那だよ。正嗣は兄で、きみのお姉さんと婚姻するそうだから、私たちはもうじき親戚《しんせき》になるね」

婚姻――。やっぱりそうかと柳は思う。うすうす感づいてはいたのだ。それでも姉を盗られるようで、嬉しくはなかった。

「親戚っていったって、血がつながってるわけじゃあるまいし」

つっけんどんな言い方になった。規那と名乗った男の人は首をかしげる。ややあって、

「血は、つながるよ」

と言った。

「きみのお姉さんが正嗣の子を産めば、私の家の血と、きみの家の血はつながる」

今度は柳が首をかしげる番だった。それについて考えてみる。たしかにつながる、と思った。すぐそばで、遣水がさらさら音を立てている。

午前十一時、ガラス越しに見える舗道を人々が行き交っている。勤め人たち、買物中の人たち、台車を押す宅配便の人たち、中国人観光客たち。でもこの店はまだ開店前なので静かだ。それに薄暗い。眠いというより疲労で目が小さくなっている気がする国見幸穂《さちほ》には、この薄暗さがありがたかった。

小ぶりなボウルになみなみと注がれているのはセロリのポタージュで、スプーンを口に運ぶ手を止めて、幸穂はその温かさと風味の豊かさにうなる。

「五臓六腑《ごぞうろっぷ》にしみわたるとはこのことね」

そして言った。夜勤あけのスープに勝るものはない。

「可奈ちゃん結局どうすることにしたの、留学」

カウンターの内側で、弟の聖《きよし》が訊く。

「知らない」

幸穂は短くこたえた。娘の可奈は、ここ数年扱いにくい。十六歳だが、アメリカやイギリスやオーストラリアの大学付属の語学学校に勝手に資料請求し、そのうちのどこかに行くために高校を中退したいと言っているのだ。幸穂には、それを許すつもりはない。もし留学するにしても、せっかく入学した高校なのだから、卒業してからにすればいいではないか。入学金だって、たっぷり払ってしまったのだ。

「国見さんは何て言ってるの？」

尋ねられ、幸穂は暗澹《あんたん》とした気持ちになる。

「何にも。娘をそばに置いておきたいとは思ってるみたいだけど、あの人はほら、家のなかのことは私に任せっきりだから」

幸穂と夫は、おなじ家のなかにいても半ば互いを避けるように暮している。自分が一体なぜ国見と結婚したのか、いまとなっては謎だった。

「だいたいね、アメリカに行きたいのかイギリスに行きたいのか、オーストラリアに行きたいのかさえ決められないなんて変でしょう?」

幸穂は言って、話題を夫から娘に戻した。聖は笑う。

「どこでもいいから外国に行きたいっていう気持ち、わかるけどね、俺は」

「そういうこと、あの子の前で言わないでね、つけあがるから」

かつてヨーロッパを放浪した経験のある叔父《おじ》である聖を、それでなくても可奈は自分の理解者であるように考え、メールだかラインだかでいろいろ相談しているらしいのだ。

「了解」

聖はこたえる。

「ランチ用にレバーパテを作ってあるけど、たべる?」

「いいえ。もう結構。帰って寝なくちゃ」

スツールから降り、幸穂は言った。

「スープごちそうさま。病院のそばに弟の店があるのって最高」

幸穂は看護師をしている。産科主任で、毎日何人もの赤ん坊の誕生に立ち会っている。一年三百六十五日、赤ん坊は生まれ続ける。すばらしいことではあるのだろうが、幸穂はときどき心中秘《ひそ》かに、新米の母親たちに同情してしまう。どの赤ん坊もいずれ育って、可奈みたいに手に負えなくなるのだ。

おもてにでると昼の日ざしが、小さくなった気のする両目にまぶしかった。

あたしのご機嫌はいかがですか、と、先月生れたばかりの娘に赤池麻由美は話しかける。ベビーベッドのなかの娘はまだ首がすわっておらず、薄ピンク色のタオル地の、ドーナツ形の枕に頭をのせている。ぽやぽやと毛の生えた、その小さな頭は触るとほのかに温かく、頭蓋骨の形がはっきりわかる。

部屋の窓をあけ放っているので、外の物音がよく聞こえる。セミの声、車の音（トラックのときは震動も伝わる）、風に木の葉のざわめく音、下校途中の子供たちの声、ときどきまざる大人の声、配送トラックが停まり、荷台の扉があけられる音。

あたし聞こえる？　と、麻由美はまた娘に話しかける。お外の音が聞こえる？　と。

葉月と名づけた娘は夏生れで、その夏が、もうじき終ろうとしている。完璧《かんぺき》な夏だった。二十七年も生きてきたのに、自分はこれまで夏というものをちっとも理解していなかった、と麻由美は思う。いまは理解していた。世界は、娘にと同時に娘を持った麻由美にも微笑みかけてくれている。

ベビーベッドのなかで、葉月はぱっちり目をあけていた。白い肌は疵《きず》一つなく、あぶくのぞく唇は小さくて血色がいい。何もかもが人間離れした美しさで、麻由美は娘を誰にも見せたくないと思う。自分と夫以外の誰にも見せたくない。胸苦しいほど切実にそう思う。時間を止めて、家族三人で、永遠にこの夏のなかに閉じ込もっていたい、と。

まるで子供が子供を抱いているみたいだ。田辺京子は思い、

「バギー、持ちましょうか?」

と声をかける。真昼の銀座《ぎんざ》。地下鉄に降りる階段の上で、片腕に赤ん坊を抱き、反対の手に紙袋を持った若い女(背中にはリュックサック)が、さらにバギーを持ちあげようとしていた。

「すみません」

女は京子に感謝のまなざしを向ける。

「赤ちゃんがいるとお買物も大変よね」

こういう場合に年上の女(もちろん育児経験者)がだしそうな、理解といたわりの込められた声(だと京子が想像するもの)で言い、狭い階段を降りた。自動改札を通ってエスカレーターを降り、ホームについてからバギーを返す。母親はすぐにそれをひらいて赤ん坊を乗せた。たっぷりと量の多い髪といい、ふっくらした頬といい、短パンから伸びた脚といい、せいぜい二十二、三にしか見えない。こんなに若い子に母親業が務まるのだろうかと、自分では経験したこともないのに、根拠なく京子は心配

した。

「男の子?」

と訊いてみる。赤ん坊はまるまると太って、いかにも健康そうだ(これを持ち歩くのはさぞ重いだろう)。

「はい」

若い女はこたえ、

「赤ちゃんなのに力が強くて」

と、疲労の滲《にじ》む声音で言う。リュックサックのサイドポケットから、のみかけの水の入ったペットボトルがつきだしている。どういうわけか、そのペットボトルに女の疲労や不安が凝縮されているように感じ、京子は怯《ひる》んだ。育児なんて私にはとても無理だ、と思い、しなくて済んでよかった、とも思い、けれどその気持ちとは真逆の、先輩然とした微笑みをつい浮かべる。

「頼もしいじゃないの」

それは、自分の母親なら言いそうな言葉だった。

「大丈夫よ、赤ちゃんはすぐに大きくなっちゃうから、大変だったことをなつかしく思うようになるわ、あっというまよ」

言葉は苦もなく口をついてでる。

「はい。きっとそうなんだろうなとは思います」

若い女は殊勝にうなずき、そのときホームに電車が入ってくる。

「気をつけてね」

京子は母子のそばを離れ、おなじ電車のべつな車両に乗った。嘘をついたわけではないし、悪いことをしたわけでもない、と自分に言い聞かせながら。


佐々木泰三《たいぞう》は、生前、タクシーの運転手をしていた。妻も子も孫もいて、病を得るまではそれなりに充実した人生を送っていた。

泰三には、自分が死んだ記憶があった。最後の瞬間に、病院のベッドのわきで長女が悲鳴に似た声を発したのを聞いた気がするし、そのとき自分が、これで痛みから解放されるのだという大きな安堵《あんど》に包まれたことも憶えている。

しかし、だとすると、ここはどこなのだろう。風がひんやりと涼しく、目の前に、道がある。昔なつかしい土道で、両側は水田だ。薄暗いのは夜明けなのか夕暮れなのか、霧が深くて判然としない。これが死後の世界というものだろうかと泰三は思う。三途《さんず》の川はどこだ？　対岸で自分を待っているはずの、疾《と》うに逝《い》った父母や友はどこだ？

歩きだそうとして、自分に肉体がないことに泰三は気づく。目も見えるし音も聞こえ、ひんやりした空気を全身で感じるというのに、歩くことができないのだ。自分はただここに出現している、と泰三は考える。あたりを見渡し、空気の清冽《せいれつ》さに改めて驚いた。まるで水のようにつめたく澄み切っている。それとも、病から解放された魂がひさしぶりの外気を喜んでいるだけだろうか。いずれにしても、泰三は肺いっぱいに（肉体はなくとも肺はあるのだろうかと訝《いぶか》りつつ）それを吸い込み、霧の流れる鄙《ひな》びた風景に目を瞠《みは》った。夕暮れではなく夜明けだ、と確信する。太陽そのものは見えないが、光の気配はそこらじゅうにあった。

すこしずつ霧が晴れ、白かった空に青味がさし始める。たったそれだけの変化でも、泰三には見飽きるということがなかった。いまここにいられることが嬉しかった。全身を蝕《むしば》んでいた痛みはどこにも感じられないし、痛み以上におそろしかった、息ができない（のにまだ生きている）苦しさも、雲散霧消していた。

カエルの声が聞こえる。ここはかなりな田舎のようだ。泰三は生前、『フルカラー版　日本の原風景』という本を持っていたのだが、どちらを向いても、その本にでてきそうなのどかな景色がひろがっている。あぜ道、水田、梅の木や松の木。遠くに茅《かや》葺《ぶ》きの屋根も見える。あの屋根の下には、誰かこの場所の事情を知っている人（他の死者？）が住んでいるのかもしれない。そんなふうに想像しても、恐怖は感じなかった。むしろ気分がよかった。泰三はもう病んでいない。誰にも心配をかけずに済むし、誰にもわずらわされずに済む。

どのくらいその場所に佇《たたず》んでいただろう。あぜ道に動くものがあり、男だということがわかった。しゃがみ込む姿を見ただけで大昔に死んだ人間だろうと見当をつけたのは、身なりが時代がかっていたからだ。茶色い、いかにも粗末な野良着、頭には手《て》拭《ぬぐ》い、ずんぐりむっくりした体軀《たいく》――。

距離があり、近づくためには石の積まれた斜面を降りる必要があったのに、気がつくと泰三は、男のすぐうしろに（歩くことも飛ぶこともなく）存在していた。そのことに驚き（いっそうろたえ）、泰三はあたふたした。気配につられたように男はふり向き、目が合った気がした直後、男はそばに置いてあった桶《おけ》を大事そうに抱え込んだ。まるで、泰三に盗まれると思っているかのように。

泰三自身には見えない自分の肉体が、相手には見えているらしい。そう思うと奇妙な気がした。悪意がないことを示すために、泰三は微笑んでみる。おはよう、と言うべきか、ちょっとお尋ねしたいんですが、と言うべきか迷った。死者たちは、どんな挨拶《あいさつ》をするものなのだろう。

「来んな！」

男の方が先に叫んだ。

「来んな！」

立ちあがり、頭に巻いていた手拭いをほどいて蝿でも払うようにふりまわすと、あたふたと逃げだす。べつに追うつもりはなかったし（相手が生者であれ死者であれ、追いかけっこをするには自分は年を取りすぎていると泰三は思う）、その場から動いたつもりもないのだが、男が命からがらの体で自宅と思《おぼ》しきあばら家にたどりつき、戸をぴしゃりと閉めたとき、どういうわけか泰三は、戸の内側にいるのだった。

夕方の日ざしは、ときどき真昼の日ざし以上にまぶしい。そのことを、大石洋介は昔から不思議に思っていた。夕方の光の方が、粒子の散らばり方が派手なような気がするのだ。家々の門扉でも植込みでも、郵便ポストのてらてらした表面でも、砕けたような日ざしが動きながらきらめいている。そう、夕方の光は一粒ずつが動くのだ。それとも、そう見えるだけだろうか。

洋介の右手は長男の左手と、洋介の左手は次男の右手とつながれている。長男の詠《えい》は五歳で、次男の心《しん》は三歳だ。どちらも猫のようにすばしこく、猫のようによく眠る。洋介がスーツ姿なのは会社から直接託児所に迎えに行ったからで、画廊に勤めている妻は、今夜会食があって帰りが遅くなるという。

「晩ごはん、何がたべたい？」

洋介は息子たちに訊く。普段料理はしないが、カレーくらいなら作れる自信はある。

あるいはハンバーグでも。

「パパが作るの？」

詠が不安そうに尋ね、

「おすし！」

と心が即答した。

「鮨《すし》？ 鮨はちょっと無理だなあ」

「じゃあ、お豆！」

詠がいきなり言う。豆？ 洋介は混乱する。

「じゃあねえ、おたま！」

「オクラ！」

「おしり！」

洋介の考えでは、子供と会話をするのは猫と会話をするより難しいのだ。

結局献立が決らないまま、スーパーに着いてしまった。店の前に停めてある何台もの自転車に、夕方の日ざしが反射してまぶしかった。

駐車場に停めた車に消臭スプレーをまき、鍵を返す役目はみどりに任せて、国見智志は裏口脇の喫煙所でアイコスのボタンを押す。煙草を加熱式に変えてから二か月、みどりと一線を越えてしまってから四か月たつ。

白石みどりは変った女だ。それは確かだった。ともかくセックスに貪欲《どんよく》なのだが、普段はきわめて控えめな性格で、その控えめさが、智志には好もしいと同時におそろしかった。機会があれば逃さず唇を求め、智志の太腿《ふともも》に手をのばしてくるのに、それ以外のときには至極まっとうで、とても自分にはつりあわない相手に思える。おそろしさというのは、つまり信じられなさだ。一体なぜこういうことになったのだろう。白石みどりは二十代の、仕事のできるきちんとした娘だ。四十二歳で妻子のある男とかかわる必要などこれっぽっちもないはずだ。智志自身は最初からみどりに惹《ひ》かれていた。それは認めなくてはならない。が、こういう関係を望んでいたのかと問われれば、違うとはっきりこたえられる。

避けられなかった。そうとしか言いようがない。

以前の自分なら――しかしそれははるか昔の自分だ。結婚してからの智志は、妻以外の女性と関係を持ったことなどなかったのだから――、こういうことになる前に何らかの決心をしたはずだし、そこに至るまでにはそれなりのプロセス――食事に誘うとか映画を観るとか、迎えに行くとか送り届けるとか――があった。そういうことの一切がないまま、互いの気持ちがいつのまにかおなじように沸き立ち、何も言わなくても互いがそれを苦痛なほど肌で感じ、ほとんど沸騰したような空気のなかで、ただ欲望に身を任せる、というのは生れてはじめての経験で、智志にはまだ上手《うま》くのみ込めない。不倫をしているという実感もなかった。カーセックスをしているという実感しかないのだが、これがほんとうにそれなのか？

智志にはわからなかった。一体なぜこんなことになったのかも、自分のような男の、どこをみどりがいいと思ってくれているのかも。

夕方の光がアルミの灰皿に反射してまぶしい。智志はアイコスから吸殻を抜き取り、その輝く灰皿のなかに落とす。ただ一つわかっているのは、自分がこの関係から抜けだせそうもないことだと思いながら。

お、あたしが一番乗りだ。木元《きもと》千絵は思い、

「予約した田中です」

と友人の苗字《みょうじ》を言う。店のなかはにんにくとハーブの、いい匂いがしている。仲のいい友人四人が月に一度集る食事会は、高校を卒業して以来もう七年も続いていて、千絵はそれを自分たちの友情が強固だからだと考えているのだが、千絵の母親に言わせると、「そんなの、四人とも独身だからに決ってるでしょ」ということになる。「誰か一人でも結婚したり子供を産んだりしてごらんなさい、毎月会うなんていう優雅なことはできなくなるから」ということに。

案内されたテーブルにつき、おしぼりを使っていると、「まにあったー」と言いながら野花が来た。続いて留美《るみ》も。みどりからは遅れるというラインが届いていたので、先にビール（お酒ののめない留美はアイスティ）をのみ始める。

「前菜だけ頼もうよ」

千絵が提案し、シャルキュトリの盛合せというものを頼んだ。ハムとかパテとか、肉的なものが幾つもでてくるらしい。

「ひさしぶり」

そこに、本日のスペシャルゲストである〝宮たん〟こと宮沢翔子が現れ、場のテンションは一気にあがった。

「きゃー、宮たん！」

「宮たんだ！」

「わあ、留美。千絵もいるーぅ」

騒がしいテーブルで周囲に申し訳ないとは思うものの、声のヴォリウムは抑えられない。会うのは七年ぶりなのだ。当然のことながら、宮沢翔子は大人っぽくなっていた。

「全然変ってないね」

と言ったのも本心だったから、矛盾しているけれども。

そこからはノンストップだった。みんな喋る笑うたべる喋るたべる笑う喋る喋る。仕事が長引いたというみどりが三十分遅れで加わると、場は一層にぎやかになった。七年ぶりの再会はもちろんレアでたのしいけれど（今回の宮たんの参加は、ドラマティックにも彼女と野花が街で偶然ばったり会ったことで実現した）、四人組が揃うことの方が千絵には大事だ。おっとりしていてかわいい田中野花と、てきぱきしていておもしろい大和《やまと》留美、それに、頭がいいのにどこかテンポのずれている白石みどり。「毎日のようにラインでやりとりしてるのに、よく話すことがあるわね」と母親は言うのだが、もちろん話すことはあるのだ、いくらでも。たとえばきょう、野花が語った隆昭くんがつめたくなった問題（別名〝男は変質する問題〟）にはみんな大いに共感したし、みどりが語ったゴキブリ問題（ひとり暮しを始めたみどりは、あのいやなやつらにひとりで立ち向わなくてはならない）にはみんなおぞけをふるった。留美の語った非常識なバイトちゃん問題（これはもう一年近く続いている話題で、おもしろすぎるので、千絵はぜひともそのバイトちゃんに、ずっと留美の会社で働いていてもらいたい）にはみんな笑い転げた。サラダをたべパスタをたべラム肉をたべ、デザートが運ばれるころには笑いすぎて顔の筋肉が疲れていた。お酒がまわったせいかもしれない。母親が若かったころといまとでは時代が違う、と千絵は思う。だから職場がばらばらでも、そして誰かが「結婚したり子供を産んだりして」も集れるはずだ。こうして毎月、あたしたちなら。

赤ワインのグラスをテーブルに置いたままくるくるとまわしながら、最近の子は帽子をかぶったままごはんをたべたりするのね、と、村田梓《あずさ》は思った。奥のテーブルで騒々しく食事をしている若い娘たちのなかの、一人は黒いニット帽で頭をすっぽりおおっていて、別の一人はミリタリー調の、つばのある浅い帽子を後傾ぎみにかぶっている。

「なつかしいわね」

梓の視線を追って、隣に坐《すわ》っている仁美《ひとみ》が言う。

「私たちもあんなだったわよね」

と、微笑ましそうに。

「うん、あんなだった」

向いの席の園子がうしろをふり向いて言い、

「かわいいわね、みんな」

と感想を添える。梓、仁美、園子の三人は高校の同級生だ。およそ四十年前におなじ学校に通い、おなじ制服を着ていた。

「私たちもああいうこと話してたわね」

スープをすくうスプーンを静止させたまま仁美が言う。若い娘たちはやたらに声が大きく（おまけにしょっちゅう笑い声をあげる）、いやでも会話の断片が耳に入ってしまうのだ。ボーイフレンドがつめたくなったとか、はじめてのひとり暮しが自由だけれど大変なこととか。

「あっというまよ」

園子がパンをちぎりながら言った。

「あっというまにあの子たちも私たちみたいに、介護とか眼瞼下垂《がんけんかすい》とか子供たちの就職とかの話をするようになるわ」

確かに、とうなずき合って、三人とも苦笑した。赤いクロスの掛けられたテーブル、のみかけのかぼちゃのポタージュ。きょうはたまたま旧友たちと訪れているが、梓は普段この店には夫と来ており、シェフでありオーナーでもある菅原聖の料理と人柄に、夫婦揃って惚《ほ》れ込んでいる。

「ねえ、果林《かりん》ちゃんは幾つになった？」

ふいに思いだし、梓は仁美に尋ねる。三人のなかでいちばん結婚の早かった仁美には、果林を筆頭に三人の子供がいる。

「二十七。なんで？」

梓は説明した。菅原聖がどんなに感じのいい男性であるか、自分たち夫婦に訊きだせた限り、健康にも経済状態にも何の問題もないこと、婚期を逃したのは外国暮しがながかったせいに違いないこと。

「ほら、果林ちゃんはあかるいし、かわいいし、気働きもできるから、こういうお店のマダムも務まると思うのよ」

「いやだ、梓、そういうお見合おばさんみたいなのって、昭和に絶滅したかと思ってた」

園子が呆《あき》れ顔をしてみせる。ウェイトレスが現れ、スープ皿をさげてポロねぎの蒸し煮を置いて行った。

「だって」

梓は言い訳をする。

「知ってのとおり私は結婚が遅かったじゃない？　五十近くになってようやく結婚して、それまで知らなかったけど、結婚ってしみじみいいものだなって思うわけよ」

本心だった。誰かと共に暮すことの喜びに、梓は日々胸を熱くしている。

「でね、どうしてもっと早く結婚しなかったんだろうって不思議に思うの。人生は短いのにって」

若いころ、自分は臆病《おくびょう》だったと梓は思う。臆病で頑固だった。それにたぶん、すこしばかり自分を大事にしすぎていた。

「いずれにしても果林はだめ。あの子、結婚する気ゼロだもの。仕事がおもしろくて仕方ないみたい」

　仁美は言い、

「このねぎおいしい」

　と、会話の流れを無視して園子が呟く。

「第一、果林に男なんか紹介したら、梓、パパに殺されちゃうわよ」

　パパ、というのは無論仁美の父親ではなく夫のことだ。

「ねえ、ちょっと、それより早くたべなさいよ、冷めちゃうわよ」

　園子に促され、梓はナイフとフォークを手にとった。ポロねぎの蒸し煮は裏メニューで、梓と夫の好物だった。

「それにね」

　仁美が言葉を重ねる。

「私は梓と違って、結婚がそんなにいいものだとは思わないの。うん、全然思わないわね」

　梓は驚いてしまう。仁美の一家はいつ会っても賑《にぎ》やかで仲がよく、夫の和久さんはいまだに仁美に心酔しているようで、梓にとってはまぶしいような、夫婦であり家族なのだ。結婚して何年だろう。三十年？　もっとかもしれない。

「わあ、ほんと、このねぎおいしいわね」

仁美は邪気のない笑顔で言い、赤ワインに手をのばす。

上絵師《うわえし》の庄造《しょうぞう》には、娘が三人いる。次女と三女は素直なのだが、長女の加代だけは気が強くていけなかった。切り前髪に洗い髪だと？　流行だか何だか知らないが、髪も結わずにおもてを出歩くなど言語道断だ。

「いいじゃないですか、誰に迷惑をかけるでもなし」

妻の口調の軽さが、庄造をさらに苛立《いらだ》たせる。

「噂になるぞ、あすこの娘は遊女みたいな形《なり》で出歩いてるって」

「そんなの古い」

加代が言う。

「そんなこと誰も思わないわよ、いまどき」

「じゃあカエルの幽霊はどうなんだ。カエルの幽霊だぞ？　いまどき」

噂というのは無責任なものなのだ。無責任で出鱈目《でたらめ》で、そのくせあっというまに広まる。

「あれはカエルの幽霊なんかじゃなくて、異人だったたって太助《たすけ》さんは言ってるって。勢喜《せき》ちゃんから聞いたんだから確かよ」

「どうだかな」

庄造には、太助をめぐる噂の真偽はどうでもよかった。

「頼むからさ」

口調と態度をやわらげて娘に訴えてみる。

「その形でおもてにでるのだけはやめてくれ」

加代は庄造をにらみつける。

「お父さんはお武家さんの真似ばっかり。ちょっとは現実を見てよ。私はちゃんと絞りで生計を立ててるんだから放っておいて」

「おけない。おけるわけがないだろう」

どうどうめぐりだ。髪の形だけのことではなく、加代の口のきき方、物の考え方、動作や表情のいちいちが庄造には気に入らない。あんなにたくさんの習い事をさせなければよかったと思った。習い事をさせすぎたせいで、へんに生意気になってしまった。

「茂《しげ》と綾《あや》はどうした?」

気に入りの娘たちの顔を見て自分をなぐさめたいと思ったが、妻の返事は、

「湯屋ですよ」

だった。まったくおもしろくない。庄造は、普段より早く晩酌を始めることにした。

気持ちのいい夕方だ。湯屋をでた綾は、姉の茂とならんで町を歩いている。物売りの屋台、提灯《ちょうちん》のあかり、自分たちの履いている高下駄《たかげた》の音。綾は一日のうちで、この時間の町がいちばん好きだ。にぎやかでたのしい。猫屋のおばさんとすれちがい、駕《か》籠《ご》屋の女将《おかみ》さんともすれちがった。石屋のおじさんとも。

「飴《あめ》、買ってあげようか」

姉に言われ、

「かんざしがいい」

とこたえると、こわい顔をされた。

「そういうのは加代ちゃんに頼みなさい」

と言われる。長姉の加代は商売をしているので、自分のお金を持っているのだ。

「ほら、どれがいい？」

促され、うぐいすの形の飴を選んだ。きょうは若月だ。糸みたいに細い金色の月が、空の低い位置にでている。

「ねえ、もしいまカエルの幽霊がでたらどうする？」

姉に訊かれ、

「逃げる」

と綾は即答した。町はいま、その噂で持ちきりなのだ。赤蛙売りの太助さんが田んぼで幽霊を見て、それは太助さんがこれまでにつかまえて殺した、何百匹もの赤蛙のたたりだという噂だ。リアリストの加代は、「そんなものをこわがるなんてばかみたい」と言うのだが、加代ほど気丈でない茂はこわがっている（綾もすこしこわい）。おなじ姉でも、加代と茂は全然似ていないと綾は思う。加代はいつも奇抜なことをして父親を怒らせてばかりいるが、茂はそんなことはしない。加代は絞りの仕事に熱中しているが、茂は家の仕事を手伝う以上のことをする気がないらしく、若奥様になることに憧《あこが》れている（実際、男の人に人気もあるのだ。こうして外を歩いていると、ときどき恋文をもらったり、挨拶がわりにお尻《しり》をなでられたりする）。

「飴、家につく前にたべちゃいなさいね。夕飯前に余計なものをたべさせたって、叱られるのはあたしなんだから」

小言口調で言われるのは不本意だった。買ってほしいと綾が頼んだわけではない（飴屋さんが飴を作ってくれているあいだ、姉が男の人とひそひそ話をしていたことを、綾は知っている）。それでも――。飴はおいしく、町は平和でにぎやかで（カエルの幽霊の姿もなく）、全体的にはやっぱりいい夕方だ、と綾は思った。

ほそーい三日月、見て。

糸井七海は歩きながら、恋人の亘にそうラインした。亘には問題（酒をのみすぎる、声がでかすぎる、へんなことに細かく、ナイーヴすぎる）もいろいろあるが、ラインの返信には几帳面《きちょうめん》で、七海はそこが気に入っている。恋人がいることのすばらしさは、こういう、日々のちょっとしたこと――喜びや怒り、感慨――を共有できる点にあると思うからだ。

すぐに返信がきた。

ホイ。ほんとだ。

七海は笑う。

ホイ？？？

終電だったのですでに真夜中をすぎているが、夜道も、こうして会話をしながら歩けばこわくない。

コンビニに寄ります。ヨーグルト買わなきゃ。あとゴミ袋も。

ホイ。

またそれ？

買物を済ませ、住宅地に入ると虫の声が聞こえた。

虫の声がする！！！　もう秋だね。

それでそう打ったのだが画面には反映されず、そればかりか、いきなりぷつんと電源が切れてしまった。

「なにそれ」

立ちどまり、キーをあちこち押したり長押ししたりしてみたのだが、電話は息を吹き返さない。あきらめて、七海はそれをショルダーバッグのなかにしまった。コンビニの袋がさりさりと音を立てる。再び歩き始め、家の前（であるはずの場所）まで来たとき、七海は自分の目を疑った。

野原なのだ。ぼうぼうと草が生えている。しかもその野原は、七海の住むアパートの敷地より何倍も広い。隣の家も、その隣の家も、裏の建物も、その裏の建物も消えてしまった。

「うそ」

呟くと、その自分の声が余計に恐怖をあおった。虫の声はいつのまにか聞こえなくなっている。すぐにその場を逃げ去りたい衝動と、野原に背中を向けるのがこわい気持ちとの板ばさみになって、七海は動くことができなかった。思考まで停止したらしく、何も考えられない。ただ、草の緑だけが夜気のなかで冴《さ》え冴《ざ》えとしている。錯覚でも幻でもなくて、土も草も確かにそこに存在している。月も。月だけはついさっき見たままの、白い細い三日月だ。

一分か二分、もしかしたらもっとだったかもしれないが、野原はそこに存在し、七海の目の前でふいに消えた。虫の声が再び聞こえ、そこには七海の住むアパートを含む見慣れた住宅群が、あたりまえのように出現していた。

たとえ百人分の乳房が目の前にならんでも、自分には妻のそれがわかるだろうと、岩合《いわごう》和久は思う。たっぷりと豊かで白く、さわるとつめたい妻の仁美のそれが、和久は大好きだった。年齢と共に交接の回数は減ったものの、こうして毎晩眠っている妻の背後から腕をまわし、乳房を下から支えるように持って、その重みと感触を味わうことはやめられない。そうしないと眠れない、とまでは言わないが、そうした方が安心して眠れることは確かで、だからこそ和久はいつも、妻が寝入るのを待ってからベッドに入るのだ。妻が起きているあいだだと拒絶される可能性があるからで、拒絶されてもあきらめない和久のことを、妻はときどき変態呼ばわりする。「赤ん坊じゃあるまいし、いいかげん、おっぱいに執着するのはやめて」と言うのだが、赤ん坊の執着は食欲であり、和久の執着は趣味なのだから、比べる方がおかしいのだ。

和久の指は、まるで目がついているかのように正確に、妻の大きめの乳輪をたどることができる。手のひら全体を使って乳房を持ちあげたり軽くつぶしたりしたあとで、そっと包み込むようにする。あくまでも下から。その感触の心地よさには何度でも胸を打たれる。胸を打たれ、同時に満ち足りた気持ちにもなって、和久はゆっくり眠りに落ちる。

梨の肌は白い。朝の台所で、新町詩織《しんまちしおり》はそう思う。りんごの肌も白桃の肌も白いけれど、梨の肌の白さとみずみずしさには遠く及ばないと。詩織は、果物のなかで梨がいちばん好きだ。甘さも歯ざわりも風味も、そっけなくて地味な外見も——。

「縁を切れよ」

梨ののった皿をテーブルに置くと、夫の壮太《そうた》に言われた。

「無理よ、姉妹だもの」

詩織はこたえ、むいた梨を自分でも一切れ口に入れる。

「いつ行くの？」

「金曜日」

姉の佳織《かおり》が、転売目的の万引きで捕まったのだ。三度目なので、もう大目にみてはもらえず、今回は裁判になる。その裁判で、詩織は〝情状証人〟というものになるのだ。証拠のビデオがあるので有罪は決定しているのだが、弁護士の話では、情状証人の証言によって、量刑が変るらしい。根は悪い人ではないのだ、と訴えることによって。

「子供たちには言うなよ」

夫が言い、詩織はもちろん言わないとこたえる。子供のいない佳織は、詩織の娘たちをかわいがってくれている。娘たちにとっては個性的でおもしろい伯母《おば》なのだ。気前がいいので、お金持ちの伯母とも思っているかもしれなかった。

「二つ目の秘密ね」

詩織の言葉に、夫はいやな顔をした。

「そっちは、べつに犯罪じゃないだろ」

と言う。

「そうね」

肯定した。詩織には、子供たちには言うなよ、と夫にきつく言われていることがもう一つあり、それは、夫が年若いアイドルグループの女の子たちを熱愛しているという事実だった。コンサートや握手会に欠かさずでかけ、彼女たちの出演するテレビ番組はすべて録画して、夜中に夫婦の寝室で観ている。ファンクラブの会員にもなっているのだが、会報その他の郵便物を娘たちの目に触れさせないために、わざわざ私書箱を借りていた。もちろんどれも犯罪ではない。犯罪ではないが、グループの誰かが引退だか卒業だかするコンサートの映像を観て、いい年をして嗚咽《おえつ》する夫の姿はかなり不気味だし、常軌を逸したファンがアイドルに乱暴したという報道を見聞きするたびに、犯人が夫でなくてよかったと、自分がつい胸をなでおろしてしまうのも事実だ。

「梨、おいしいわね」

皿からもう一切れつまみ、詩織は言う。二つの秘密のうち、自分にとってどちらがよりおそろしいのか、詩織にはわからなかった。

　十六歳の今野《こんの》まどかは、いま冒険中だった。隣のクラスの矢沢翔《やざわしよう》に誘われて、はじめての学校さぼりデートを敢行中なのだ。いつもどおりに家をでて、駅のトイレで私服に着替え、ドトールで翔と会って、いいかげんに電車に乗った。行き先はどこでもよかった。街なかだと補導員に出くわしそうだったので、補導員のいなそうな、郊外住宅地っぽいところに行きたかったのだ。が、どっちに行けばそれがあるのかわからなかったので、適当に三本乗り継いだ結果、本八幡《もとやわた》という駅についた。ごく普通の駅だった。大きなショッピングセンター、道路、信号、交差点。学校のことや友達のこと、家族構成なんかについては電車のなかでぽつぽつ喋ってしまったので、話題はもう尽きている。最初にドトールで見たときの、私服姿の翔の新鮮さもすでに薄れていた。

「どうしようか」

「どうしようね」

「腹へった?」

「へらない」

そんなふうに言い合いながら、ただ歩いた。曇り空だ。これがもしぴかぴかの晴天だったら気分も違うのかもしれなかったが、いまのまどかは居心地が悪く、早く家に帰りたかった。あるいは自分のよく知っている街に。

「中学んときさ、今野何部だった？」

「バスケ部」

「へえ。俺は理科部だった」

「そうなんだ」

デートのとき、みんなはどういう話をしているのだろうとまどかは思う。

「なんでいまはバスケ部じゃなくて華道部なの？」

「運動部は練習がきついから」

「ああ。まあ、それはそうだよね」

八百屋の前を通りすぎ、神社の前を通りすぎる。身長がおなじくらいなので、翔の顔が自分の顔のすぐ横にある。横を向いてしまったら距離が近すぎる気がして、まどかは前を見たまま喋った。それでも翔の声はすぐ近くで聞こえる。

どうして自分はいまここにいるんだろうと、まどかは思う。こんな見知らぬ場所に、矢沢翔と二人で。翔に誘われたときは嬉しかった。トイレで着替えたときにはどきどきたし、約束どおりに現れた翔を見たときにはほっとして、かなり激しくヨロコビが湧いた。でも、とまどかは早々に結論に達する。でも、たのしいのはそこまでだった。

「帰ろうか」

と言ったまどかの声に、

「やっぱ何か食う？」

と言った翔の声が重なる。

「雨降りそうだし」

まどかはつけ加え、くるりと向きを変えた。

「ハイ古田さん、調子はどうですか？」

白人男性教師は部屋に入ってくるなり言った。

「元気です。ありがとう。あなたは？」

古田明良《あきら》は教本通りにこたえる。

「元気ですよ。ありがとう。きょうは涼しいね、そうじゃない？　雨も降りそうだし。僕は雨が嫌いでね、太陽が大好きなんだ。ああ、ラブリーな日の光が恋しい」

教師はべらべらまくし立てる。ファイルをめくり、前回の授業でどこまで進んだか

を確かめるあいだも雑談を続け(無論それも授業の一部なのでありがたいことなのだが)、

「古田さん、ここまでどうやって来ましたか?」

と、どうでもいいことを尋ねる。

「私はここに、バスで来ました」

「いくらかかりましたか?」

「ええと、二百十円です」

「あなたの意見では、それは高いですか、安いですか?」

二百十円というのがバス代として高いのか安いのか、明良はこれまで考えたことがなかった。高いだろうか、安いだろうか。難問に思える。最後に値上げされたのがいつで、その前がいくらだったのか、考えたが思いだせない。

「あなたの意見では、それは高いですか、安いですか?」

質問がくり返され、なぜ自分がそんなことを詰問されなければならないのかと内心腹立たしく思いながら、安いと明良はこたえる。

「私は安いと思います」

と、確信はないままに。

「グッド」

教師は言う。

「では、教本をひらいて」

と。

古田明良は、自分には趣味と呼べるものがないことに、去年突然気づいた。退職後の夫が四六時中家にいることが妻たちのストレスになっている、という記事を新聞で読んだことがきっかけだが、そうでなくても、終日テレビを観ている自分に自分で嫌気がさしてもいたのだ。それで、以前から興味のあったこのマンツーマンの英会話教室に通い始めたのだが、海外旅行をする予定もなく外国人の知り合いもいない自分が英語を習得してどうするのかはわからなかった。まあ、英字新聞が読めるようになれば、孫たちに一目置かれるかもしれないとは思う。英字新聞というものを、どこで売っているのか見当がつかないにしても。

「神社に行ったことはありますか?」

教本の例文とは微妙に違うことを訊かれ、明良は戸惑う。毎年初詣《はつもうで》には近所の神社にでかけるし、子供のころには神社が遊び場の一つだった。有名神社の幾つかには旅行で訪れたことがあり、なかでも息子たちに贈られた旅行券で行った、伊勢《いせ》神宮はすばらしかった。その息子たちの七五三は、三人とも日枝《ひえ》神社で祝ってもらった。妻が赤坂《あかさか》生れで、その神社に愛着を持っていたからだ。

そんなことを考えていると、教師に質問をくり返された。

「はい、私はたくさんの神社に行きました」

こたえると、教師はいきなり顔をしかめて、

「あなたは、神社に行ったことが、ありますか?」

と一語一語区切って、またおなじことを訊く。

「はい、私はたくさんの神社に行きました」

「ハヴュー、ハヴュー、ハヴュー」

大袈裟《おおげさ》に唇を動かして、教師が三度もくり返し、わけがわからなかったので、

「ハヴアイ?」

と尋ねると、教師はぐるりと目をまわしてみせた。


もう撃退したのだから大丈夫、と自分に言い聞かせながら、城戸崎《きどさき》陽水は通用口からおもてにでた。孝大と暮しているマンションまでは、歩いて十五分の距離だ。空を見て道を見て、うしろをふり返って確かめる。敵の姿はない。それでも油断はできなかった。奴は妙に賢いし、復讐《ふくしゅう》のときを虎視《こし》眈々《たんたん》と狙っているかもしれないのだから。

陽水がはじめてそのカラスに襲われたのは、今年になってすぐのころだった。いまとおなじように夕方で、いまとおなじバイト先からの帰り道で、でもいまよりもずっ

と寒く、夕闇が濃かった。最初、カラスは柵《さく》に止まっていた。街路樹を一本ずつ囲む小さな柵で、地面からせいぜい五十センチほどの高さしかない。あ、カラス、と思った陽水と目が合った途端、カラスはばさばさと羽ばたいて舞上がり、カア、と空中で大きく鋭く鳴いてから、陽水の頭めがけて突進（というか滑空）してきた。つつかれる、と思ってすくみあがり、咄嗟《とっさ》に両腕で頭をかばいながらその場にしゃがみ込んだが、カラスはつつくことはせず、陽水の頭上をかすめて飛び（おそろしいほどの羽音だった。まきおこる風のみならず、翼そのものが陽水の両腕をたたいた）、カア、と空中でまた大きく鋭く鳴いて、今度はうしろから突進（というか滑空）してきた。また陽水の頭をかすめて飛び、前方の空中でカアと鳴いて戻ってくる。それを何度もくり返された。カラスはあきらかに陽水をからかっているのだった。次第におそろしさよりも腹立ちが勝り、陽水は意を決して立ちあがると、

「あっちへ行け！」

と怒鳴ってカラスをにらみつけた。が、カラスはすこしも動じず、カア、と嘲《あざけ》るように鳴いてまた突進（滑空）し、今度は意地でもしゃがむまいとして、うつむいて立っていた陽水の頭を執拗《しつよう》に、前後からかすめて飛び続けた。耐えきれず、陽水が再びしゃがみ込んでも——。攻撃がふいにやんだのは自転車が通ったからで、カラスはすぐそばの家のブロック塀に止まり、自分は何もしていない、という顔をしていた。

それからしばらくのあいだ、陽水はしょっちゅうカラスに待ち伏せをされた。おなじカラスだと、目を見ればわかった。腹立たしいのは他に通行人がいたり、孝大に頼んで一緒に歩いてもらったりすると襲ってこないことで、そいつは陽水が一人のときにだけ、攻撃してくるのだった。しかもそれはどんどんエスカレートした。前後から突進（滑空）してくるだけじゃなく、じかに頭に止まったり（カラスの趾《あし》の、あの感触とおぞましい力）、陽水の目の前にとどまって羽ばたいたりもして（あの真っ黒な目、狂暴なまでに大きなくちばし）、陽水はほとんど外出恐怖症になり、コンビニでのアルバイトを辞めることまで本気で考えた。

もともと、そんなにながく続けるつもりのバイトではなかった。それまでしていた病院事務の仕事を辞めたのは孝大との結婚が決ったからだったし、結婚後はしばらく家事（と、子供ができればもちろん育児）に専念するつもりだった。それなのに整体師である孝大が店を辞めたり独立したり（おまけにへんなアルバイトを始めたり）して、もうすこし安定してからとか落着いてからとか言いだし、のびのびになって、何もしないでいるわけにもいかないので始めたアルバイトなのだ。陽水はときどき、孝大の考えていることがわからないと感じる。以前ほど陽水にべたべたしなくなった（一緒に暮し始めたころは、しょっちゅうお尻にさわったり胸に顔を埋めてきたり、頭を抱き寄せたりしてくれたものなのに）し、いつごろ結婚できそうかと訊くと、言葉を濁す。黙ってしまうこともある。それでいてアルバイトで出会った女の人たちのことは、「おばさん」とか「ほとんどおばあさん」とか言いながらも、妙にたのしそうに話すのだ。陽水は不安になる。

とはいえ――。

はじめてカラスに襲われた場所を過ぎ、神社の前を過ぎ、児童公園の前も過ぎ、敵が現れなかったことにほっとしながら陽水は気をとり直して考える。とはいえ、赤いスプレーペンキを噴射する、という斬新な方法であのカラスを撃退してくれたのは孝大だし（それ以来カラスは現れない。いつ復讐されるかという恐怖はあるにしても）、マンションにでるクモやゴキブリに対処してくれるのもいつも孝大で、そういう意味では頼りになるし、陽水は守られていると言える。両親にもきちんと挨拶をしてくれたのだから、なかなか入籍しないことや、べたべたしなくなったことくらい大目に見るべきなのかもしれない。

無事マンションの前に着き、陽水は手提げから鍵をとりだす。どこかの家でひき肉料理をつくっているらしく、路地には、いかにも家庭の夜ごはんという匂いが漂っている。十月。確実に日は短くなっていて、空気はすでに夜の始まりの色だ。

二歳の息子の小さな指が、湯船に浮かんだ丸い物体を押す。あぶくと共に湯が沁《し》みだし、息子はくしゃりと笑み崩れる。声はださずに。

「つぶせつぶせ」

豊《ゆたか》はけしかけた。が、息子がまだそうしないことを知っていたし、事実息子はまだそうせず、一本の指で再びその丸い物体をそっと押して、父親の顔を見上げる。じらすかのように。

遠い昔、豊も父親にタオルまんじゅうをつくってもらった。いまの息子とおなじように父親の膝《ひざ》に乗り、ただのタオルが突然立体的になり、押すと何かが（というのは無論空気なわけだが）漏れる感触のあることの不思議に胸打たれて。

これ以上待てばしぼんでしまう、というぎりぎりのタイミングで、息子が両手でぶしゃんとそれをつぶした。ほとんど襲いかかるようにして。

豊の父親は、豊が高校生のときに病気で死んだ。だから自分に孫がいることを知らないし、孫である豊の息子は祖父の顔を知らない。

「もっかいやって」

息子が言い、豊はもう一度それをつくる。絞ったタオルを広げて水面に浮かべ、中央を両手で下から持ちあげて空気をとりこみ、素早く片手をはずして丸く成形する。てるてる坊主で言うところの首をつかみ、丸い物体だけが水面に残るようにする。水に接していないとたちまちしぼんでしまうので、コツが要るのだ。

息子は目を輝かせ、ひとさし指を立てて臨戦態勢をとる。こいつもいつか自分の息子に（娘に、かもしれないが）、タオルまんじゅうをつくってやったりするのだろうか。そのときに、いま豊自身が父親を思いだしているように、豊のことを思いだしたりするのだろうか。そう考えると不思議な気がした。

高校生のころ、豊は自分で自分に外国名をつけていた。それを知っている人間はこの世で豊一人だけだ。ダン・ブレイディ（別名ラリー・フィッシャー）というのがその名前で、あきらかにジョン・ル・カレとかクライヴ・カッスラーとかテッド・オールビュリーとか、当時熱中して読んでいたスパイ小説の影響なのだが、ダン（別名ラリー）は新庄《しんじょう》豊という名で日本に潜伏している諜報《ちょうほう》部員なのだった。ダンはアメリカ人でラリーはイギリス人なのだが、そもそもの生れがどこであり、どういうわけで二重国籍（新庄豊は仮の姿なので、日本国籍は数に入れない）を持つに至ったかについての、込み入ったストーリー（力作だった）は忘れてしまった。憶えているのは、ダンにはパメラという妻が、ラリーにはステファニーという恋人がいたことで、パメラは赤毛の女諜報部員、ステファニーは金髪の大学生だった。ダンにもラリーにも子供はなく、それは（当時の豊の考えでは）、非情な世界を股《また》に掛けて活動する諜報部員には心の安まる暇がなく、明日をも知れぬ命では子供を持つわけにはいかないからで、パメラはそれを理解していたが、ラリーの正体を知らないステファニーには理解ができず、そのためにしばしば口論になった。が、ダンでありラリーでもあった豊はこうして息子を風呂《ふろ》に入れており、のみならず、タオルまんじゅうまでつくっている。台所で妻の焼いているハンバーグの匂いが、風呂場のなかにまで漂ってくる。

窓の外はもうとっぷり日が暮れている。〝神様は私を愛している！　そのことはわかっている。聖書にそう書いてあるから〟という歌詞の歌を英語で歌いながら、乗鞍《のりくら》文世《ふみよ》はいつのまにかまた夏が終ってしまっていることに気づく。ビルの四階にあるこのカルチャースクールの窓から見える空は、このあいだまで、まだまだあかるかった。ということは、もうすぐ一年が終る。毎年そうなのだ。一月とか二月とか三月とかは比較的ゆっくり時間が流れるのに、夏が終ると、あっというまに暮れになる。文世にはそれが、子供のころから謎だった。春夏秋冬のうちの半分が過ぎただけだから、一年はまだ半分残っている、と思うのに、事実はそうではないということが。

「はい。じゃあ今度はスウェイしながら！」

女性講師が元気よく言い、十五、六人いる生徒たち（全員女で、おそらく三十代から六十代）が一斉に左右にステップを踏みだす。〝神様を信じる小さな私たちは弱いでも神様は強い〟。文世はキリスト教徒ではない。それなのになぜ毎週水曜日、会社帰りにカルチャーセンターのゴスペル教室に通うことにしたのかといえば、なんとなく、だった。四十二歳で独身、恋人もなく趣味もないままではいけないような気がなんとなくし、ネットで調べた講座のなかで、フラワーアレンジメントや株にトライや、テーブルコーディネートや絵手紙を書こうより、ゴスペルの方がたのしそうな気がなんとなくした。ヨガ教室やソムリエ資格をとろうより気楽だし、手芸教室や古典を読もうより身体によさそうだし。会社と自宅の往復だけの毎日では、味気なくて淋《さび》しいと思ったのだ。でも――。たどたどしく左右にステップを踏みながら、講師の指示通り「両目を大きく見ひらいて、口をひらいて鼻をひらいて耳もひらいて毛穴もひらくつもりで」大きな声で、〝イエス、神様は私を愛している！〟と三回くり返して歌う自分の姿は、正直なところ知り合いには見られたくないなと文世は思う。窓の外は夜の色で、女たちが微妙に揃わないステップを踏んでいる教室内は、蛍光灯が煌々《こうこう》とあかるい。

たとえ百人分の男性器がならんでいても、自分にはこの人のそれがわかるだろうと、北村いずみは思った。まあ、見ただけではわからないかもしれないが、こうしていずみのなかに入ってくれれば、まちがいなくわかる。そのくらい、ミッチこと小出道郎《こいでみちろう》のそれは、いずみの持っている空間にぴったりなのだ。隅々まで熱く瑞々《みずみず》しく満たす。

「動かないで。じっとして。ずっとそこにいて」

だからいずみは行為のさなかについそう頼んでしまうのだが、その頼みが聞き入れられたためしはない。いずみはミッチの肩にかみつきたくなる。出たり入ったりしてほしくない。ずっととどまっていてほしいのだ。それをひきとめたくて、腰が勝手に追い縋《すが》ってしまう。ぱんぴたんぱんぴたんと身体のぶつかり合う音がリズミカルなのは、やはり小出道郎がミュージシャンだからだろうかといずみはいつも考える。考えるのは、でもつねにこのぴたんぱんぴたんぱん（いや、ぱんぴたんぱんぴたんだろうか）のさなかなので、息継ぎとか追い縋りとか、自分の脚がどこに行ってしまったのかわからない気がすることとかに気をとられ、考え自体が決って雲散霧消してしまう。だからあとから本人に、それについて訊いてみたこともない。

でもともかくミッチこと小出道郎はミュージシャンで、解散した伝説のバンド〝芝生の復讐《ふくしゅう》〟のドラマーだった。いずみが出会ったのはバンドが解散したあとだが、かつてのステージ映像は観たことがあるし、いまもときどき兄貴分のミュージシャンたちに呼ばれて、ステージでバックを務めたりレコーディングに参加したりしているこの男性（埼玉生れ、東京在住、三十四歳、独身だがいずみ以外にもガールフレンド多し）の、目も手も声も脚もお腹もお尻も男性器も、いずみは大好きなのだ。

もしかすると（友人たちがよく言うように）、いずみには自制心が欠けているのかもしれない。もしかすると（友人のなかでも手厳しいトキちゃんが言うように）、いずみには男を見る目がなくて、自分を不幸にする相手とつきあっているのかもしれないし、もっと悪いシナリオを考えるなら、〝私はこうして遊ばれ、捨てられた〟的な、ワイドショーにときどきでてくる女たち（顔にぼかしを入れられ、声を変えられて喋る女たち）みたいな状況に、いずれいずみも置かれるのかもしれない（恨みがましくそれを他人に喋るような真似は、ゼッタイにしないにしても）。でも、それが何だというのだろう。どっちみち人間は生れて生殖して死ぬしかないのだ。好もしい相手とたくさんセックスした方がいいに決っている。いずみはばかではない。だからピルをのんでいるというのは真赤な嘘だし、性格のいいミッチがそれをすっかり信じているらしいのはいずみのせいではない。

一時間前も一時間後もわからないにしても、いまこの瞬間、小出道郎はいずみだけのものだし、いずみもまた小出道郎だけのものだ。

勢喜の趣味は読書で、貸本屋の来る日をたのしみにしている。最近読んでおもしろかったのは『犬枕』という本で、でも、女が読むとところどころ腹の立つ記述もあり（ひたすら若衆礼讃《らいさん》なのだ。一儀が終ってもまだ横にいる女はいやだ、なんて書いてある）、これについては親友の加代と、大いに語り合うつもりだ（加代ならば、勢喜以上に憤慨するだろう）。貸本屋を待ちきれず、絵草子屋にでかけて本を買ってしまったりもするので、御端下《おはした》として働いてもらうお給料はなかなか貯めておけない。住み込みなので両親に生活費の心配をかけずにすむのが救いだが、加代のように自分で商売ができたら、どんなに自由で誇らしいだろうと勢喜は思う。

朝、勢喜たち御端下は屋敷の誰より早く起きて掃除をし、水をくむ。そのあとはしばらく休憩時間なので勢喜は本を読む。お使いを頼まれることもあるが、そうでなければ午後の仕事もほとんどは掃除で、まったく、掃除というものにはきりがないのだ。

次に休みがもらえたら――。土間を掃き、桟を拭《ふ》き清めながら、勢喜は考える。次に休みがもらえたら、貸本屋で借りたばかりの『世界民族図譜』を持って帰って父親に見せよう。そして、阿弗利加《アフリカ》人とかしゃむ人とか韃靼《だったん》人とかるそん人とかの絵を指さしながら、こういう人たちはみんな遠い異国にいるのであって、麻布《あざぶ》の水田に突如として出現したりはしないと言い聞かせよう（赤蛙を売って生計を立てている父親は、図体《ずうたい》の大きい年寄りの異人に蛙を盗まれそうになったと言い張って、そのあと三日も布団からでなかったらしい）。それからなつかしい町にでて、加代と会ってお喋りをしよう。歩きながら茄子《なす》田楽をたべよう。もちろん母親の仕事場にも顔をだし、妹や弟たちにおみやげを渡してからだけれども。

勢喜は汚れた水を捨て、三つあるたらいを順番に雑巾《ぞうきん》で拭いた。裏庭に回ってそれを乾かすためにならべて塀に立てかけていると、御使番のかわいがっている犬が寄ってきたので首すじをかいてやった。

「あ、いたいた」

声がして、ふり向くと桂《かつら》が立っていた。お端折《はしょ》りの下から赤い湯文字をのぞかせている。おなじ御端下で掃除が主な仕事なのに、桂はいつもおしゃれなのだ。

「東のお部屋にお客さまの仕度をしなさいって」

「お客さま？」

「そう。しばらくお泊りになるはずだからって」

「厨房《ちゅうぼう》の道具磨きは？」

きょうはそれをするように言われていたのだ。

「知らない」

桂は言い、足元の犬を一撫《ひとな》でするると、屋敷の方に駆け戻って行った。

「キタキツネ！」

行広《ゆきひろ》が声をあげ、雄大《ゆうだい》が見ると、駐車場脇の枯れ草のなかに、確かにそれがいた。

キタキツネが。

「こっち見てるよ、ほら」

行広の言うとおりだった。フロントガラスごしに、キツネはあきらかに車内の人間二人を見ていた。

「逃げないね。人馴れしてるのかな」

すでにエンジンはかけていたものの、車が動けば逃げてしまうだろうと思われたので、雄大はそのままアイドリングしていた。

「まだ子供かな」

「わからん」

　ヒゲがぴんとしていて顔つきは幼いが、身体は十分大きいように思える（標準的なキタキツネの大きさというものがわからないので、なんとも言えなかったが）。さっきまでぱらついていた霙《みぞれ》はあがっていたが、空は灰色で雲が重く垂れ込め、薪《まき》や廃材やゴミ袋の積まれた空き地には雑草が生えたまま枯れていて、キツネはその草のなかで立ちどまっている。

　雄大はフロントガラスから目を転じ、助手席にいる行広を眺めた。あっというまに抱く抱かれるの関係に発展してしまった年下の男の顔を。

　キツネに夢中の行広は腰を浮かせ、目を輝かせて口を半びらきにしている。さっきまでの寒さのせいで唇は色を失っていた。普段しょっちゅうそうするように、スマホを向けて写真に撮ることさえ忘れているらしい。

「行くぞ」

雄大は言い、サイドブレーキをはずした。車がするすると動きだすと、キツネはどこかに駆けて行き、

「あー」

と、行広が残念そうな声をだした。

この五日間、雄大が北海道にいるのは出張のためだった。テレビ局に勤めている雄大は、仕事仲間数人で取材に来た。が、行広がいまここにいることは誰も知らない。週末を使って雄大を追ってきたということは。はなればなれはいやだ。来る前のメールにはそう書いてあった。

夜には戻らなくてはならないのにレンタカーを借り、チームのいる街から四時間も北上してこの街に来たのは、ここに廃線になった鉄道線路があると聞いた（というか、行広が調べてきた）からだ。線路は観光用トロッコに〝再利用〟されていたが、観光客など滅多に来ない場所らしく、事務所（工事現場の仮設トイレみたいな素材でできた小屋で、なかでは石炭ストーブが燃え、テレビからは刑事ドラマの再放送が流れていた）にいた老係員にまで、ほんとうにこれに乗りたいのかと念を押される始末だった。が、もちろん二人はそれに乗った。事務所で手渡されたビニール製の雨合羽を着て、往復四十分だというその山あいのコースを、寒さに震えながら――。すでに紅葉が始まっていた。山の空気はつめたく鮮烈で、わずか四十分のあいだにめまぐるしく

天気が変った。霙が顔にぶつかって痛いと思ったら晴れまがのぞき、晴れたのかと思えばまた曇って霙と強風が吹きつけた。トロッコは手動で、行広はそれをものすごいスピードで走らせた。全身を使い、雄大が困るほど嬉しそうな顔で。

「暗くなる前に街に戻れるかな」

助手席でラジオをいじりながら行広が言った。幾つか局を替えたあとで、聴きたいものがないと判断したらしくスイッチを切る。

「どうだろう。ぎりぎりだな」

雄大はこたえ、煙草をくわえて火をつける。

「晩めし、何を食いたい？」

尋ねると、

「ししゃも」

という返事だった。目の前の道は幅が広くひたすらまっすぐで、不安になるほど他の車も人も見えない。

並木道、ガレージの隅に犬小屋のある家、バス停、小児科医院の色褪《いろあ》せた看板——。何の変哲もない風景なのに、そこには何か、昇《のぼる》の心に訴えかけるものがあった。ずっと昔、子供のころに自分はこの場所に立ったことがある、という気がした。が、そんなはずはないのだ。この街に来たのは生れてはじめてなのだから。

それにしても寒い。霙がまた降りだし、昇は薄手のナイロンジャケットのポケットに両手を深くつっこむ。十月の北海道をあなどっていた、と、軽く後悔しながら思い、後悔という言葉の不吉さにたじろぐ。いや、と昇は急いで否定する。いや、自分は軽装で来たことを後悔しているのであって、ここに来たことを後悔しているわけではない。

夕暮れだった。昇は立ちどまったまま考える。この暗い空の色、ほとんど影絵のように黒く見える木々、景色のなかで唯一動くものである霙――。やはり、ここに立っていたことがあると感じる。そのとき自分が不安だったことも憶えていた。いまとおなじように夕暮れで、寒く、霙が降っていた。居場所がないように感じていた。怯《おび》えていたような気もする。でも何に？　というか、それはいつで、どこだったのだろう。はじめての場所なのに知っているように感じた、と、もし昇が口にしたら、おそらく里美《さとみ》は嬉々《きき》として、「あたしの記憶があなたに乗り移ったのね」とかなんとか言うだろう。最近の彼女の思考回路はどうかしていて、夕食どきに二人が揃って空腹だというだけで、「あたしたち、一心同体」ということになり、昇が電話をかければ、それは決って「いま、ちょうどあなたのことを考えていたところ」で、「以心伝心」ということになるのだ。里美自身が「あたし、四六時中あなたのことばかり考えてしまう」と認めている以上、いつ電話をしても「いま、ちょうど」になるわけで、以心伝心も何もないのだが、無論昇はそんなことをわざわざ本人に指摘したりしない。里美の思考回路をおかしくさせたのが自分なのか結婚という事態なのかも、昇はもう考えるのをやめていた。ともかく自分は求婚というものをしたのだし、里美がそれを受け容《い》れ、だったらまず両親に挨拶を、ということになって、はるばるこの街に来たのだ。きみの思考回路はどうかしている、などと言うのにふさわしい状況ではないだろう。ちょっと煙草を吸ってくる、という口実で外にでてきたことを思いだし、昇はシャツの胸ポケットからアメリカンスピリットとライターをとりだすと、一本くわえて火をつけた。つめたい空気のなかで吸う煙草は、くっきりした味がする。風味が目に見え、手にとれそうなほどだ。

　里美の両親は気さくな人たちだった。お茶がでてケーキがでて、家族アルバムが登場し、里美の部屋を見た。娘さんをください的な発言は不要だとあらかじめ言われていたし、実際、話題は式とか新居とか、すでに結婚が前提のものだった。ほっとするべきなのだろうと昇は思う。笑顔で、未来の婿として迎えられたのだから。

　煙草を携帯灰皿に入れて消し、来た道をひき返す。これから夕食がふるまわれ、酒をのむことになるのだろう。部活で帰りが遅いという高校生の弟も、じきに帰ってくるだろう。あの家に住む人たちと、この先自分は家族づきあいをするのだ。

ふり向くと、霙まじりの空に白い月がでていた。並木道、ガレージの隅に犬小屋のある家、バス停、小児科医院の看板――。この景色を、かつて確かに見たことがある。昇には、どうしてもそう思えた。いつだったのかは思いだせないが、そのとき自分が一人だったことと、不安な気持ちだったことはぼんやりと思いだせる。

先崎明日香《せんざきあすか》は子供のころからよく忘れものをした。忘れたまま思いだせないこともあり、結果として失くしものも多い。傘とハンカチはその代表選手だが、先月は携帯電話を失くしたし、そのすこし前にはコンタクトレンズをケースごと失くした（会社にいるときに目が疲れていったんはずし、そのまま帰ってしまったのだが、翌朝出社すると、どういうわけかどこにもなかった）。そして今度は腕時計だ。

去年離婚をして以来朝が好きになった（まず、目ざめたときに寝室に男性の体臭のないことが嬉しい。自分のペースで仕度ができるので、あれこれ慌ててする必要がないし、部屋を気持ちよく広く感じられる。うがいの水を高い位置から吐いて鏡にはね散らかしたり、シンクに落ちた髪を放置したりする人間がいないので洗面台は清潔だし、トイレの順番を待つ必要もない。朝食をたべてもたべなくてもいいのだし、目玉焼きを自分の好きなように焼ける）明日香は、今朝もゆっくり身仕度を整え、腕時計をはめようとして、それがいつもの場所にないことに気づいた。いつもの場所というのは寝室の、棚の隅に置いたトレイ（というか、もとは石けん置きだった小皿）の上で、他に、いつもつける指輪が二つ置いてある。

きのうは間違いなくつけていたし、腕時計をはずすような場所――フィットネスジムとか岩盤浴とか――には寄らずに会社からまっすぐ帰宅したので、このマンションの部屋のどこかに必ずあるはずだ。明日香は思い、自分がそれをうっかり置きそうな場所――洗面台、キッチンカウンター、ベッドサイドテーブル、下駄箱の上――を見てまわり、そんなところに置くはずがないと思う場所――窓枠、テレビ台の上、通勤鞄《かばん》のなか――まで探したが見つからず、苛々して叫びだしそうになった。

こういうときにいつもそうであるように、〝やや不注意なところがあります〟という、小学生のときに通知表の通信欄に書かれた文言を、明日香は思いだしてしまう。二十年以上もたっているのにまだ憶えているなんて、担任だった島田雅代先生は想像もしていないだろう。「落着け。落着いて探せばきっと見つかるから」元夫の菊地くん（結婚して、おなじ姓になっても明日香はそう呼んでいた）がよくそう言ってくれていたこともついでに思いだしてしまう。いずれにしても、これ以上探している時間はない。

マンションをでて、駅に向う道を歩きながら、もしかしたらこれは、と明日香は思った。もしかしたらこれは、新しい腕時計を買う頃合いだという啓示かもしれない。

フェイスが黒でベルトがアーミーグリーンのあの腕時計は、恋人同士だったころに菊地くんにもらったものだからで、彼はもう明日香の夫でも恋人でもないのだから。

でも——。明日香は逡巡《しゅんじゅん》する。あれを過去の遺物として捨て去るべきか、短かった結婚生活の記念として大切にしておくべきかは判断の難しいところだ。いろいろ問題はあったにしても、菊地くんはいまのところ唯一の、明日香の夫だった男なのだし、ほんとうのことを言えば明日香は離婚以来、朝が好きになった以上に夜が嫌い（一日の出来事を話す相手がいない。消すと淋《さび》しくなるのがこわくてテレビをつけられない。料理をする張り合いがない。暗闇がこわくて枕元の灯《あか》りを消せない）になっているのだった。

「待って」

成瀬瑠璃《なるせるり》は、妹の玻璃《はり》に言った。

「待って。いまのポーズをもう一回して」

と。

「ポーズ？」

玻璃は不思議そうな顔をする。

「いまウィンドウに顔を近づけたでしょ、お尻《しり》をちょっとつきだして」

午前十一時。立ちならぶブティックはどこも、ちょうど店をあけたところだ。

「デジャヴ」

瑠璃は言った。

「あたし、ハリちゃんがその服着てそのポーズして、右手にスタバの紙コップを持ってるところを前に見た気がするよ」

それだけではなかった。場所はまさにここ、代官山《だいかんやま》のキッドブルーの前で、玻璃のうしろを宅配便のお兄さんが台車を押して通ったことも、そばにトラックが停めてあることも、空気が秋の午前中のそれで、まぶしく晴れていることも、なにもかも記憶どおりだ。いまのいままで忘れていた、けれどいきなりどっと押し寄せた記憶。

「夢で見たのかもしれない」

瑠璃は言い、だとしたらデジャヴじゃなく予知能力だなと考える。

「えー？」

玻璃は疑わしそうだ。瑠璃と玻璃は双子なので容姿が酷似しているが、性格は似ていない。瑠璃が動なら玻璃が静、瑠璃が犬（よく吠《ほ》える）なら玻璃が猫（よく眠る）、というのが周囲の大方の意見だし、瑠璃自身も、あたらずといえども遠からずだと思っている。

「いつ見たの？　そんな夢」

「わからない。夢じゃなかったかもしれないし」

正直にこたえると、

「意味がわからない」

と言われた。キッドブルーの前を通りすぎ、メゾンドベージュの前を通りすぎる。

ここは二人の気に入りのショッピングストリートだ。

「だからデジャヴ」

瑠璃はくり返した。

「それもすごく幸福なやつ。夢にせよ前世にせよ、前にこの光景を見たときね、あたし、すごく幸福な気分だった気がする」

「今度は前世？」

玻璃は笑う。のみ終えたコーヒーのカップをそっと鞄《かばん》に入れ、

「ここ、見なきゃ」

と言って、店のガラス戸を押しあけてなかに入った。セーターがならび、コートがぶらさがった店内は早くも冬の匂いだ。

「デジャヴってね、過去の記憶じゃなくて未来の記憶らしいよ」

紺色の、いかにも手触りのよさそうなセーターを触ってみながら玻璃が言った。

「未来のいつかにいまを思いだすだろうって、脳が先取りしてなつかしく感じさせる

んだって大沢さんが言ってた」
「えー？」
今度は瑠璃が、疑わしい声をだす番だった。大沢さん——。妹が恋心を抱いている
その男のことが、瑠璃は全然気に入らない。玻璃のバイト先の画材屋で店長をしてい
る男で、幸いなことに玻璃の片思いではあるらしいのだが。
「大沢さんてね、ほんとに物識《ものし》りなの、見かけはぼんやりさんなんだけど、大工仕事
もできる」
今度は黙殺した。まったく気に入らない。男のことも、玻璃がそいつをほめること
も。
「このコート、クラシックですてき。ハリちゃんに似合いそう」
それで瑠璃は話題を変える。
「着てみてよ。冬の少女っていう感じになるよ、ハリちゃんが着るときっと」
容姿が酷似していても似合う服は違う。それは興味深いことだと瑠璃は思い、〝大
沢さん〟がどんなに物識りだろうと大工仕事ができようと、ハリちゃんのことをいち
ばん理解しているのはあたしだ、と胸の内で言った。生れてこのかた二十年間、ずっ
といっしょに育ってきたのだから。

「秘密？」

規那に訊《き》き返され、柳は重々しくうなずく。姉の婚姻は嬉《うれ》しくないが、そのお陰で規那がこうしてたびたび遊びに来てくれるようになったことは嬉しい。規那にであれ他の誰かにであれ、それを認めるつもりはなかったけれども。

「誰にも言わない？」

尋ねると、規那は「クロス、マイ、ハート」とこたえた。二人はいま、柳の住居である棟の、広廂《ベランダ》に坐《すわ》っている。曇り空だ。整理整頓《せいとん》を母親に口やかましく言われているが、広廂には、玩具《がんぐ》や衣類、伏籠《ふせご》や衣架《いか》がだしっぱなしになっている。隅に置かれた箏《そう》は姉から譲られたものだ。柳はめったに弾かないが、姉の弾くこの箏の音を聴くのは好きだった。

「待ってて」

言い置いて立ちあがり、寝室から櫛箱《くしばこ》を取って戻った。いくら柳が〝いまどきの娘〟で〝はねっかえり〟でも、男性である規那を室内に入れるわけにはいかない。鶴の模様のあしらわれた蓋《ふた》をはずして床に置くと、ことん、と、塗り箱特有の音がした。柳は中身を一つずつ取りだす。なかに蘇芳《すおう》色の液体の入った小さな容器（あけると蓋の先が筆になっているので絵師の道具かとも思ったのだが、液体をこぼしてみてもほとんど色はつかず、かわりにぞっとする匂いが立つ）や、〝あたり〟と焼き印を押された木製の棒、硬いとも軟かいとも言いかねる、さわるとひんやりする白い四角い物体（ある種の覆がつけられており、それにはトンボの図が描かれている）――。そうしながら説明した。これらが全部、柳の拾ったものであること、たいていは庭で、幾つかは屋敷の外の道や田んぼで見つけたこと、そのときにいつもそばにあのカラスがいたこと。

「これがね、いちばん新しいやつ。きのう見つけた」

柳は言い、その持ち重りのする物体を規那にさしだす。

「なんだと思う？」

黒い円盤状の物体に、海松色《みる》の帯がついている。円盤状の物体は、何か硬い、透明なもので覆われていて、なかに針が三本閉じ込められている。針のうちの一本はつねに動いており、残りの二本も、ゆっくりだがときどき動く。

「なんだろうな。修験者の持ち物みたいに見えるけれど」

手に取って、調べるように眺めたあとで、規那は言った。

「法具だろうか。この国のものではないかもしれないね」

「唐《から》のものということ？」

柳は驚く。ではあのカラスは唐から飛んできているのだろうか。唐とこの国とを往復している？　唐のカラスは、みんな羽に緋色《ひいろ》の痣《あざ》があるのだろうか。

「柳」

名を呼ばれ、見ると規那が櫛箱にあれこれの品を戻し、蓋をかぶせたところだった。この男の品よく白い頬の片方だけに、ときどきくぼみができることを柳はもう知っている。最初に会ったときから気づいていた。が、そのくぼみに触ってみたいと思ったのははじめてだった。

「宝物《コレクション》を見せてもらったお礼に、私も秘密を一つ教えようか」

規那は微笑み（そうすると、くぼみが深くなった）、

「もののけに加持祈禱《きとう》は効かない」

と言った。

「ためしてみたんだ、いろいろ」

と。

「もののけ？」

訊き返したとき、自分では気づかなかったが、不安そうな顔をしたのだろう。規那があわてて、

「いや、大丈夫、悪さはしないよ。自分でもそう言っていた」

と言ったところをみると。

「自分でも？」

柳はまた訊き返してしまう。

「規那、もののけと喋《しゃべ》ったの？」

喋った、と規那は認め、そのもののけの話をしてくれた。〝けんと〟という名の男のもののけで、夏の初めに規那の夢のなかに突然現れたのだという。それから毎晩現れ、おそろしかったので兄上（というのは柳の姉の夫になる人だ）の助言に従って、祈禱師を呼んで祈禱させたり、修験者を山にこもらせてお告げを持ち帰らせ、そのお告げどおりに、寺に鏡を奉納したりした。が、何の効果もなかった。

「大変」

柳の声は、ショックで吸い込んだ息のせいでふるえていた。もののけに憑《つ》かれた人は早晩死んでしまう。すくなくとも、柳の知る限りそれが人々の言っていることだ。いま目の前にいるこの人が、もうじき死んでしまう？　それは、宝物《コレクション》のお礼に打ちあけられるにしては大きすぎる、おそろしすぎる秘密だ。姉の茴香なら、この場で気を失っているだろう。

柳の気持ちを察したかのように規那はうなずき、

「だけどね」

と言った。

「だけど、考えてみれば、夏のあいだ私はおそろしかっただけで、人々の言うように

〝病み衰え〟たりはしなかったし、〝正気を失っ〟ても〝魂を抜かれ〟てもいない」

「それってどういうことなの？」

尋ねると、規那は軽く肩をすくめ、

「わからない」

とこたえた。

「わからないけど、たぶんもののけのなかには、悪意のない者もいるんじゃないかな」

そうなのだろうか。ほんとうに？　柳にはわからなかった。

「風がでてきたね」

規那が言う。確かに雲の動きが速い。木々の葉のざわめく音が聞こえ、雨の匂いがした。

「私は帰るから、もう家のなかにお入り」

規那は袂《たもと》から高麗笛《こまぶえ》をとりだし、短く高い音を鳴らす。車をまわせという合図だ。

「それで、もののけはまだでるの？」

悪意がないと言われても心配だった。もののけはやはりおそろしい。

「でるけれど、間遠になっている」

かがみこみ、履物を足につけながら規那はこたえる。

「もう毎晩ではなく、ときたまなんだ」

と、なんだか残念そうに。広617に、ぼつんと大きな水玉が落ちた。雨――。

「それっていいことなんじゃない？　間遠になってるなら、そのうちでなくなるかもしれない」

「そうかもしれないね」

庭に立った規那は言い、雨だ、と呟《つぶや》いて指貫《さしぬき》を両手でつまみあげる。

「また遊びに来てくれる？」

柳が問うと、笑顔を見せ、

「必ず」

とこたえた。そして、音もなく木々の葉をふるわせて降る雨のなかを足早に去って行った。


世のなかはこわいことだらけだ。それは、テレビのニュースを観たり新聞を読んだりすればすぐにわかることだ。無差別殺人とか家庭内暴力とか、いじめとか自殺とか、詐欺とか無謀運転とか幼児誘拐とか。

世のなかはこわすぎる。だから奥野広子はできるだけ外にでないことにしている。もう何年も、ずっとそうだ。歩いて十五分の場所にあるスーパーマーケットと、バスで二十分の場所にある獣医。広子がでかけるのはその二か所だけで、ほかにはどこにも行かない。かつてはいたはずの友人知人（その人たちがいまでも自分を憶《おぼ》えていてくれるのかどうか、広子にはわからない）に会うこともない。美容室にさえ行かなくなって久しいので、伸びっぱなしの半白の髪（お尻が隠れるほど長い）を、毎朝うしろで一つに束ねる。飼い猫に話しかける以外は誰とも口をきかずに暮しているので、たまに他人に（バスのなかとか獣医の待合室とかで）話しかけられるとぎょっとして、うまく返事ができない。「いえ」とか「はい」とか短い言葉を口にだせればまだいい方で、たいていの場合はそれもできず、落着かなげに目を泳がせて、聞こえないふりをしてしまう。

きょうもそうだった。夕刊を取りに玄関先の郵便受けまででると、

「ここだよ、絶対この家」

という声がして、妙に古くさい服装の少年が三人、道に立って広子の家を指さしていた。少年たちのそばには背広姿の男性もいた。広子は誰とも目を合せないように気をつけて、郵便受けから夕刊を取りだしたのだが、背を向けた途端、

「すみません」

と男性に呼びとめられた。広子はふり向かなかった。が、声は再び聞こえた。

「さっき牛乳箱のことでお詫《わ》びにうかがった子供たちのことなんですけど」

広子はこたえず、逃げるように玄関にとびこんで鍵《かぎ》をかけた。インターフォンが鳴

らされたが黙殺した。お詫びにせよ何にせよ子供たちなど来なかったし、牛乳箱というのも何のことだかわからない。よその家と間違えているのに違いなかった。それならそれで、ちゃんとそう伝えるべきだったことはわかっているが、知らない人と口をきくこと自体が、広子にはおそろしいのだった。インターフォンは三度鳴って、静かになった。

もともと社交的とは言い難かったが、十一年前に夫が病死して以来、広子の人見知りというか人間不信は徐々に強固になっていった。子供は授からなかったし、両親はすでに他界しており、一人っ子なので兄弟姉妹もいない。夫の母親は存命だが、夫が亡くなって以来疎遠になってしまった。けれど広子は淋しいとは思わなかった。猫がいるし、自分のことを気にかけてくれる人がこの世に一人もいないということは、単純に気楽なことだとも思う。だからべつに淋しくはなく、ただ、自分を置き去りにしてどんどん変化していく世のなかと人々が、ひたすらおそろしいのだった。

テレビを観せてもらっていた、というのが息子たちのした説明だった。りんごもたべさせてもらった、というのが。

「それはなんとも申し訳ない」

佐伯敦夫《さえきあつお》は、インターフォンにこたえてでてきた、いかにも人のよさそうな丸顔の女性に言った。女性は赤ん坊をおぶっており、そのほかに大小とりまぜて五人の子供がどやどやとでてきたので驚いたが、そのうちの一人は敦夫の息子で、もう一人は息子の友達（名前は忘れてしまったが、いつもいっしょに野球をしたり、自転車で駄菓子屋に乗りつけたりしている近所の子供）だとわかった。

「知らないお宅にあがりこむやつがあるか」

一応息子を叱ると、

「いいんですよ、ちょうどりんごをむいているところだったの」

と言って、女性がころころ笑った。玉子色のセーターに、こげ茶色のタイトスカート。おんぶ紐《ひも》を交差させているので、必然的に胸が強調されている。

「あ」

ふいに思いだし、敦夫は姿勢を正した。

「それで、この子たちが壊してしまったという牛乳箱は……」

「いいんですよ」

女性はまたころころと笑って、門の内側、植込みの脇にある無惨な残骸《ざんがい》を指さした。青い塗料があちこちはげた、見事に解体された木片――。

「もともと古くなってたんです。牛乳屋さんに新しいものをもらいますから大丈夫です。うちにも男の子が三人いますから、こういうのは慣れっこ」

敦夫は詫び、息子とその遊び仲間にも頭を下げさせた。そうしながら、気持ちのいい女性だなと感心した。すこし前にひらかれて話題になった、「第一回日本人口会議」と、「子供は二人まで」キャンペーンについてどう思うか訊いてみたい気がした（その会議の報告によると、このままでは日本は子供が増えすぎて、将来人口過密になるという。ほんとうだろうか。敦夫自身、三人目が欲しいと考えているので、同好の士――なにしろすでに四人の子持ち――の意見を聞いてみたかった）が、さすがにそれは不躾《ぶしつけ》だろうと思われた。

「さっきのかたはお母さまですか？」

それでそう訊くにとどめた。異様な印象を受けたのだった。目の前の女性とは似ても似つかない陰気さだったが、義母という可能性もある。話しかけられたことに気づかなかったはずはないのに、無言で家のなかに入ってしまった。正直なところ不気味だったと敦夫は思う。まあ、耳が遠いのかもしれなかったが。

「さっきのかた？」

女性はきょとんとした顔になる。

「ええ、いましがたここに、新聞をとりこみにでていらした」

説明したが、理解されないようだった。

「夕刊、そういえばまだだったわ」

女性はこたえ、

「稔《みのる》ちゃん、とってくれる？」

と、息子の一人に指示したのだから。

「いや、でも、それはさっき――」

言いかけて敦夫は口をつぐんだ。稔と呼ばれた子供が郵便受けから夕刊をとりだすのが見えたからだ。では、さっき見たのは何だったのだろう。

「同居はしていないんです、家が手狭で」

どことなく申し訳なさそうに女性が言い、そういうことを訊いたつもりではなかった敦夫は慌てて、

「あ、いや、すみません」

と詫びたあとで、

「わかります。うちも手狭で」

と、余計なことを口走ってしまう。

「お父さんのお迎えなんていいわね」

切りあげる頃合いだと判断したらしく、女性は敦夫の息子に言った。

「また遊びに来てね」

とも。

敦夫は息子を迎えに来たわけではなく、これから仕事にでかけるところだった（駅に向う途中で、息子の友人たちに呼びとめられたのだ。野球の途中なのに、龍次《りゅうじ》くんがよその家からでてこない、と）。それで、女性とその子供たちが家に入ると、息子を含む野球少年たちと別れて歩き始めた。会員制クラブのオーナーをしている敦夫の出勤時間はいつも夕方なのだ。空はまだあかるいが、ひんやりした空気には夜がしのび込んでいる、逢魔《おうま》が時。

私鉄と国鉄を乗り継いで、職場のある有楽町《ゆうらくちょう》で降りる。敦夫がこの地に店を持って四年になるが、経営はひとまず順調と言えた。客は医者が多いが、政治家や実業家もいる。数人だが芸能人も。完全紹介制のため、客層が偏るのは仕方のないところだった。接待役の女の子たちは美人揃いだが、さまざまな会話に対応できるだけの知性を重視して、敦夫自身が慎重に選んだ。ころころと笑い、「こういうのは慣れっこ」と言った先ほどの女性とは、種族の異なる女たちだ（が、先ほどの女性の気取りのない笑顔も態度も、素朴な服装もやや肉づきがよすぎるところも、新鮮で好ましいものとして、どういうわけか脳裡《のうり》に焼きついている）。

赤信号で足を止め、煙草をくわえて火をつけた。妻のことを考える。美しいが気難しく、他人と打ちとけるのに時間のかかる妻、子供は二人で十分だと言って譲らず、何かというと子供を連れて実家に帰ってしまう妻のことを。彼女との結婚を後悔しているわけではなかったが、彼女と上手《うま》くやっていくのは疲れる、と思う。店の女の子たちとの方が、余程良好な関係を築けている気がする。

交差点のまんなかで、少年のような風貌《ふうぼう》の女性とすれ違いざまにぶつかったとき、敦夫は反射的に詫びを口にした。ぶつかってきたのはあきらかに相手の方だったとはいえ、女性（ジーンズに運動靴、フードつきのトレーナーという、およそ成人女性らしからぬ服装をしているにしても）にばつの悪い思いをさせたくはなかったからだ。が、女性は返事もせず、立ちどまって、怯《おび》えたようにまわりを見た。

「あり得ない」

そう呟くと、いきなり敦夫を睨《にら》みつけ、

「ロジョーキンエンクですよ」

と言った。

「は？」

訊き返したがこたえず、さっさと行ってしまう（敦夫が驚いたことに、女性は背中に子供のようなリュックサックをしょっていた）。礼儀知らずにも程があると思ったが、どうでもいいと思い直した。奇妙な人間は世のなかにいくらでもおり、会員制クラブのオーナーである佐伯敦夫は、そのことをよく知っていた。

けんどん屋の裏で見つかったという死体には、噂が二つあった。一つは死人が罪をのがれた下手人で、それを許せないと思った誰かによって毒殺されたというもので、もう一つは心中の途中で、相手の女の人が気を変えて逃げだしたというものだ。姉の茂は後者だと言うが、綾は前者だといいなと思う。前者ならば、ある意味で正義がなされたと言えるからだ。いずれにしても死体は素性の知れないよそもので、だから誰も悲しんでいない。

おばあちゃんはよく、治安のいい時代に生れてよかったと口にする。昔、おばあちゃんのおばあちゃんが生きていたころは、しょっちゅう人が斬り殺されていたのだという。町の人間を斬り殺しても、お武家さんはおとがめなしだったとか。もちろん、そんな時代に生れなくてよかったと綾も思う。思うけれど、こうしてときどき死体はでるのだし、唐丸籠《とうまるかご》に入れて運ばれる罪人はよく見かけるので、悪い人はそこらじゅうにいるのだ。

朝食をすませ、綾が路地にしゃがんでそんなことを考えていると（一日じゅう人の出入りの多い長屋とは違って、めったに人の通らないこの路地は綾の気に入りの場所だ）、目の前にいきなりおかしなものが見えた。ちらちらと光を反射させながら空中を漂うもの——。吹きたまだ、とわかった。誰が吹いているのだろう。綾はきょろきょろとあたりを見まわす。誰の姿も見えないが、耳元で声が聞こえた。

「パパに怒られるよ」

「平気」

それから盥《たらい》をうっかりぶつけたような音。しばらく沈黙が続いたが、吹きたまは現れ続ける。すごい、と綾は思った。葦《あし》の茎を液にひたして吹く吹きたまは、綾もやったことがある。でも、こんなにたくさん、連続してきれいなたまをだせたためしはない。姉妹のなかでいちばん上手な加代でさえ、小さいのを二つか三つ、あるいは大きいのを一つだ。それに、吹きたまは葦を離れるとすぐに弾《はじ》けて消えてしまう。だから、いくらいっしょうけんめいに吹いたところで、いま綾が見ているような、あたり一面にきらきらするたまが漂い続ける景色なんてあり得ない。姉たちに見せたいと思った。母親にでもおばあちゃんにでも、猫屋のおばさんにでもいい。だって、あとから話しても信じてもらえないだろう。十も二十も三十もの吹きたまがくるくると宙にとどまって、幾つかは空にのぼっていくなんて。そう考えると誰かを呼びに行きたくてじりじりした。が、目を離すことができない。

「ちーちゃん、降りなよ」

また声が聞こえた。

「やだ。運転中は話しかけないで」

「パパに怒られるよ」

「平気。エンジンをかけなければ危なくないもん」

どこ？　誰？　綾は路地をうろうろする。声はすぐそばで聞こえるのに、あたりには人っ子ひとりいない。ただ吹きたまだけが漂っている。

「まーちゃんも乗って。お客さんになって」

「やだ」

「なんで」

「窓あけてくれる？」

「無理」

綾はますますじりじりした。声はどちらも幼そうな女の子のものだ。

「ねえ！」

思いきって、呼んだ。

「どこにいるの？」

沈黙が返る。

「ねえ！」

さらに大きな声を綾はだした。下駄《げた》をつっかけた足指に力が入る。

くすくす笑う声が聞こえ、

「まただね」

と、二つの声が揃った。

「どうして窓あけられないの？」

「エンジンをかけてないから」

綾は諦《あきら》め、漂う吹きたまだけを見ていた。ほんとうにきれい、と思いながら。


「いいなあ、キタキツネか」

菅原聖は言い、二本目のナストロ・アズーロの栓を抜いてやった。かつてこの店でバイトをしていた行広に、どうも自分は甘いようだと自覚はしている。いい奴なのだ、風間行広は妙に。

「うん。かわいかったよ、すごく」

三十になったかならないか、そんな年齢のはずだ。ここで働いていたときには二十代の半ばだったが、十八といっても通りそうな外見だった。いまはさすがに十八には見えないが、それでも実年齢にはとても足りないように見える。

「それで、どうなの、まだ落着く気はないの？」

行広は小説家志望で、さまざまなアルバイトをして食いつないでいる。ここでの仕事も最初は週末だけの契約だったのだが、頼りない外見に似ず覚えが早く機転もきき、客に人気もあったので、頼みこんでシフトを増やしてもらった。一年もたつとなくてはならない存在になり、正社員として雇用したいとオファーをしたら断られた。のみならず、バイト自体を辞められてしまった。一つの仕事に深入りしすぎたくないのに、ここにいるとつい深入りしてしまう、という理由で。無論、次の人間が見つかるまでは働いてもらったし、その後も予約が立てこんだときには臨時で入ってもらったりしていたのだが、そういう曖昧《あいまい》な雇用すらできなくなったのは、ある日突然、行広がいなくなってしまったからだ。もっとも、あとで聞けば男ができ（行広は同性愛者だ）、京都にあるその男の家に入りびたっていただけらしく、いつのまにか、また戻ってきていた。

「ないです。すみません」

いきなり口調を改めてこたえられ、聖は苦笑する。

「とりつく島もないな」

いま雇っているバイト二人もそれなりに有能だが、行広には遠く及ばない。正社員の枠を聖がなぜあけたままにしているのか、行広は知っているはずだ。

「晴美ちゃんは元気？」

尋ねられ、聖は元気だとこたえた。

「さっきまでそこにいたよ」

と、店の奥を顎《あご》で示す。奥は一応事務所なのだが、物置兼仮眠場所と化している。

「会いたかったな。帰っちゃったの？」

「うん。帰った」

短くこたえると、

「またいじめられたんだ」

と、たのしそうに行広が言う。

「そんなわけないだろ」

否定したものの、いじめられたと言えないこともないなと思う。

聖が独身であるために、常連客のなかにはわざわざ女性を連れてきて紹介してくれようとする人もいるのだが、それはまったく杞憂《きゆう》というかおかど違いで、聖には多彩(で、しばしば同時多発的)な女性遍歴がある。その最新の一人が晴美なのだが、これが実に変った子で、なにしろ「フッー」を信奉しているのだ。「それフッーじゃん？」とか、「フッーがいちばん」とか、「もっとフッーに考えてよ」とか、何かというとその言葉を口にする。でも聖には、何が晴美の言う「フッー」なのかわからない。

「俺には若すぎるのかもな、あの子は」

とりあえず無難と思われる言葉を吐くと、

「それは自慢？」

と訊かれた。そして続けて行広は、

「僕は好きだよ、晴美ちゃん、いい子じゃんフッーで」

と言うのだった。

声が聞こえたとき、真奈美は家のガレージでしゃぼん玉を吹いていた。いいお天気の午後で、しゃぼん玉は快調に飛んだ。姉の千奈美はパパの車のキーを持ちだしていて、運転席に坐っていた。真奈美と千奈美は双子なので見かけがそっくりだけれど、性格は全然違う。真奈美はしゃぼん玉とかスージー・アンド・ポーリーとか女の子っぽい遊びが好きだが、千奈美はタクシーごっことかオタマジャクシ（のちにカエル）の飼育とか、男の子っぽい遊びが好きだ。真奈美の好きなたべものはざるそばだけれど、千奈美の好きなたべものはマカロニグラタンで、小学校の先生のなかで真奈美が一人だけ嫌いな平《たいら》先生を、千奈美はおもしろいから好きだと言う。

最初に聞こえたのは、「ねえ！」だった。

女の子の声で、頭のなかいっぱいに、はっきりと聞こえた。千奈美を見ると、千奈美も運転席に坐《すわ》ったままこちらを見たので、千奈美にも聞こえたことがわかった。「どこにいるの？」声は、今度はガレージ全体に響いた。それでもあたりの静かさはまったく破られないままそこにあって、だから真奈美には（ということは千奈美にも）、その声が現実のものではないことがわかった。「ねえ！」それでももう一度声は聞こえ、真奈美は（同時に千奈美も）くすくす笑った。実際にはどこにもないものが、二人にだけ聞こえるのはたのしい。

「まただね」

真奈美が言うと、千奈美もそう言っていた。二人はまたくすくす笑う。声がもっと聞こえるといいと思った。もっともっと聞こえるといいと。それでしばらく黙って待った。車のなかで、千奈美も黙って待っていた。でもあたりはしんとしていて、風の音とか、どこかを車が通る音とか、そういう現実の音しか聞こえなかった。それで真奈美はしゃぼん玉に戻った。しゃぼん玉液の容器はクマの形をしている。水色で、ふたは黄色。いい組合せだと真奈美は思う。空の水色とタンポポの黄色だし、去年まで通っていた幼稚園の、スモックと通園バッグの色でもある。おまけにスージー・アンド・ポーリーのときに使う人形のスージーの、ドレスと髪の色でもあった。

佐々木泰三は、寂れた浜辺に出現している。曇り空で、波が高い。見渡す限り人っ子ひとりいないが、壊れかけの（あるいは実際に壊れた）屋台が幾つも放置されている。どこか外国だろうと見当をつけたのは、屋台に掲げられた色褪《いろあ》せた看板が、どれもアルファベット表記だからだ。濡《ぬ》れた砂を踏むことも、波とたわむれることも泰三にはできない。が、思いきり波に近づくことも、砂に近づくこともでき、それはほとんど、自分が波や砂に同化しそうな感覚だった。

かつて、自分は死んだことがある。そして、その前には生きていたこともあるのだ。そう考えると愉快だった。なつかしいとは思わなかった。ただ、そんなこともあったと思うだけだ。ここがどこで、いまがいつなのか考えることを泰三はもうやめてしまった。自分より先に死んだ知人たちと、会えるのかどうか考えることも。

カモメが鳴き、外国らしい場所のカモメも鳴き声はおなじだ、と思うと泰三はわけもなく嬉しく、そのカモメを友達のように思った。


どうしていつも寝室なのかわからなかった。市岡謙人自身は、もう随分ながいこと寝た記憶がない。それとも寝ているのだろうか、その記憶がないだけで？　記憶——。謙人を混乱させているのはそれだった。

謙人は自分の名前を憶えているし、生年月日や出身地、家族や友人の顔、通った学校や住んでいた家、といったたくさんのものを憶えている気がする。が、それらはあまりにも遠く実体がなく、従って〝気がする〟としか言えず、自分ではない誰かの記憶のように感じる。それにひきかえ、いまここにあるものの圧倒的な確かさと正しさ、生々しさといったら——。

謙人はほとんど何の憂いもなく——しかし、自分は死んだのではなかっただろうか。

バイクの事故で、若い身空で——、自分のいる現実を観察し、耳を澄ませ、匂いをかぐ。一部屋に七人がひしめきあって寝ている（その一人ずつの生気を、謙人は感じとることができた）。ひどく粗末な造りの家で、あちこちからすきま風が入る。獣臭いのは、土間に犬が三匹寝ているからだ（その一匹ずつの濃く滾《たぎ》る生気まで、謙人は感じとることができる）。部屋の隅に置かれた箱からこぼれる薄明り、あちこちに脱いで放置された服（ずいぶん重たそうな生地だ。汗や泥を思うさま吸い込んだに違いなく、犬たちに負けない異臭を放っている）。七人のうち、四人は子供だとわかる。数の足りない布団から、汚れた手足がはみだしている。大小さまざまな寝息やいびきの他に、カラカラと、何かが回る乾いた音がしきりにしているのだが、それは家の外側で回る何かであるらしい。正体はわからないものの、どこかなつかしい、いつまでも聞いていたいと思わせる音だった。謙人は満足する。が、何に対する満足だろう。この場所の安心感？　すくなくとも誰一人死んでいない。そう考えて謙人は苦笑する。自分自身が死んでなおここにいるというのに、生死が問題なのだろうか。

そのとき、子供の一人が薄く目覚める。身を起こすことはせず、半分眠った顔のまま、それでも謙人の方を見つめた。女の子だ。怯えられるかと思って身構えたが、女の子は微笑み、また目をつぶった。謙人は安堵《あんど》する。この部屋の平穏の一部でありたかった。謙人にとって奇妙なのはこの場所ではなく、自分が憶えている気のする遠い物事の方なのだから。

　雨が降りだしたらしい。窓のない職場（しかもビルの五階）にいる斉木《さいき》静香《しずか》にそれがわかったのは、客の何人かが濡れた傘を持っているからで、この前の雨の日に置き傘を持ち帰ったままだった静香は、つかんぽだな、と思った。つかんぽだな、は静香の恋人である小出道郎の使う言葉で、ついてないなという意味だ。方言なのか道郎の造語なのかはわからない。

　売れた本を在庫のひきだしから探しだして棚に補充する、という作業を黙々とこなしながら、静香は将来について考えている。具体的に言うなら道郎との結婚について。道郎に複数のガールフレンドがいることは秘密でも何でもない。本人も認めているし、そういう女性たちとのツーショット写真をSNSにあげたりもしているので、何人かの顔を静香も認識している。が、自分が別格であることも承知していた。二十年のつきあいなのだ。初めて会ったとき、静香は十七歳だった。道郎の職業はミュージシャンだが、静香は彼のバンドや音楽に入れ揚げたわけではない。全然違う。二十年前、道郎はまだ十四歳だった。中学生だ。小柄で顔立ちの整った、生意気な少年だった。通学路で、ある日いきなりデートを申し込まれた。周りにいた友人たちはみんな（悪意があったわけではなく、たぶんかわいらしく思って）笑ったが、静香は笑わなかった。少年が真剣なことがわかったからだ。自分が誘いに応じたことを、いまでも静香は英断だったと思っている。映画を観たりドーナツ屋に行ったり、ただ会って話すだけだったりしたデートは、じきに肉体的な冒険を伴うものに発展した。以来、紆《う》余曲折《よきょくせつ》はあっても途切れることなく関係は続き、遊び人の道郎と違って気がつけば静香は、一人の男性しか知らないまま三十七歳になっているのだった。恋愛に期限はないにしても、繁殖には期限がある。だから静香は結婚を提案し、気乗り薄の道郎への妥協案として、家庭を持ち、それを守ってくれるなら、これまで通りに外で遊んでもいいとまで言ってみたのだが、道郎の返事は「結婚ねえ」だった。

結婚ねえ——。明確な拒否ではないにせよ、静香の望む返答からは程遠い。結婚ではなく同居をする、ということも考えてはみたのだが、ツアーその他で四六時中家をあけている道郎と同居をしても、実質的に何も変らないだろうことは容易に想像できる。いまだって、道郎は静香の部屋を第二の自宅兼事務所のように使っており、旅のあとにはまず帰ってきて洗濯物を置いて行くし、「世のなかがいやになった」り、「女という生きものにつくづく幻滅した」りすれば、何日も泊り込んで行くのだから。

静香の方が道郎の部屋に転がり込んで、居すわってしまえばいいのかもしれなかったが（そうすれば、すくなくとも道郎は他の女を自宅には連れ込めなくなるだろう）、それには蔵書の問題があった。静香の唯一の趣味が読書で、道郎の住む狭いマンションに、二千冊を優に超える（一冊たりとも手放すつもりのない）静香の蔵書は運び込めない。いくら道郎のためとはいえ、静香には、本のない人生を生きるつもりはなかった。道郎もそれを知っていて、「最高じゃん。静香には文学、俺には音楽」と言って笑い、そう言われてみればそのとおりであるような気もして、まあ現状維持が最善、という結論になってしまう。

「困ったもんだ」

声にだして言ってみる（そうすると、ほんとうは自分はたいして困っていないんじゃないかという気もする）。雨の日の店内には、書物が湿気を吸収する、ひそやかな匂いが漂っている。

一限目がいきなり休講なんて勘弁してほしいと、石鍋蓮《いしなべれん》は思った。ていうか、そんだったら来なかった、と。しかしもう来てしまったので、祖父母の家に行くことにした。すぐ近所なのだ。それに、喫茶店やファミレスに行くのとは違って財布が痛まない。

校舎をでて歩き始めると、次々に知った顔に会った。朝のキャンパスは蓮とおなじ一年生だらけだ。

「一限、休講だって」

そのたびに教えてやった。

「えーっ」

という不満の声に返事はしない。カーディガンを肩掛けにして、教科書だのラップトップだのが入っているに違いない布の袋を大事そうに抱えた、伊藤まりあはちょっとかわいかったけれども。

祖父母に会うのは夏休み以来だが、勝手知ったる父親の実家（で、在宅時には鍵をかけない家）なので、チャイムは鳴らさずにドアをあけた。

「こんちはー」

声を張ると、

「蓮か？」

と言いながら祖父がでてきた。ショーン・コネリーばりの顎鬚《あごひげ》と、ゴルフ焼けした皮膚。

「休講になったから、顔見にきた」

廊下にあがり、自分でスリッパをだしてはいた。

「おばあちゃんは？」

尋ねると、祖父は目を見ひらいて眉《まゆ》を上下させる呆《あき》れ顔をつくり、

「電話中。きのうも。きょうも。朝っぱらから」

と、単語をぶつ切りにしてこたえる。

「ビールのむか？」

居間のソファ（茶色い革張りで、ふかふかなので気に入っている）に収まり、スマホをチェックしていると祖父に訊かれた。

「のまないよ。これから授業だし」

蓮は未成年だが、家庭内で、それが飲酒の妨げになったことはない。

「そうか？　じゃあ勝手にお茶でもジュースでも――」

祖父がそう言いかけたとき、電話を終えたらしい祖母が居間に入ってきた。

「らちがあかない」

憤懣《ふんまん》やるかたなさそうに呟く。

「お役所ってほんとに言葉の通じないところね」

それから蓮の方を見て、

「いまコーヒーを淹《い》れてあげるから」

と言った。玄関先でのやりとりが聞こえたのか、孫息子の訪問に驚いた様子はない。

「だけどさ、苦情がでたっていうんなら仕方がないじゃないか」

「だってすずめよ？　すずめのどこがこわいのよ」

「まあ、それでもさ、苦情に対処するのが彼らの仕事なんだから」

「そうでしょ？　だから私も苦情を述べているのに、どうしてそれには対処してくれないの？」

祖父母の会話を聞き流しながら、蓮はコーヒーができるのを待った。この家ではコーヒーを豆から挽《ひ》く。昔はハンドルを回す方式の、手動のミルでがりごりと音を立てて挽いていた（「僕にやらせて」と、何度頼んだことだろう）が、いまは電動のグラインダーなのであっというまだ。

「街は人間だけのものじゃないのよ」

祖母が言い、そりゃそうだ、と蓮は思った。二人が何について話しているのかわからなかったが、祖母の意見が誰かと対立するとき、蓮の経験では、大抵祖母の言い分が正しいのだ。

スマホが振動し、見ると伊藤まりあからのショートメッセージだった。

どこにいるの？

二限目はでる？

とある。つい口元が緩んだ。

ばあちゃんち。

でる。

と返信する。居間全体に、コーヒーの香りが漂い始めている。

妹は泣きじゃくったが、恩地正彦《おんちまさひこ》は泣かなかった。窓の外はのどかに晴れ渡ってい て、そのことが、なぜか母親のためによかったと思えた。

病室には妹と正彦の他に、母親の親友の東《あずま》さんと、東さんの娘の秋子さんがいる。もちろん医者も。看護師も。目の前の光景はどこか現実離れしていた。妹も東さんも秋子さんも泣いているのに、正彦にはそのすべてが、自分には手の届かない場所で展開されていることのように思える。「きっと武雄《たけお》さんが呼んだのね」とか、「おばちゃまきれいな顔してる」とか。

「お兄ちゃんももっとこっちに来て」

妹に言われても、正彦は窓辺から動かなかった。母親にまつわる数えきれないほどの記憶を、いま反芻《はんすう》することなどとてもできない。ともかく母親は逝《い》ったのだ。

もう限界でしょう、と医者に言われてから三日、母親はもちこたえた。ほとんど意識のない状態で、それでもこの世にとどまっていた。もともと悪かった肝臓ではなく腎臓の病で、入院してからはあっというまだった（急速進行性糸球体腎炎、というややこしい病名を、本人は最期まで覚えられなかった）。

母親のふくらはぎを、正彦はいきなり思いだした。ずっと昔、正彦がまだ子供だったころ、脚がだるいからふくらはぎを踏んでほしいとよく頼まれたものだった。布団の上にうつぶせに寝た母親の、生白くつめたく、やわらかかったふくらはぎ――。あのころ母親はまだ三十代だったはずで、いまの正彦より妹よりはるかに若い。

「患者が死ぬと、お医者さまってほんとうに腕時計を見て時間を確認するのね」

医者と看護師がでて行くと、涙声で妹が言い、東さんも秋子さんも泣きながら笑った。泣くことも笑うこともできない正彦はただ窓辺に立ち、天気がよくてよかった、と、それだけを何度でも思った。

大隈修汰《おおくましゅうた》は退屈している。せっかくいいお天気の午後なのに、遊ぶ相手が誰もいないのだ。ゲームにも玩具《おもちゃ》にも飽きてしまった。それで外にでてきたのだが、何をすればいいのかわからなかった。公園に行っても知らない子たちばかりだとわかっているし、さっき帰ったばかりの小学校にひき返しても、校庭にいるのは年上の生徒ばかりだとわかっている。いつもなら、おなじマンションに住む豪《ごう》くんとエントランスで落合って遊ぶのだが、きょうはその豪くんがお母さんと〝おでかけ〟していて留守なのだった。

マンションの入口脇の植込みには赤い花が咲いている。道の先では道路工事をしていて、ヘルメットをかぶったおじさんが一人立っている。

豪くんとは、いつもいろんなことをして遊ぶ。ただひたすら歩きまわって話すだけの遊びがいちばん多いけれども、塀から飛び降り続けることもあるし、公園まで行ってシーソーに乗ることもある。駐車場の車のナンバーを足し算するスピードを競ったり、修汰の持っている虹《にじ》をつくる玩具で、どちらがよりきれいな――というのは七色がくっきり見える（といってもほんとうに七色が見えたことはない。見えるのはいつも四色か五色だ）――虹をつくれるか競ったりもする。ともかく豪くんがいれば、おもしろいことがいろいろできるのだった。

マンションの前の道を、修汰はゆっくり歩いた。一軒の家の玄関にそれとなく注意しながら、おなじ道を行ったり来たりする。その家には犬がいて、おばさんがときどき散歩をさせにでてくるのだ。そうしたら犬にさわらせてもらえる。大きなクリーム色の犬で、修汰のことをべろべろなめる。ときどき空中の一点を見つめて動かなくなるのだが、ロビン、と名前を呼ぶと、ゆっくり修汰に意識を戻す。

でもきょうは犬もおばさんも現れず、修汰には、退屈な時間が膨張していくように思えた。永遠にそこからでられないみたいに。工事のおじさんの視線が気になる。遊ぶ相手のいない、気の毒な子供だと思われたくはなかった。せめてサッカーでもしているように見せかけたくて落ちていた空き缶を蹴《け》りあげると、それはどうやら空き缶ではなかったらしく、飛んだひょうしに泡立ったコーラが地面にこぼれた。

露玉という美しい名で呼ばれていたころもあるのに、近頃では誰もその名で呼んでくれない。お母さま。みんな露玉をそう呼ぶのだ。娘たちや使用人たちばかりではなく、お世話になっている僧侶《そうりょ》や薬師《くすし》も、たまに来る絹織物屋や旅の人も——。無論、母親であることは事実なので仕方がないのだが、それでもやっぱり味気ない、と露玉は思う。上の娘の結婚も決ったことだし、そろそろ出家する頃合いなのかもしれなかった。娘だったものが妻になり母になりした以上、次は尼になるよりないのだから。

かつてはあんなにやってきた男たちも、いまでは夫を含めて誰もやってこない。閨《けい》房《ぼう》での行為のあれこれを好きだと思ったことは一度もないのでそれはそれで構わなかったが、誰からも露玉と呼ばれなくなったことは残念だった(母親になったあとも、閨房でだけはみんな露玉を露玉と呼んだ)。

私はもう露玉という生き物ではなくなったのだ、と露玉が考えたとき、ガシャンと、広廂から音が聞こえた。

「何事ですか?」

問いながら立ちあがり、襖《ふすま》をあける。

「あっちから飛んできたんです。きっと誰かが投げ込んだんですよ。ぶつかったら怪我をするところでした。あぶない、あぶない」

普段から表情に乏しく、無口なので何を考えているのかわからない、と露玉が思っている使用人が、めずらしく早口でまくしたてた。

「いま雑巾《ぞうきん》を持ってきます。あぶないですから近寄らないでくださいね」

露玉は近づいた。それは目に痛いほど鮮やかな緋色の、筒状の物体だった。そばに濁った水がこぼれており、しゃわしゃわと音を立てて泡立つその水を目にした途端、泥の混ざった海水だ、と露玉は直感した。遠い昔に二度、海を見たことがあるのだ。父親の転勤に伴って旅をしたとき(と、戻ってくるとき)のことだ。くろとの浜、という名前だったその場所の、松林のあるすっきりとした風景をいまでもよく憶えている。父親と乳母に両手をひかれ、どこまでも広がる青々とした海水を眺めた。露玉が、誰にとってもまだ露玉だったころのことだ。

しゃがんで、こぼれた水に指先をひたした。くろとの浜——。なつかしさに胸をしめつけられる。あのときいた父親はすでに亡くなり、乳母はとうに出家して山のなかに住んでいる。指についた水を鼻先に持っていくと、香に似た、甘く不思議な香りがした。

「お母さまの居室に物を投げ込むなんて、一体誰の仕業でしょうね」

戻ってきた使用人がぷりぷり怒って言い、露玉には、彼女が暗に柳を非難していることがわかった。下の娘の柳はいつまでたっても子供じみていて、書にも箏《そう》にも興味を示さず、庭をうろついてばかりいるのだ。

「これはあの子じゃないと思うわ」

露玉は言い、赤い筒を拾いあげる。

「旅の人でも通りかかって、置いていったんじゃないかしら」

筒にはまだ海水が入っており、露玉が庭にあけると、しゃわしゃわと泡立ちながら土にしみこんでいく。空になった筒は意外なほど軽く、丈夫そうだった。上に穴があいていて、一輪ざしにちょうどいいと露玉は思った。

「柳を見つけて、何か花を切ってくるように言ってちょうだい」

この庭のどこにいつどんな花が咲いているか、柳は屋敷の誰よりもよく知っているのだった。


豆腐は白い。白すぎる。食卓の中央に据えられた土鍋《どなべ》の中身を凝視しながら、板橋歩《あゆむ》は思った。大豆は薄黄色というか薄茶色（節分のときにまく乾燥した豆は緑がかっているが）だし、豆乳にしても湯葉にしても、大豆からできたものにはみんな薄く色がついている。納豆は茶色だ。それなのに、豆腐のこの白さはどういうわけなのだろう。尋常ではない。歩はこれまで、豆腐が白いのはあたりまえだと思っていた。が、そうではないことに、いま忽然《こつぜん》と気づいた。土鍋のなかには豆腐の他に、しいたけと白ねぎ、それに出汁《だし》用の昆布が入っている。

「何を考えてるの？」

　妻に問われたとき、歩が考えていたのはだから豆腐の白さについてで、製造過程において何か白いものが混合されるのか、それとも漂白的な作業がなされるのかということだったのだが、豆腐がなぜ白いか考えていた、とこたえるのはばかばかしいし、逆説的に衒学《げんがく》趣味だと思われかねない気もして黙っていた。

「眼鏡、曇ってるわよ」

　それほど返事を聞きたかったわけではないらしく、妻はただそう言った。

「イモトって、ほんとうにすごいよね」

　来年中学生になる長女が言い、

「ほんとうね」

と妻が応じる。イモトというのが誰のことなのかわからないまま、歩はポン酢の入った小鉢に湯豆腐をとる。

「ピアノやめていい？」

　小学四年生の次女がふいに言った。が、

「だめ」

という妻のひとことでその話は終る。テレビのなかで何かが起きたらしく、歩を除く三人は一斉にそちらに気をとられる。ピアノをやめたいと発言したばかりの次女までもが。歩には、その全体がおそろしく思えた。なぜピアノをやめたいのか訊かなくてもいいのだろうか。本人がやりたくないと言うものを、無理に習わせる必要があるのか？　というより、妻の「だめ」というひとことで、あっさりひきさがる次女の思考回路がわからなかった。歩には、自分の家族である女三人のことが、年々わからなくなっていく。自分とはべつの種類の生き物だとしか思えなかった。むっちりと肉をつけていく長女のことも、無口な（父親に似たのだと妻は言うが）次女のことも、外見だけは昔と変らない妻のことも――。

「何を考えてるの？」

再び妻に尋ねられたが、きみたちがどんなに不気味か考えていた、と言うわけにはいかないので黙っていた。

「見て！　やった！　やっぱりイモトはすごいよ」

長女がテレビに向って歓声をあげたので、イモトというのがタレントの名前らしいということが、すくなくとも歩にもわかった。

「何を考えてるの？」

ストライプ模様のシーツ（替えたばかり）のかけられたベッドで行為を終え、髪をやさしく指ですかれながら藪内章吾《やぶうちしょうご》に訊かれたとき、桐葉《きりは》が考えていたのは昼間見たねずみの死骸のことだった。会社の前の歩道に落ちていたのだ。郵便局に行くところだった桐葉は、ハンカチを出して死骸を包み、街路樹の根元まで運んだ。歩道より土の上の方がいいだろうと思ったからだ。それはいわば死んだねずみに対する親切のつもりだったのだが、いま考えると奇妙な行為に感じる。もし死骸が虫のものだったら自分は見向きもしなかっただろうし、犬や猫のものだったらこわくて触れなかっただろう。虫ほど嫌いではなく、犬や猫ほど好きでもないねずみだったからこそできたわけで、ハンカチで包める大きさであることもポイントだったに違いなく、だとしたら随分ご都合主義で、親切というより偽善に近いかもしれない。恋人に髪をなでられながらそう考えていたのだが、説明するには込み入ったことである気がして、

「もちろんあなたのこと」

と桐葉はこたえる。

「あなたはなんてきれいな顔なんだろうって考えてた。なんて盛りあがったお尻なんだろう、なんて力強い腕なんだろうって」

藪内章吾はまぶしそうな顔で笑った。照れたのかもしれない。桐葉は機をのがさずに続ける。

「なんていい声なんだろう、なんてなめらかな生殖器を持っているんだろう、なんて温かい肌なんだろう」

嘘ではなかった。質問されたときに考えていたのはたまたまねずみのことだったが、いつも（ではないとしてもしょっちゅう）章吾のことを考えている。友人の結婚式で出会った、新郎の従兄《いとこ》であり妻帯者であり、桐葉より八つ年上の男のことを。

章吾と出会うまで、桐葉は自分が既婚者と恋をするとは思ってもみなかった。まわりにそういう羽目に陥っている女友達もいることはいたが、ナンセンスだと思っていた。自分のものにならない男の人を好きになるなんて、徒労もいいところだ、と。いまになればわかるのだが、当時の桐葉の考え方こそナンセンスだった。だって人は、相手を自分のものにするために恋をするわけじゃない。

「何かたべる？」

ベッドをでて、服を身につけながら桐葉は訊いた。玄関で章吾を出迎えたときの抱擁とキスに始まり、リビングでの一度目と寝室での二度目のあいだに缶ビールを一缶ずつのんだだけだったので空腹だった。が、

「いや」

と章吾はこたえ、桐葉の方に両腕をのばす。

「もう着ちゃうの？」

ブラジャーとショーツをつけたところだった桐葉は迷う。もう一度脱ぐべきだろうか、それとも最後まで着るべき？　結局、

「ちょっと待ってね」

と言い置いて台所に行き、缶ビールを二缶持って戻ると、下着姿のままベッドにすべり込んだ。わざわざ脱がなくても、じきにまた脱がされることになるのだから。

不自然なほど規則正しく花が植えられ、木々の緑が濃かったあの庭——友人の結婚式はガーデンパーティだった——で初めて言葉を交わしたとき、なつかしい気持ちがしたことを桐葉は憶えている。その場に何人もいた、それぞれに着飾った、同年代の友人たちと話すより初対面の章吾と話す方がたのしかった。親戚《しんせき》はみんな帰る、と聞いていた二次会の場所に章吾が一人で現れたとき、だから桐葉は驚かなかった。やっぱり、と思った。私たち、まだ話し足りないと私も思った、と。

あれは——。二人ならんで枕にもたれ、片方の脚を相手の片脚にからめた恰好《かっこう》で缶ビールをのみながら、桐葉は考える。あれは、互いにねずみを見つけた瞬間だったのかもしれない。目をそむけたくなる虫ではなく、こわくて近寄れない、好きすぎる犬や猫でもなく、ちょうど自分のハンカチで包める大きさのねずみを見つけた瞬間だったのかも。

そんなふうに思うのは悲しすぎたので、桐葉はあわててその考えを払いのけ、章吾の額に唇をつける。ビール缶を床に置き、脱がされるのを待たずに自分からブラジャーをはずす。

もちろん実行するつもりはない。全然ないが、中島裕介はここのところ、誰かの顔に拳《こぶし》をめり込ませたいとばかり考えている。それも、アクション映画や刑事ドラマで男たちがよくする、サイドから腕をくりだして相手の頬骨を打つ（砕く、だろうか）殴り方ではなく、まっすぐ正面に突きだした拳を相手の顔の中央にめり込ませる（鼻が、折れるというより陥没する）、ほとんど漫画のなかにしか存在しない殴り方で。

定時組のラッシュには遅く、飲み帰り組のラッシュには早いので比較的すいた私鉄電車の吊《つ》り革につかまりながら、自分の拳によって人間の顔がつぶれるグシャッという音と感触が、裕介にはありありと想像できた。たとえば目の前の席に坐っている若い女。花柄のワンピースに黒いジャンパーを重ね、黒いごついブーツを履いてスマホ操作に余念のないこの髪の長い女の顔に拳をたたき込んだらどんなにおもしろいだろう。あるいはドアのわきに立ち、イヤフォンで音楽（だか英会話教材だか知らないが）を聴いている、学生風の男の顔をいきなりたたきつぶしたら。あるいは――。

車内を見回し、裕介は物色する。居眠りをしている中年男性、寄りそって立つカップル、キャリーケースをひきずって乗ってきた、おそらく中国人だろうと思われる女性。妄想上の顔つぶし相手は誰でもよかった。知り合いでさえなければ。

裕介は、誰かを傷つけたいわけでも罰したいわけでもない。社会とか自分の人生とかに不満があるわけでもなく（というより、それにはむしろ満足している。そこそこ給料のいい仕事についているし、友達もいれば彼女もいる。彼女の名前は和田椋《むく》で、本人の外見および性質もかわいいのだが、椋という名前のかわいさが裕介は気に入っている）、ただ殴ってみたいだけなのだ。犯罪なので（それに腕力に自信のある方でもないので）実行はしないが、どんな感じがするものなのか、想像すると胸が躍る。

　誰かの顔に拳をめり込ませたい。

だから、気がつくと裕介はそう考えているのだった。


かわいかったのに。

朝食の跡片づけを終え、庭にでた石鍋寿子《ひさこ》は思った。あきらめなさいと夫は言うが、あきらめきれなかった。一体あの小さいすずめたちの、どこがこわいというのだろう。曇り空だ。丸葉萩が終り、椿にはまだ間のある十一月の庭には色味がない。思いのほか風がつめたく、コートの前をかき合せた（庭用にしている夫の古いレインコートは袖口《そでぐち》がすり切れ、繊維がほつれてとびだしている）。生き物の姿の見えない灰色の空を見上げて、寿子はため息をつく。

かわいかったのに。

それでまたそう思う。

昔は、すずめなんてそこらじゅうにいた。ごはんつぶやパンくずをやったり、小皿に入れた水をだしておいたりしたものだった。が、いつのまにか彼らは姿を消してしまった。何年もどころか何十年も、寿子は自宅のまわりですずめの姿を見かけなかった。仕方がないと思っていた。街なかには住みにくくなり、山とか川とか畑とか森とか、ともかく彼らにとってもっと居心地のいい場所に移ったのだろうと。

けれど、あれはいつごろだっただろう、今年の春先か晩春、いきなり大群のすずめがやってくるようになった。夕方になると毎日、空が暗くなるほどたくさん一時に飛んできて電線にとまり、一斉に鳴き立てた。無数のすずめの無数の囀《さえず》りはすばらしくすさまじく、夕立ちみたいで胸がすいた。家ごと包囲されるような、一つずつはピチュピチュと泡立っているに違いないのにそうは聞こえない、圧倒的な鳴き声を寿子はうっとりと聞き、しばしばおもてにでて、電線という電線にびっしりとまった彼らの姿を眺めた。それはもう壮観としか言いようのない眺めで、夕立みたいに降ってくる声のなかに、寿子はいつまでもとどまっていたくなった。私もあのなかの一羽ならよかったのに。何度そう思ったことだろう。すずめたちのやってくる夕方を、寿子は毎日心待ちにしていた。

それなのに、なのだ。ある日郵便受けにチラシが入った。鳥がとまれなくなるような細工を電線に施しますというそれは役所からの告知で、すずめの大群について近所から苦情がでたためだと書いてあった。寿子には理解できない。すずめたちが何をしたというのだろう。これだけ長い不在のあとで、いきなり大群で現れたということは、それまで住んでいた場所に住めなくなったからに違いなく、住めなくしたのは人間だというのに。

寿子はすぐに電話をかけた。ご質問があればこちらに、という番号が書かれていたからで、しかし電話は録音メッセージにつながるばかりだった。混み合っているのでかけ直せという内容のメッセージだ。何度もかけて、ようやくつながった相手は親切な口調で、辛抱強く話を聞いてくれた。が、工事は決定してしまったと言うばかりで、何の役にも立たなかった。そして、あっというまに電線は細工されてしまった。あんなにたくさんいたすずめたちは、一羽もいなくなった。

どこに行ったのだろう。次の場所でも電線に細工をされてしまうのではないのだろうか。バケツにたっぷり二杯分の水を木々の根元にあけながら、寿子は腹が立って仕方がなかった。先に苦情を言った方が勝ちなのだろうか。その苦情への苦情はどうなるのだろう。

かわいかったのに。

そしてまた、どうしてもそう思ってしまうのだった。

現れた男の子は、インターネットの画面で見せられたのとおなじ顔をしていた。眉毛の濃い、四角い顔だ。一応きちんとジャケットを着ているが、それが本人の選んだものなのか、会社規定の服装なのかは知花《ともか》にはわからなかった。

「行ってらっしゃい。たのしんでいらしてくださいね」

依子《よりこ》ちゃんに見送られて家をでる。

「お洒落《しゃれ》な杖《つえ》ですね」

知花の愛用している赤い杖を見て、男の子は言った。

男性が外出のお伴をしてくれるサービスがある、と教えてくれたのは姪《めい》の香澄ちゃんだった。あれ、いいですよ、と、いつもの落着き払った声音と口調でにこりともせずに言い、この子ももうすこし愛想がよければいいご縁もあっただろうに、と、知花としてはやや不憫《ふびん》にもなったのだが、昔とは時代が違うのだからと思い直して、おもしろそうねとこたえた。おもしろそうね、そんな便利なサービスがあるなら、じゃんじゃん利用すべきよ、と。そうしたらその日のうちに、香澄ちゃんと通いのヘルパーの依子ちゃんの二人で、あっというまに知花の会員登録を済ませてしまったのだった。

「千葉さんて、ご本名なの？」

玄関先に停めてあった車に乗り込み、尋ねてみた。この子がいいと思う、と言って香澄ちゃんが選んでくれたとき、どうせ本名じゃないと思うけど、と呟いたのを思いだしたからだ。

「はい」

知花におおいかぶさるようにしてシートベルトを留めてくれながら、男の子は短くこたえる。三十四、五だろうか、今年八十になった知花の、ちょうど孫くらいの年齢だろう（知花自身には孫はいない。子供を二人産み育てたのだが、ヴェトナム在住の息子もフランス在住の娘も結婚はしているが子供がいないからで、姉の娘である香澄ちゃんも六十を過ぎて独身だし、どうやら知花の家系はここで行きどまりらしい）。

「窮屈だわ。これ、どうしても留めないといけない？」

シートベルトを見おろして訊いたが、千葉さんの返事は、

「すみません、どうしてもです」

だった。

一時迎車、二時から映画、そのあと五時の予約までに歯医者に連れて行ってもらい、さらに家まで送り届けてもらう、というのがきょうの予定だ。

「あまりスピードをださないでね」

知花は言い、了解ですという返事を得る。

自宅から映画館までは二、三十分の距離だと聞いている。なぜ「聞いている」なのかといえば、知花は一度もその映画館に行ったことがないからで、だいたい映画とい

うもの自体、スクリーンで観るのは数十年ぶりだった。昔はしょっちゅう観に行っていたのに——。一九六〇年代、知花がまだ独身で、会社勤めをしていたころには。

「最後に観たのはたぶん子供映画だったわ、子供たちがまだ小さいときに」

窓の外、桜並木のある住宅街を眺めながら言うと、

「子供映画？」

と訊き返された。

「メリーポピンズとかダンボとか、怪獣映画とかね」

説明すると、

「結構新しいですね」

と言われた。この男の子はまだ生れてもいなかっただろうに。

あっというまに目的地に着いた。だだっ広くて暗い室内駐車場に車を停め（昔のサスペンス映画なら、こういう場所で決って女性が襲われるのだと知花は思った）、エレベーターで三階にあがる。するとそこは、サンサンと日のあたるテラスだった。平日の昼間なのに人が多い。バギーを押す若いお母さんたちとか、高校生くらいに見える若い男の子たちとか。まるで公園か、日本ではない場所のように見える。行ったことはないけれどアメリカとか、娘に案内してもらったことのあるフランスのショッピングセンターとか。

「行きましょうか」

促され、建物のなかに入ると一瞬にして、ポップコーンの甘い匂いが四方から押し寄せてくる。

「これがロビー？　ここ、ほんとうに映画館なの？」

ひどく違和感があった。

「チケット窓口はどこ？」

知花の目には、それはただのフードコートにしか見えなかった。大きなカウンター、たべものやのみものの写真が電光掲示されている壁。

「もう買ってあります」

千葉某はポケットからスマートフォンをとりだして言い、

「あとはそこの発券機で発券するだけなんで大丈夫です」

と請け合った。

「何か買いますか？　ポップコーンかコーヒーでも」

尋ねられても返事ができなかった。ここは開放的すぎる。広すぎるし、のっぺりしすぎている。映画館特有のひそやかさがないし、これから観る別世界を予感させる、陰翳《いんえい》というものがまったくない。

「ごめんなさい。やっぱり家に連れて帰ってくださる？」

この男の子が悪いわけではないとわかってはいたが、他にどうしようもなくて知花は言った。

「私には、ここで映画を観ることはできそうもないわ」

と、正直に。

「え？　ほんとうに？　なかまで入ればまた違うと思いますよ、椅子とか快適だし」

男の子は言ってくれたが知花は微笑んで首をふり、

「もちろん料金は一日分お支払いしますから」

とつけ足して、男の子を安心させた。


長年トムと呼ばれているのでそれが自分に与えられた名前だと認識はしているものの、自分で自分をトムだと（全身で、心から）感じたためしのない黒猫のトムはいま、戸棚の上でまどろんでいる。それは大きな、中央がテレビのためにくり貫《ぬ》かれた形の造りつけの戸棚で、下段のキャビネットにはレコードのコレクションが、テレビをはさんで左右に分かれた数段のガラス戸棚には、家族アルバムやさまざまな飾りものや、もう何年ものまれていないアルコール飲料が収められている。

トムは高い場所が好きだ。幾つもある戸棚（および本棚）の上、ピアノの上、冷蔵庫と天井のあいだのわずかな隙間に（調理台を足がかりにして）入ることもある。無論、人間の膝《ひざ》で眠ることもあるにはあるが、居場所としては、断然高いところの方が落着くのだった。

　この家にはいま、トム以外に誰もいない。かつては〝お父さん〟と〝お母さん〟と留守がちの〝香澄ちゃん〟がいたのだが、まず〝お父さん〟が、次に〝お母さん〟がいなくなり（でも二人の匂いや気配はいまでも家のそこここに残っていて、トムにはそれが嗅《か》ぎとれるし、感じとれる）、すると、留守がちの〝香澄ちゃん〟が留守がちではなくなり、毎日家にいるようになった。つまりトムは現在〝香澄ちゃん〟と二人暮しなわけだが、その〝香澄ちゃん〟もきょうはでかけているのだった。

　トムは自分がおそろしく年をとったことに気づいている。自分の年齢も、猫の平均寿命も知らなかったが、それでもとても、とても老いたことはわかる。トムの感覚では、それは一瞬と一日と一年の区別が歴然と曖昧になることであり、記憶と現状認識の区別もまた歴然と曖昧になり、要するにトムはほとんどの時間をまどろんで過している（が、食欲はあり、だからキャットフードの音がすればもらいに行く）。

　閉めきられた家のなかをふいに風がわたり、戸棚の上でトムは薄目をあけた（トムの目は緑がかった金茶色で、年をとっても昔と変らずに美しいと〝香澄ちゃん〟は言う）。すると部屋は消えていた。屋根も壁も床も消えてなくなり、床だったところには水が流れている。水は思わずのみたくなるほど透明で、底にたくさんある石一つずつの、形や色や大きさが見てとれた。トムは驚かない。〝お父さん〟と〝お母さん〟がいなくなってから、この家はよくこんなふうになるのだ。さえぎるものがないので、遠くまで見渡せた。空、白っぽい太陽、木々。きょうは人の姿はない。ときどき子供が遊んでいたり、大人が魚をつかまえようとしていたりするのだが、彼らがトムに気づくことはない。だからトムも、彼らには構わない。じきにみんな消えてしまうのだ。流れる水も、人も石も木々も。

子猫のころなら驚いて興奮し、水や土を味わいたくて戸棚から飛び降りたかもしれないが、いまのトムは、もうそんな危険は冒さない。まただ、と思って目を閉じる。長い尻尾《しっぽ》だけは動かして、戸外の空気に遊ばせたけれども。

半分眠りながら、トムは戸棚の上で姿勢を変える。背中にあたる日ざしの暖かさが気持ちよくて、無意識のうちに両前脚を伸ばしていた。いなくなってしまった〝お父さん〟も〝お母さん〟も長いことここに住んでいながら、この家のこっちの貌《かお》を知らなかったのは残念なことだとぼんやり思う。すぐに消えてしまうとはいえ、こっちの貌も十分魅力的なのに。

これはもう断然冬だ。数か月分のバイト代をつぎ込んで買ったマッキントッシュのコートのポケットに両手を深く入れて、小渕優菜《おぶちゆうな》は思った。秋はどこに行ったのだろう。昔から、優菜は四季のうちで秋がいちばん好きなのに、その秋が年々短くなっている気がする。年々、なんて言うと年寄りみたいだが、優菜はまだ二十一だ。そして、それでも年々、と思う。去年はもっと秋があったような気がするのに――。バス停に立ち、風のつめたさにたじろぎながら、優菜は地球の気候変化を憂う。南極の氷が溶けたらペンギンはどうなるのだろう。海水の温度がこれ以上上がったら、魚たちは生きたまま煮魚になってしまうかもしれない。いつか生れるはずの優菜の孫かひ孫くらいの時代には、学校で、「昔は日本に四季というものがありました」なんて習うのかもしれない。そんな未来を想像すると、優菜はこわくてすくんでしまう。友達にも母親にも、「そんな先のことを心配したってしょうがないじゃん」と（もちろん母親の言葉遣いは違うが、大意としてはおなじことを）言われるのだが、しょうがあろうとなかろうと、心配なものは心配なのだ。気候変化だけではない。地震も台風も、テロも津波も飢饉《ききん》も核兵器もみんなこわい。放火や交通事故も。いつか介護をしたりされたりすることも。この世はこわいことや心配なことだらけなのだ（別枠として、ある日突然、家族や知り合いがみんな優菜を「知らない人です」と言ったらどうしようという恐怖と、地面の下に無数にいるはずの蟻その他の虫が、もし全部いっぺんに地上にでてきたらどうしようという恐怖が、子供のころから優菜にはある）。

夕方の空は刻々と暗くなっていく。バス停には優菜の他に誰もいず、時刻表によればもう来ているはずのバスが来ず、こういうのって不穏だ、と優菜は思う。だいたい、住宅地なのに誰も歩いていないなんていうことがあるだろうか。学校帰りの高校生とか、塾帰りの子供とか、買物帰りの母親とかが、いてもよさそうなものではないか。どの家もひっそり静まり返り、門灯だけが灯《とも》っている。

心細いときにいつもそうするように、優菜はスマホをとりだして、グループラインから一つを選ぶ。「バスが来ない」と打ってしばらく待つ。「どこにいるの?」とまず理生《りお》から、「あたしなんてまだ図書館だよ。リサーチ・ペーパー地獄」と百華《ももか》から、「近くならおいでよ、いま渡辺が来てて、料理してくれるんだって」と、また理生から言葉が入る。「渡辺何作るの?」と百華。「本格麻婆《マーボー》豆腐だって」「いいなー、うまそう」と二人のやりとりが続いているところへ、「それで、優菜はいまどこなん?」と、わけのわからない方言もどきで雅美《まさみ》が登場した。「うちの近所。これからバイト」と優菜が打っているあいだにも「雅美!」「おお、生きてたか」「生きてるさ」と、吹きだしに入った言葉は驚くべきスピードで、次々に増えていく。合間にはスタンプ、スタンプ、スタンプ。発光する画面とそれぞれのアイコンを眺めていると、それだけで勇気が湧いた。一人ではないのだと思える。

バスが来たので乗り込み、一人掛けの座席に腰をおろした。「いま乗った」と報告する。すぐに理生から、よくできましたと書かれた花丸スタンプが届き、雅美からは走っているバスの絵のスタンプが、百華からは投げキスをしている熊のスタンプが届いた。優菜は微笑む。ラインって何てすばらしいのだろう。そして、でも、ふいに新たな恐怖に気づいた。もし世界じゅうのスマホが突然反乱を起こして（あるいは何かの陰謀によって）、機能を停止してしまったら一体どうなるのだろう。どうすればいいのだろう。バスの車内は煌々《こうこう》とあかるい。依然として言葉とスタンプの応酬は（優菜だけを蚊帳《かや》の外に置いて）続き、優菜のスマホは生きもののように、手のなかで震え続けている。


「でもそれ、犯罪だよ」

鶴田里美は飛行機を降り、到着口までの長い通路を歩きながら弟に言った。機内で聞いた弟の話の衝撃が大きく、心臓がばたばたしていた。

「だとしてもさ、べつに俺が考えたことじゃなく、会社の方針みたいなもんなわけだから」

弟の要《かなめ》は平然としている。黒い大きいナイロンバッグを肩にかつぐように持ち、グレーのじゅうたんの敷かれた通路を足早に歩くので、横にならぶために、里美は小走りになった。

「じゃあ、そんな会社は辞めなよ」

揃って富山の実家に帰省したのは祖母の十三回忌があったからで、おなじ東京に住んでいながら普段はほとんど没交渉なので、三つ年下の弟に里美が会うのはひさしぶりだった。夏には里美が帰省できず、その前の正月には要が帰省しなかったので、一年半ぶりか、二年ぶりかもしれなかった。それでも、大学を中退して定職に就かず、ふらふらとバイト先を変えてばかりいた弟がやっとまともに就職したことは、母親からの嬉《うれ》しそうな電話で聞いて、里美もよかったと思っていた。それなのに、なのだ。

「逮捕とかされちゃったらどうするの?」

「されないよ」

要は鼻から息をこぼすように笑う。

「俺は先輩に教わったとおりやってるだけだし、新人で、意見とか言える立場じゃないしね」

「でも——」

要が就職したのは住宅リフォームの会社で、そこでは「請求料金の水増しや過剰工事はあたりまえ」で、「無料点検と称して家の内外を見てまわり、どこかを壊してそれを発見する」ことや、「工事中に一年後を見越し、新たな疵《きず》を仕込んでおく」ことまでまかりとおっているらしい。

「古い家に住んでるのはだいたい年寄りだし、結構ぼろいよ」

着陸間際の機内でそう呟《つぶや》いた弟の声と表情には、里美をぞっとさせるものがあった。

『要ちゃんはそんなことをするような子じゃない』って、おばあちゃんならきっと言うよ。知ったら悲しむよ」

法要を済ませたばかりの祖母を持ちだして、里美は弟に訴えてみる。五人いる孫のなかで唯一の男の子である要を、祖母はとりわけかわいがっていた。

「なに？　あんたいま舌打ちをした？　あたしに向って舌打ちをした？」

聞こえた気のする小さな音にカッとして、里美はつい声を荒げる。土産にと持たされたあれこれの入った紙袋が重い。

「してねえよ、騒ぐなよ、大袈裟《おおげさ》だな」

要は言い、到着口をでたところで立ち止まる。

「腹へったから、俺ここで夕飯食って帰るけど、里美はどうする？」

と、目の前にある喫茶店のようなレストランのような店をあごで示した。

「あのね、わかってる？　あたしがもし通報したら、あんた逮捕されちゃうんだよ？」

「だから、されないって」

要はめんどうくさそうに言い、

「カツカレー、こっちに戻ったら食おうって飛行機に乗る前から決めてたんだ。向うじゃほら、魚ばっかだったから」

とにやにやしながらつけ足して、一人で店に入って行った。

また、いる。

夜中に目をさましたちさは、寝ている家族の向う側に立つ、ぼんやりした人影を（相手に気取られないよう薄目で）見た。男の人だ。絵草子で見た西洋人のような、奇妙ななりはしているものの、どこか上品な感じのするその人影を、ちさは仏さまだろうと思っている。根拠はないが、夜中に枕元に立つのは幽霊か仏さまに決っているし、幽霊なら、土間に寝ている犬たちが家族を守ろうとして吠《ほ》え立てるはずだ。ちさの家には三匹の犬がいて、三匹ともとても賢い。だからちさは、いま村で横行しているという噂の〝ひとさらい〟もあまりこわくなかった。さらわれるのはおもに子供で、騒ぎ立てないよう口をしばられ、どこの家の子かわからないよう髪を切られたり衣服をはぎとられたりした上で、江戸《えど》に売られるという。けれどちさに関しては、犬たちが守ってくれるとわかっていた。きょうだいみたいに育ったのだ。とくにシビチとは（ちさの家族はみんな、犬たちをまとめて「犬ころたち」とか「ころちゃんたち」とか呼ぶのだが、ちさは一匹ずつに名前をつけている。ベエジ、シビチ、カッキャンというのがその名前だ）。三匹に、ちさは全幅の信頼を置いている。が、それでも、食《くい》扶持《ぶち》をへらすために両親がわざとひとさらいに子供をさらわせることもあると聞くし、用心に越したことはない。

仏さま。

薄目をあけ、寝たふりをしたままちさは人影に向って胸の内で祈る（仏さまを前にして、祈る以外に何ができるだろう）。お父さんとお母さんをお守りください。お兄ちゃんとお姉ちゃんとちさと弟たちもお守りください。ベエジとシビチとカッキャンもお守りください。疫病からも飢饉からも火事からも、ひとさらいからもお守りください。

祈り終えると安らかな気持ちになった。仏さまと思《おぼ》しき人影は、あいかわらずぼんやりと立っている。土間からは犬たちの寝息と、たくさんのかざぐるま（母親が内職で作って、糊《のり》がよく乾くように家の外側、榧《かや》で囲った空間に吊《つ》るしてある）が回る、かすかな音がしている。


掃除、掃除、掃除。ほんとうに、掃除にはきりがないのだ。払っても払ってもどこかしらの隅に蜘蛛《くも》は巣を張るのだし、拭《ふ》き清めても拭き清めても、畳はじきに艶《つや》を失う。磨いているさなかですら、風が吹けば縁側は砂でざりざりになり、桟という桟には埃《ほこり》がたかり、金気のものには錆《さび》が浮くのだ。たちの悪い風邪をひき、同僚の桂が仕事を休んでいるせいもあり、勢喜はきょう、朝から働きづめで、貸本屋で借りた本を読む暇もなかった。

「でろれん、でろれん」

祭文語《さいもんかたり》の口真似をしながら、庭に綾が現れたときも、勢喜は箒《ほうき》を握っていた（庭土にはいつも箒の跡をつけておくように、と申し渡されているのだ）。

「なあに？　加代ちゃんからの伝言でも持ってきてくれた？」

友人の妹である綾は、ときどきそういうことをしてくれる。が、きょうはそうではないらしく、

「けんどん屋の裏で見つかった死体のこと、聞いた？」

と訊《き》かれた。聞いていたが、

「聞かない」

とこたえてやったのは、綾が話したそうだったからだ。

「噂が二つあったでしょ、心中の途中で相手が逃げたっていう説と、死んだのは下手人だっていう説と」

「うん」

相槌《あいづち》を打ち、腰をのばした。

「下手人だった！」

嬉しそうに言う。続きを待ったが、話はそれだけのようで、

「嬉しくないの？」

と訊かれた勢喜は戸惑う。けんどん屋の裏で見つかった死体が下手人のものだとなぜ嬉しいのかわからなかった。青い空だ。もくもくした夏雲は雪山のようで、見上げるとすこし涼しい。勢喜の反応の鈍さに呆《あき》れたのか、綾は、

「そういえば、仁《じん》ちゃん手代になったんだってね」

と突然話題を変えた。

「うん。お店に預けて五年だからね。ご主人にはかわいがってもらってるみたい」

仁は勢喜の弟だ。

「でも、どうして知ってるの？」

尋ねると、綾はにっこり笑った。始終町をぶらぶらしているので、情報通なのだ。おおかた煙管《きせる》屋のおばちゃんか、猫屋のおばちゃんあたりから聞き込んだのだろう。幼い少女である綾が、勢喜はちょっとうらやましくなる。勢喜自身も、奉公にでる前には加代と二人で、町を遊び場にしていたものだった。目も耳も二組あったわけだから、噂という噂はすっかり聞き込めていた。ついこのあいだのことなのに、ずっと昔のように思える。

「茂ちゃんは元気？」

綾の、もう一人の姉について尋ねた。彼女はそろそろ奉公にでるか、嫁に行くかす

る年齢のはずだ。

「元気よ。男の人に、いっつもお愛想してる」

「そうなの？」

勢喜は笑った。そして、綾の相手はこのくらいで十分だろうと思った。そろそろ帰して、掃除に戻らないと叱られてしまう。

「綾ね、このあいだ吹きたまを見たよ」

また突然話題が変った。

「十も二十も、三十も四十もの吹きたまがね、ぶわーっといっぱいでてね、光りながらくるくる回って、幾つかは空にね、ふわふわ昇っていったよ」

「吹きたまが？」

訊き返したのは、ちょっと信じ難かったからだ。勢喜の経験から言って、あれはそんなに容易《たやす》く飛ぶものではない。それでも、

「そう」

と自信たっぷりにうなずく綾の顔を見てしまうと、否定するのはかわいそうになった。なんといっても、まだ幼いのだ。

「さ、もう帰りなさい。私は仕事があるんだから」

促すと、綾は素直に「はあい」と返事をしたあとで、

「あ、テントウムシ」
と声をあげ、立ち葵《あおい》の葉にのった、小さな赤い虫を指さす。綾のそんな無邪気さを、勢喜はまたうらやましいと思った。

曇り空だ。いつものように孫息子を幼稚園に送り届けて、自宅に戻った香坂真紀は、きょうこそ茉莉子さんに電話をしなきゃ、と思った。しなきゃ、とは言ってもべつだん用事があるわけではなく、でも随分ご無沙汰《ぶさた》してしまったことは確かで、薄情だと思われないためにも電話をする必要がある、と感じる。女子大時代の友人である小沼茉莉子は些細《ささい》なことでも気にする性質で、しかも記憶力がいいのでいつまでも忘れないのだ。どちらから電話をかけることが多いかとか、不在着信だったときにかけ直したとかかけ直さなかったとか。可笑《おか》しいのは、どちらがかけた電話であれ話すのは主に真紀で、茉莉子は昔から電話での会話が苦手だという事実で、それならば頻度だの何だのを気にする必要はないのではないかと思うのだが、ともかく彼女は気にするのだ。

と、そんなことを考えながら家族四人分の朝食の食器を洗った。一人娘の杏子《きょうこ》が離婚して子連れで帰ってきて以来、夫婦二人きりだった生活の静かさと平穏（と、若干の物足りなさと驚くほどの身軽さ）はあとかたもなく消えた。小さい子供の存在というのはハンパない（この言い回しは最近の孫のお気に入りだ）。自分がまだ五十代だから辛うじて体力が保《も》っているものの、もうすこしあとだったら対処しきれなかったかもしれない。幸い、孫の勇也は真紀になついており、娘と前夫との関係も良好で（というのも妙な言い方だが、すくなくとも憎み合ってはいないらしく、双方理性と友情らしきものを維持していて）、真紀は、案外こういう家族形態もアリなんじゃないかと思ったりする。そもそも日本には昔、通い婚という習慣が伝統としてあったのだし、と。

　もっとも、茉莉子との電話でそんなことを言うつもりはない。孫の利発さとかわいらしさについては多少自慢するかもしれないが、孫と娘にかき乱される日々の大変さと、娘の将来への不安の方を強調して話すつもりだ。真紀の考えでは、それが世間話の鉄則だからだ。

　洗濯乾燥機を回し（雨が降りだしそうなので、外干ししたいものの洗濯は見合せた）、トイレ掃除を済ませてから電話をかけた。真紀は無論スマホを十全に使いこなすが、茉莉子への電話は昔からの習慣として、固定電話からかけることが多い。その方が落着いて話せるからで、きちんと整えられたベッドの端に腰をおろして、途中で喉《のど》をうるおせるようにコーヒーの入ったマグをそばに置き、諳《そら》んじている番号を押した。

呼びだし音に続いて相手が受話器をとるかちりという音も聞こえたのに、がさがさという雑音が入って、

「茉莉子？」

という真紀の言葉に返事はなく、複数の、あきらかに茉莉子ではない人たちの会話がとぎれとぎれに、があがあ、がさがさいう雑音に混ざって聞こえた。

混線しているのだ、と気づいた真紀が最初に感じたのは、ばかげたこと（だと我ながら思ったこと）になつかしさだった。そうそう、昔は電話ってときどき混線したのよね――。

「茉莉子？」

一応もう一度声を張り、それでも聞こえるのが耳障りな雑音と他人の会話の断片（「……ホウグだろうか……カラのもの……柳……お礼に……効かない」）だけだったので、真紀は電話を切り、もう一度かけ直した。

今度は無事につながり、

「はい」

という小沼茉莉子の声が聞こえた。瞬時に女子大時代の気分が甦《よみがえ》り、真紀は声のトーンをあげて話し始める。

「元気？　毎日寒くて気が滅入《めい》るわね。ずっと茉莉子に電話しようと思ってたんだけ

ど、なにしろチビがいるでしょ、毎日がもうてんやわんやで――」

「問題は、その人がおばあさんだっていうことなのよ。白髪頭で、顔なんかもしわくちゃで、どう見ても八十、まあ、七十五かもしれないけど、ともかくおばあさんなの。だからみんな文句が言えないんだわ。ほら、老人は敬わなくちゃいけないから」

ひさしぶりに電話をかけてきた弟に、玉井紫苑《たまいしおん》は訴えた。

「家族が止めるべきなのに、誰も止めないっていうのが私には信じられないわ」

「ひとり暮しかもしれないし、まあ、人それぞれなんじゃないの？」

弟の言葉のあたりさわりのなさが、紫苑の怒りに油を注ぐ。

「そういう問題じゃないでしょう？　だって交通法規違反よ？　ほんとうに危ないのよ？　あなたは見てないからそんなことが言えるんだわ」

自転車に乗ったその老女を、玉井紫苑は恐れている。きょうは会いませんようにと願いながら毎日犬の散歩に行くのだが、不思議なほど見事に会ってしまうのだ。ケイク（というのが玉井家の愛犬であるワイヤーフォックステリアの名前だ）の散歩は一日二度（早朝と、夕方もしくは夜）と決っているが、時間は日によってまちまちだし、コースも複数ある。それなのに毎日のように、ときには日に二度とも遭遇するのだからわけがわからない。老女があれほど超然として走りに集中していなければ、自分とケイクがつけねらわれているのかと疑うところだ。が、そうではないことは紫苑にもわかっている。いつ遭遇しても、老女は紫苑にもケイクにも目もくれず、あっというまにそばを走り抜けて行くか、自転車に乗ったままガードレールや他人の家の玄関先に足をのせて止まり、水分補給や首を回す運動をしているかのどちらかなのだから。

「いちばん恐いのは下り坂の途中でうしろから追い越されるときなの。ものすごいスピードで疾走してくるから、いつケイクが轢《ひ》き殺されるかと思うと不安で、びくびく何度もふり返りながら歩かなきゃならないのよ？　あの人が来たらすぐケイクを抱きあげられるように」

思いだすだけでぞっとしながら、紫苑は続ける。

「車道を走ってほしいけど、おばあさんに車道を走れって言えないじゃない？　車に轢かれちゃったら大変だから」

「あのさ、電話したのは――」

弟が何か言いかけたのをさえぎって、

「驚くのは交差点なの」

と紫苑は言った。

「坂の下の信号をね、あの人、ものすごく手前で待つのよ。よその家の門に足をかけて。でね、信号が青になると同時に坂を下って、ノンストップで渡っちゃうの。でもそこは交差点だから、横からも人や犬や自転車が来るわけでね、もしぶつかったら大事故よ、大事故」

なにしろ迷惑しているので、その老女の話を紫苑は夫にも息子にもしたのだが、どちらの反応も弟と似たりよったりで、そこには、紫苑がケイクに過保護であり、だから自転車に過剰反応しているという含みが感じられて、紫苑を憤懣《ふんまん》やる方なくさせる。老女のしていることは犯罪なのに——。

「あのさ、電話したのは一応報告しておこうと思ったからなんだけど、俺、離婚したから」

一瞬、紫苑は自分が何か間違ったことを言ったかしたかしたのだと思った。たとえば掃除機のコードをしまうボタンを押したつもりで、ふたをあける——ゴミパックを取り替えるための——ボタンを押してしまったときのように。離婚した？　弟はいまそう言ったのだろうか。由香ちゃんと？　なぜ？　いつ？　ほんとうに？

「じゃ、そういうことだから」

何の説明もなく電話を切ろうとした弟を、

「待って」

と言って呼び止める。が、何を説明させたいのかわからなかった。離婚の理由？　価値観だか性格だかの不一致について説明されても紫苑には理解のしようがないのだし、弟とその妻の諍《いさか》いの顚末《てんまつ》など聞きたくない。

「いつ？」

それでそう訊いた。

「パパとママには話したの？　由香ちゃんのご両親には？」

と。弟の返事はそれぞれ「二週間前」と「親たちにはまだ」で、「まだ」の理由として、「離婚はしたけど、当面いっしょに住むし」とつけ加えた。

「そうなの？」

紫苑は混乱する。

「じゃあ、なんで離婚するの？」

「するんじゃなくて、したの」

「だからなんでよ」

弟はすこし黙り、

「知らないよ」

と不機嫌に言った。

「由香に訊いてよ。由香の希望なんだから」

わけがわからなかった。

「大丈夫なの？」

尋ねると、

「何が」

と訊き返された。

「二人とも元気なの？」

肯定と思われる声が返ったので、紫苑はとりあえずそれでよしとすることにした。

「あとで由香ちゃんに電話してみるわ。近いうちに二人でごはんたべにいらっしゃいね」

肯定の返事を聞いて電話を切った。自転車に乗った老女のことが、突然どうでもよく思える。

「知らないよ」

不機嫌な、どこか傷ついたような弟の声音が耳に残って、紫苑としては、離婚を「希望」したという由香に腹を立てないわけにいかなかった。

ベルトコンベアーに運ばれてくる荷物を待ちながら、大場信吾は熊本の両親に電話をして、無事に帰国したことを知らせた。海外出張の多い息子の身を案じる母親から、毎回出発前と帰国後に空港から電話をするようにと言われていて、それが長年の習慣になっている。

年季の入ったスーツケースをひきずって、リムジンバスのチケットカウンターに向う。いつもどおりの手順だ。もう何度くり返したかわからない。午後六時。おもてにでると雨が降っていて(それは、着陸したときに飛行機の窓から見て知っていた)、バスの列にならびながら、信吾はその雨の湿りけと外気のつめたさを嬉しく思う。気温連日三十五度、カラカラに乾いた晴天続きのメキシコ出張から戻ってきたところなのだ。宿の壁にいたヤモリ、現地の仕事仲間たちと酌交したテキーラ、舗装されていない田舎道――。記憶は生々しいのに、帰国してしまうとすでに遠く、はるか昔のことに思える。

飛行機のなかでも眠ったのだが、バスのなかでも信吾はまた眠り、あっというまに自宅近くのターミナル駅についた。降りたくない、まだこのまま寝ていたい、という子供じみた欲求をなんとかねじ伏せて立ちあがる。

駅前のラーメン屋に寄ることも、そこで壜《びん》ビール一本と、ラーメンと餃子《ギョーザ》のセットを頼むことも、夕食どきに帰国したときのいつもの手順だ。マンションに帰っても誰もいない。結婚とか、子供を持つこととかに興味がなかったわけではない。というより、正直に言うなら渇望していた時代もあった。が、五十六歳になったいま、信吾は自分の人生を受け容《い》れている。人は自由なのだから、こういう人生があっても構わないはずだ。

スーツケースを壁際に置いてから食券を買い、セルフサービスの水を持ってカウンター席に坐《すわ》る。ビニール袋を破いて不織布をとりだし、両手を拭《ぬぐ》ってビールが運ばれてくるのを待った。

信吾には九回の見合経験がある。見合の他に、結婚相手を探す目的のパーティに参加したこともあるし、学生時代には合コンというものにもたびたびでかけた。デートをしたことは何度もある。が、どの相手とのデートも一度きりで、二度目の誘いに応じてもらえたためしはない。

しかしその一方で、南米にはガールフレンドがたくさんいる。信吾は一年の半分が海外出張という生活をしており、出張先はすべて南米で、あちらの女の子たちは、ともかくやさしいのだった。ブラジル、コスタリカ、チリ、ボリビア。どの都市にも馴《な》染《じ》みの店があり、馴染みの女の子たちがいる。入れ替りが激しく、せっかく仲よくなってもすぐにいなくなってしまうのが残念ではあるのだが、二度三度と再会できることもあり、そうなれば宿に出張もしてくれる。リンダ、ルイーサ、マルガリータといった名前を持ち、曲線的でふくよかな身体つきをした、親日家の女の子たち。

食事を終えて店をでる。タクシーに乗り、マンションに帰りついたのは八時すぎだった。エントランスホール、エレベーター、そして自室——。毎回そうなのだが、部屋がよそよそしく感じられる。何も変っていないはずなのに、何一つ以前とおなじではない。

　窓をあけ、雨音を聞きながら空気を入れ換える。トイレを使い、部屋着に着替えて荷物をほどく。そうしながらも、部屋が信吾を拒絶しているような気がした。自分が侵入者であるような気が。部屋にも感情があるのだろうかと、出張から帰るたびに、半ば本気で信吾は訝《いぶか》る。自分がこの部屋で異国を（というか、リンダやルイーサやマルガリータを）恋しく思うことはあっても、異国の地でこの部屋を恋しく思うことはないという事実を、もしかするとこの部屋は知っているのかもしれない。


　壁が一面ガラス張りなので、外の雨がよく見える。自宅から徒歩二分なのでつい毎晩のように来てしまうバーでホットラムをのみながら、野沢晴美は身体をひねって夜の雨を見る。ガラス張りの壁面は、カウンター席の真うしろなのだ。

「聖さんは元気？」

　バーテンダーの瞬さんに尋ねられ、

「二週間会ってない」

　と、晴美は正直にこたえる。

「けんか？」

　晴美とおなじくらいしょっちゅうこの店にいる鍋島亘が口をはさみ、

「晴美も大変だよね。飲食店経営者は女泣かせが多いもんな」

と、あきらかに瞬さんを見ながら言葉を加える。

「俺？　俺は経営者じゃないもん」

瞬さんがこたえ、

「女泣かせでもないし」

と、亘の隣で七海が言った。亘と七海は恋人同士で、でも（というか、だから）親友でもあるらしく、思ったことを何でもぽんぽん口にして、互いに笑ったり怒ったりしている。晴美にはそれがうらやましかった。恋人って、普通はそういうものでしょ、と思う。その意味で自分と聖は普通ではなく、そのことが晴美には、不満ではなく不安だった。

晴美の恋人である菅原聖は申し分なくやさしい。大人だし、晴美のいやがることをしたり言ったりしたことがない。だからけんかをしたこともなく（でも、恋人同士なら、たまにはけんかくらいするのが普通ではないのだろうか）、晴美が一方的に文句を言うことになってしまう。きゃんきゃん吠える、頭の悪い犬みたいに。そして落ちこむのだ。いまがそうであるみたいに。

何でもぽんぽんどころか、思ったことをなんにも聖は口にしない。だから何を考えているのかわからない。いつ行っても拒絶はされないし、セックスもすばらしいし、お店が休みの日には(聖はビストロを経営している)、他のいろんな店のたべ歩きに連れて行ってくれる。でも――。何も話してくれないというのは、心をひらいていないということに思える。それに、聖は晴美を家族にも友達にも紹介してくれない。晴美は女友達を聖の店に連れて行って紹介したり、聖をここに連れてきて、亘や瞬さんを紹介したりしているのに。晴美は何も、結婚したいとか同棲《どうせい》したいとか言っているわけではなかった。ただ、普通のカップルみたいにオープンにつきあいたいだけなのだ。

二週間前にもそう訴えたのだが、何を言っているのかわからないと言われた。簡単なことなのに。それで晴美はカッとなり、「帰る」と言い捨てて店をとびだしたのだった。その日は元従業員の行広くんが来ることになっていて、ひさしぶりに会えるのをたのしみにしていたのに。

ほんとうに最悪の日だった。頭に血がのぼっていたのでろくに前を見ずに歩いていたら、有楽町の交差点で変なおじさんにぶつかってしまった。どしんと、かなりまともに。おじさんは、くわえ煙草で歩いていた。スーツ姿で、帽子までかぶっていた。前を見ていなかったのは晴美の方なのに、おじさんは帽子を片手で持ちあげて、「失敬」と言った。失敬! 何時代だよと思ったが、そのときの光景を思いだすと、晴美はいまでも信じられない気分になる。そのおじさんだけじゃなく、交差点を渡っている男の人の多くが煙草を吸いながら歩いており、あちこちに煙がたなびいていた。ほんとうにびっくりする、異様な光景だった。

「いまでも歩き煙草する人っているんだね」

それでそう言うと、

「俺は絶対しないよ、スモーカーだけど」

と亘が言い、

「したらサイテーだよ」

と七海が漫才の相方みたいに間髪を入れずに口をはさむ。呼吸が自然に合っていて、晴美はまたうらやましくなった。同時に、聖がひどく恋しくなる。二週間も会わずにいるのは、つきあいだして以来はじめてのことだ。

端に坐っていた一人客が帰り、いつものように瞬さんが、カウンターのみならず椅子も拭いている（こういうところも、晴美がこの店を好きな理由だ。坐ったとき、椅子に前の客の体温が残っていたりしないところ）。

晴美はスマホに触れてロックを解除し、とりそびれた着信がないことを確かめる。こちらから電話をしてみようかと考え、でもすぐに、それではいつもとおなじことになってしまうと思い直す。今回は、どうしても聖の方から電話をしてほしかった。会話の途中で片方が怒ってとびだした場合、もう片方は、心配して電話を寄越《よこ》すのが普通ではないのだろうか。
晴美にはわからない。これまでいつだってシンプルイズベストで生きてきたし、それで恋も友情も仕事も家族関係も上手《うま》くいっていたのに、聖との関係においては、何ひとつシンプルにいかないのだ。晴美はまた背中をねじって外の雨を見る。今夜じゅうにあがるという予報を疑いたくなるほどに、雨は安定した降りぶりで空気をふるわせ、道路を濡《ぬ》らしている。

こんなことをしていていいのだろうか、と思わないでもなかったが、よくないとしても、そうしているのだから仕方がない。午前十一時。寺村有為子《ういこ》はひとり暮しのアパートで、パジャマ姿のままベッドに寝ころがって海外ドラマのDVDを観ている。また会社を休んでしまった。今月になって四度目か五度目だ。入社一年目なのに。とくに仕事がきついとか、嫌な上司や同僚がいるとかではないのだが、どこにも行かずにアパートにいたいという欲望が強烈で、屈する以外になかった。きょうの場合、会社を休むことはゆうべのうちに決めていた。雨が降っていたからだ。雨はうっとうしい。だから有為子は、もしあしたも雨なら会社を休もうと決めた。が、起きてみると晴れていて、正直なところ、有為子はかなり困った。休む理由がなくなってしまったからだ。無論、会社には風邪とか頭痛とか捻挫《ねんざ》とか、嘘の理由をつけて電話をするので天気は関係ないのだが、それとはべつに、自分に対する言い訳というか理由が有為子は欲しいのだった。そして、でも、すでにすっかり休む気でいた有為子としては、天気がいいからといって急に出勤モードに切り換えられるはずもなく、こんなことをしていていいのだろうか、と思いながらも寝そべって、ぬいぐるみたちといっしょにテレビ画面で、アメリカの風景や犯罪や、カーチェイスや撃ち合いや、食事シーンや入浴シーンを眺めている。有為子が会社に行かなくてもぬいぐるみたちは気にしない。というより、行かないのがあたりまえだとすら思っているに違いなく（だって、彼らは誰も会社になど行かないのだし、この世に会社という場所があることも知らないのだから）、有為子は彼らに許されていると感じる。仲間として認められている、とも。

画面を一時停止にし、台所に行って紅茶をいれる。ブラインドごしの日ざしがまぶしい（寝室は日があたらないので、ドアを閉めきっていると昼間でも薄暗いのだ）。この1LDKのアパートに、有為子は大学に入学したときから住んでいる。家賃は寛大にも両親が払ってくれているのだが、もし自分が会社をクビになったりしたら（そして、この調子ではそれもそう遠いことではなさそうに思えるのだが）、さすがに払い続けてはくれないだろう。そうなれば宮城の実家に戻るよりないが、戻って何をすればいいのだろう。地元の会社に再就職する（そしてまた会社を休む）？ 見合をして結婚する（そして家事をさぼって離婚される）？

人は、どうして何かしなくてはいけないのだろう。何もしないで生きているだけではいけないのだろうか。ティーバッグの糸がたれたままのカップを手に、有為子は薄暗い寝室に戻る。ぬいぐるみたちの許《もと》へ。そこではテレビ画面が静止したまま待っていてくれる。

この手の連続ドラマのいいところは、観ているあいだ何も考えずにいられるところだ。次々に事件が起り、陰謀がうずまき、愛が燃えあがったり冷えきったりし、人が生れたり死んだりし（有為子がいい人だなと思う人は、たいてい途中で殺されてしまう）、信頼し合ったり裏切ったりし、殴り合ったり抱き合ったり、正義感につき動かされたりお金に目がくらんだり、逃げたり追ったり許したり許されたりし、その合間にはちゃんと食事をしたり眠ったりシャワーを浴びたりもして、つまり有為子のかわりに人生を生きてくれる。だから有為子は何もせず、ただ観ていればいいのだ。

牧野洋美《ひろみ》は空港の免税店で働いている。店は出国審査カウンターの先にあるので、ある意味では毎日国外にでていると言えないこともないのだが、そのことのシュールさも新鮮味も、仕事を始めて一年もすると色褪《いろあ》せてしまった。職場は所詮《しょせん》職場だ。

大学卒業以来、洋美はこれまで何度も転職をくり返してきた。テレビ局の受付に始まり、外車販売店、ペットショップ、茶道の家元の秘書として働いたこともある。洋美にとって仕事は自分の人生の一部であり、だから当然変化させるべきものだ。人は時と共に変るのだから、ヤドカリが引越しをするように、洋美も仕事を変えてきた。一か所にながくとどまりすぎると、自分が鈍くなりそうな気がするのだ。

気に入りの昼食（といっても目下ダイエット中なので、きょうの場合はバナナとサプリメントとコーヒー）休憩スポットである展望デッキに立って、洋美は青空と滑走路と、次々に飛び立っていく飛行機を眺める。機体に日ざしが反射してまぶしい。玩《おも》具《ちゃ》みたいだ。あのなかに人がたくさん乗っているなんて、とてもほんとうとは思えない。ゆうべひさしぶりに会った父親のことを考える。今年六十六歳になったはずの、若いころにはハンサムだった（し、本人はいまもそのつもりでいるらしい）洋美の父親は、大手のレコード会社に勤めており、随分と羽振りがよかったのだが、何らかの不祥事（そのときには両親はすでに離婚しており、それがどんな不祥事だったのか、母親と暮していた洋美には結局知らされなかった）を起こして離職を余儀なくされて以来、どんな仕事をしているのか謎だった。訊けば、芸能関係だとか公共事業と関わっているとかこたえるし、すべてが嘘ではないらしいのだが、すべてがほんとうとも思えず、いたずらに心配になるだけなので、いつからか洋美は訊くのをやめてしまった。元気で生きていてくれさえすればいい。そう思うようになっていた。が、ここ最近の父親の様子はあきらかにおかしかった。なにしろ娘に借金をするのだ。少額だし、いまのところ二度とも返してもらっているが、それでもあの父親が娘から金を借りるなどというのは、よほど切羽つまっているに違いなかった。

ゆうべも金を貸した。のみならず、父親が昔から贔屓《ひいき》にしているイタリア料理店での支払いも洋美がした。父親はあいかわらず仕立てのいい背広を着ていたし、靴もきれいに磨かれていた。洋美が支払いをしているあいだも余裕たっぷりに支配人と談笑し、それはつまり、娘がどうしても払うと言って聞かないものでね、というポーズなのだが、実際にはその直前に、きょうはちょっと手持ちがなくて、と、洋美に小さく片手拝みしてみせていた。だったらこんな高い店じゃなく、居酒屋とかファミレスとかに呼びだしてくれればいいのに、と洋美は思ったけれども、いまだにバブル期をひきずっている父親には、それは無理な相談なのだった。あの人は大丈夫だ。洋美はそう思おうとする。貸したお金だって、父親にとってはとるにたりない少額（きのうの場合は二十万円）だし、過去二回（十万円と十五万円）とも返してもらった。でも、その少額さがむしろ不安でもあって、たったそれっぽっちの金にさえ困っているのだとしたら、洋美の貸す金など焼け石に水で、何の解決にもならないはずだ。

空になったコーヒーカップにバナナの皮を押し込み、金属製の扉をあけて、空調のきいた建物のなかに戻る。エレベーターを待ちながら、母親に相談すべきだろうかと思ってもみたが、すぐに、悪意のある言葉を返されるだけだろうと思い直した。母親は自分の人生から、かつての夫をとっくに抹消しているのだ。
化粧室に寄って職場に戻る。そのあとは、退社時間まで接客に追われた。夥《おびただ》しい数の煙草や酒やチョコレート、ブランドごとに棚分けされた化粧品類。免税店の混雑は、電車のラッシュアワーに似ている。店というより通過地点の混雑なのだ。毎日毎日、よくもこれだけの人が国を出たり入ったりするものだ、と洋美は感心してしまう。移動、移動、移動。みんな移動している。まるで回遊魚とか渡り鳥とかみたいで、ご苦労なことだと洋美は思う。生れ育った土地での日常生活だけでも、十分に疲れるというのに。

いま市岡謙人がいるのは馬小屋だった。しかも、小屋の隅の、ほとんど天井あたりにいるようだった。そばに常夜灯が一つ灯っており、その小さなあかりのおかげで、小屋全体が見て取れる。扉つきの馬房が六つ、馬が五頭。馬房の一つは空いている。仕切り壁のところどころに古毛布がかけてあり、それぞれの房に寝わらだの糞便《ふんべん》だの。横たわっている馬もいればじっと立っている馬も、落着きなく身動きし続ける馬もいて、いずれにしてもかなりきつい体臭が充満しているのだが、謙人には気にならなかった。というより、むしろ好もしい匂いに思える。生命と体温のある匂い。壁際には水道も完備されており、そのそばに長靴が二足置かれている。ここがどこか考えることを、謙人はもうやめている。どこであれ、いまの謙人にはここが世界のすべてなのだ。馬たちは謙人の存在に気がついていないか、気づいていても気にしていないかのどちらかのようで、あいかわらずそれぞれに、寝ていたり立っていたりあとずさりしたりしている。

あたしはほんとうに死んだのだろうか。原田真弓は納得がいかない。最初に病名を告げられたときの、診察室とは違う応接室の奇妙な狭さも医師の優しげな口調も憶《おぼ》えているし、入院も通院も転院も、涙まじりの父親の悲痛な言葉（「もういい。もう頑張らなくていいから」）も憶えているが、それでも納得がいかない。

だってここは、どう見ても遊園地だ。空に近い場所をジェットコースターが走り、遠くに観覧車も見える。死んだ人が天国でも地獄でもなく遊園地に行くなんていう話は聞いたことがない。けれど現にいま、やたらと騒々しい場所を、真弓は見渡している。複数の音楽、子供たちのはしゃぐ声。スマートフォンで写真を撮り合う人たちや、作業着姿で掃除をしている従業員。

確かに、と、真弓はそこらじゅうから漂ってくるポップコーンの匂いをしみじみ（何年ぶりだろう）吸い込みながら考える。確かに、ほとんど自分の一部のようになっていた痛みはもう感じていない。それは自分が死んだ証拠かもしれなかったし、自分で自分の身体を見おろせない以上、幽霊と呼ばれても仕方がないのかもしれない。だけど、それでも——。幽霊が、こんなにはっきりポップコーンの匂いをかげるものだろうか。丸く刈り揃えられた植込みや、〝最後尾ココです〟と書かれた看板や、小学生の男の子三人が手に持っているソフトクリームなんかを眺められる？　それに遊具の色、色、色。遊園地という場所は、信じられないくらい色だらけだ。

百歩譲って——。真弓は、心ならずも楽しい気持ちになりながら（だって、あたしにはもう苦痛がない）、さらに考える。百歩譲ってあたしが幽霊なのだとして、どうしてあんなに帰りたかった家（両親がいて妹がいて、おばあちゃんもまだ生きているあの家！）に帰らずにこんなところにいるのだろう。あるいは嫌いな人のところに、いやがらせをするためにでずに？　まあ、そうまでして恨みを晴したい相手がいるわけでもなかったが。

それにしてもあのほっぺた——。真弓は、父親の背中で眠ってしまったらしい幼い子供のほっぺたに見惚《みと》れる。白くて、ふっくらしていて、ものすごくやわらかそうだ。こんなに賑《にぎ》やかな場所でよく眠れるものだと感心するが、同時に、あのほっぺたに触ってみたいという抗《あらが》い難い欲望を感じ、真弓は自分で驚く。これまで、とくに子供を好きだと思ったことはなく、将来子供を持ちたいと思ったこともなかった（結婚相手の発見もまだだったので、当然といえば当然かもしれなかったが）。

肉体を持たないいまの真弓には、それに触れることはもちろんできない。が、極限まで近づくことはできた。ほとんど吸い込まれそうなほどに。その白さ、その息遣い、その質感。わあびっくり、と真弓は思う。触れるよりずっと簡単でずっと生々しい。それは鮮烈な体験だった。まるであたしの全部がこの子供のほっぺたに埋まっちゃったみたいだ。真弓は思い、子供から離れる。青い空だ。これだけたくさんの音があり色があり匂いがあり動きがあるなかで、自分には何の義務も予定もしがらみもない。それはちょっと茫然《ぼうぜん》とする、そらおそろしいような自由だった。

井波真澄は花を見ている。それがさるすべりの花だということは知っているし、さるすべりが咲いているのだからいまが夏だということもわかり、いかにも夏らしい空と日ざし、温度と湿度を感じてもいる。ごく間近に花があるが、自分が浮遊している気持ちはしない。かといって地面に立っている気もまたしなくて、なんというか、眼球と感覚だけがあるのだった。あたたかさを真澄は感じる。さるすべりの薄い花びらがふるえているのがはっきり見えるし、その花の淡い匂いも感知できる。真澄には、自分が死んだ記憶はないし、死ぬ前に生きていたという記憶もない。自分が井波真澄だという認識もなく、目の前の花がさるすべりだという認識だけがあった。いまが夏だという認識も。そして、真澄には当面、それで十分なのだった。

「馬」

壁に立てかけられたキャンバスを前にして成瀬玻璃は呟き、そんなあたりまえのことしか言えない自分を恥しく思った。だって、それはまさに馬の絵なのだ。サーカスのリングのなかを輪になって駆ける、五頭の白馬の絵。

「そう。馬」

大沢淳一郎がこたえ、

「いいよね、暗くて」

とつけ足す。

「田村夫人ですか？」

ちょっとマリー・ローランサンを思わせる、幻想的なタッチと色合いから推測して言うと、

「ぜ」

と言われた。

「ぜ？」

「イエス」

言い直されてようやく、ぜというのが是非の是のことだと玻璃にもわかった。

「じゃあ、また金の額縁？」

薬品をつけてわざと黒ずませた、装飾的な金色の額縁が田村夫人は好きなのだ。

「イエス」

大沢淳一郎は再びこたえ、深緑色のマグカップからコーヒーを啜《すす》った。午後五時。店のなかは静かだ。店員としてあるまじきことではあるのだが、いつものように玻璃は、どうか客が来ませんようにと願っている。暇ならば本を読んでいてもいいことになっているし、客のいない店のなかは居心地がいいのだ。店長の大沢と二人で住んでいるような空想に浸れる。実際、ドアにクリスマス用のリースをつけたのは玻璃だし、私物の入った棚を隠すためのカーテンを縫ったのも玻璃で、店に色違いの膝掛けやホーローびきのやかんを持ち込んだのも玻璃だ。もともと置かれていた作業台や椅子は木工の得意な大沢が手造りしたもので、全体にアットホームな雰囲気に満ち満ちているので、ここを二人の居住空間のように想像するのは全く難しいことではないのだった。

玻璃は、大沢に恋人がいるのかどうか知らない（尋ねて、いないという返事を得たことはあるのだが、それがほんとうかどうかわからないし、あのときにはいなかったけれどいまはいる、という可能性も十分にある）。十八歳も年上の、とりたてて容姿がいいわけでも玻璃にやさしくしてくれるわけでもない、一か月くらい平気でおなじ服を着てくる（ここ最近は、えんじ色のセーターに黒いずぼん）男のどこに魅力を感じているのか、玻璃は自分でもよくわからない。が、大学の友達や姉のバイト仲間といった、これまでに出会った男性といるときとは全然ちがう安心感が、大沢といるとあるのだった。喋《しゃべ》らずにいても気づまりにならない、なじむ感じが。

この店で玻璃がバイトを始めて二年になる。キャンバスの張り方もはずし方も、色の名前も薬剤の用途や種類も、マットの切り方も大沢に教わった。ガラスとアクリルの特性の違いも、紙を扱うときの注意点も、額縁の大きさの決め方も——。大学にいるときよりここにいるときの方が、ずっといろいろ学んでいると玻璃は感じる。ずっとたのしいしずっと性に合っている、とも。もしかすると、自分が好きなのは大沢ではなくこの場所なのかもしれない。大沢は店の備品のようなものなのかもしれないが、仮にそうだったとしても、絶対に必要な備品なのだから、やはり大切なのだった。

「これ、一応電話しておいてもらえるかな」

パソコンからプリントアウトした紙を手渡され、

「はーい」

と玻璃は答える。額装した絵や注文した画材を、取りに来ていない人のリストだ。不定期にだがときどき（たぶん店長の思い立ったときに）確認の電話を入れるのは玻璃の仕事で、きょうのリストには、古川さんを含めて八人の名前があった。上から順番に電話をかけて十分後、三件は本人と話すことができて、四件は留守録にメッセージを残した。あとの一件は、例によって古川さんだった。

「やっぱりだめ？」

電話に聞き耳を立てていたらしい店長に訊かれた。

「また奥さん？」

と。その人がほんとうに奥さんかどうか玻璃は知らない。けれどいかにも奥さん然とした感じで電話にでるし、古川はいま留守にしておりますが、お電話をいただいたことは必ず申し伝えます、と毎回丁寧に請け合ってくれる。

「はい。たぶん」

そうこたえてリストを返したが、もしかすると古川さんという人はもう死んでいるのではないかと玻璃は疑っている。その名前の人から預かっているポスター（一九六〇年代のヨーロッパのものらしい）は額装が済んでいるのに、二年前、玻璃がバイトを始めたときにはすでにここにあり、何度電話をしても誰も取りに来ないのだから。

あっというまに十二月になってしまった。混雑した通勤電車をおりて地上にでるともう真っ暗で、これだから冬はいやだと北條和樹は思った。暗いと急《せ》かされる気がする。でも誰に、何に急かされるというのだろう。帰ったところで誰が待っているわけでもないのに。三軒茶屋《さんげんぢゃや》駅前は人が多く、心なしか、みんな急ぎ足に見える。

交差点を渡ってすぐの場所にあるドラッグストアに、きょうも和樹は吸寄せられる。煌々としたあかり、種々雑多な商品のかもしだす、新しげで安心な匂い。会社帰りにほぼ毎日、和樹はここに寄っており、何か買うこともあれば買わないこともあるのだが、寄ってしまえば買わないより買うことの方が多く、高価なものではないとはいえ、日々積もれば結構な出費だった。

店のどこに何があるかはきっちり把握しており、まず入浴剤のコーナーに向う。和樹は入浴剤が好きだ。いや、風呂《ふろ》が好きなだけかもしれないが、その両者は東京にでてきて以来切り離せないものになっている。大学まで佐賀の実家住いだった和樹が就職を機に上京して一年半強になる。広々として（母親のおかげで）清潔だった実家の風呂とは比ぶべくもない、窮屈でちゃちなユニットバスというものに、最初は驚愕《きょうがく》した。いまも完全に慣れたわけではないのだが、それでも入らないわけにはいかず、入浴剤で味気なさをごまかしつつ入っている。

徳用ボトルの方が経済的だとわかってはいるが、日によって香りのちがうものを試したいので、和樹はいつも小袋で買う。といっても気に入りが四種類あり、結局そればかり買ってしまうのだったが。バスミルクの〝やわらかで透き通るようなコットンミルクの香り〟と〝やさしくフルーティなイチジクミルクの香り〟、バスソルトの

〝全身にぬくもり巡る発汗バスタイム　爽《さわ》やかでスパイシーなユズ＆ジンジャーの芳香浴〟と、〝きっとうまくいくよ　うっとり甘いバニラ＆ハニーの香り〟というのがその四種類で、きょうはそのうちの二種類、コットンミルクとユズ＆ジンジャーを選んだ。匂いが気に入っているとはいえ、コットンミルクというのが何のことかは謎だった（しかし、そんなことを言えばバニラ＆ハニーがなぜ〝きっとうまくいくよ〟なのかも謎なわけで、そういうことは深く考えないようにしている）。

歯ブラシの棚を眺めてから（驚くほどたくさんの種類がある。ヘッドがまん丸いものとか、一本千円もする、〝歯磨き粉なしでツルツルになる〟ものとか、噛《か》み砕くと泡立つというタブレット、その名もカミガキとか）、レジに向った。

店をでて、歳末らしい飾りつけの施された商店街を歩く。ラーメン屋やカレー屋から刺激的な匂いが漂ってくるが、今月は何かと物入りなのでぐっとこらえて、帰ってカップ麺《めん》を啜ることに決める。母親が知ったら嘆くだろうなと思った。和樹の母親は料理上手で、父親が酒呑《さけの》みであるせいもあり、毎晩一時間以上（ときには二時間）もかけて、ゆっくり食事をするのが一家の流儀だった。カップ麺では、五分もかからない。

食事や風呂だけのことではない。実家を離れたのは失敗だったかもしれないと、和樹は本気で考え始めている。日々の会話や帰属意識、物心両面でいつでもサポートし合える家族というものから切り離されるのは、港を失った船になったような気持ちだった（和樹の実家は港の近くにあり、子供のころから海を眺めて育った）。それに比べれば、交際四年目の（いまもまだ、遠距離恋愛という形でほそぼそとだが続いている）彼女と離れればなれであることには、何の痛痒《つうよう》も感じていないといってよかった。

恋人は取替え可能だが、家族は唯一無二だ。

とはいえ、昭和メンタルばりばりの父親に、尻尾《しっぽ》をまいて逃げ帰ってきたとは思われたくなかった。上京すると決めたのは和樹自身なのだ。決めたことはやり抜け、と、あの父親なら言うに違いなかった。というわけでいまの和樹のたのしみは、入浴剤を入れた風呂につかって一日の疲れをとることだけなのだった。

テーブルには、焼き鳥とか揚出し豆腐とか味噌《みそ》だれサラダとか、あまりそそられない料理がならんでいる。でも、それ以上にそそられないのは磯田さんの話しぶりで、斜め前という近い席に坐《すわ》ったことを、さやかは心底後悔していた。お酒が入ると磯田さんは饒舌《じょうぜつ》になり、自分がどんなにいい夫かをまくし立てる。だいたい声が大きすぎるのだ。「オレはヨメさんの自由を認めてるから」とか、「家庭でいちばん気を遣わなきゃダメよ、男は」とか、どうでもいいことを店じゅうに響くような声で語る。これが初めてではないので予期して距離をとるべきだったのに、店に入ったときに与田くんと卓球の話ですっかり盛り上がっていたために、ついうっかり手近な席に坐ってしまったのだった（気の毒な与田くんはさやかの隣、磯田さんの正面に坐っている）。

「ヨメさんを家内とか言う男はゴミだね」

とか、

「与田くんもさ、将来結婚とかする前に、そのへんのところをよく考えておくべきだよ」

とか、磯田さんはもう言いたい放題だ。与田くんのお父さんがもしお母さんを家内と呼ぶ男性だったらどうするのか、という想像力はないらしい。

「うちのヨメなんてしょっちゅう旅行に行ってるよ」

とか、

「ゴルフさせるとオレより上手いの」

とか、

「とにかくね、自由にさせとくのが円満の秘訣《ひけつ》だよ」

とか、とにかくね、喋れば喋るほどしょうもないのだ。さやかはなんだか悲しくなる。

「お子さんはお幾つなんですか？」

ヨメから話題をそらせたい一心で尋ねると、

「息子？　息子は高校生」

と磯田さんはこたえ、背中をねじって店員さんを呼びとめて、ウーロンハイのおかわりを注文した。それきりしばらく黙ったので一段落ついたのかなと思ったのだが、お酒が運ばれるとまた勢いよく口をひらいて、息子ではなくヨメの話を始めるのだった。

電話がかかってきたふりをしておもてにでると、夜風がつめたくて気持ちよかった。店の前に置かれた椅子（昔ながらの、紺絣《こんがすり》の座布団がのっている）に腰をおろして、さやかは道行く人を眺める。自分たちとおなじように飲み会や食事のためにどこかからやってきた、傍目《はため》にはたのしそうに見える若者やカップルやおじさんやおばさんたちを。さやか自身は飲み会が嫌いではない。たとえ今夜のように席順で貧乏くじを引くとしても、大勢の人と喋ったり笑ったりすることは、家に帰ってテレビを観ているだけよりも生きている実感がするからで、でも、飲み会は疲れるとも思う。ということは、たぶん、生きるのは疲れることなのだろう。

そんなふうに考えていたとき、ふりのために持ってでたスマホが振動した。見るとラインが入っていた。差出人は経理の浄子《じょうこ》ちゃんで、

二次会パスして二人で飲み直しする？

とあり、

する！

とさやかは迷わず返信を打った。これ以上飲めばさらに疲れるだろうけれども、さらに生きている実感がするだろう。

その夜、茴香は奇妙な夢を見た。夢のなかで、茴香はあばら家のようなところにいるのだが、そばにいる男は正嗣ではなかった。祝言も無事に済み、正式に妻になったというのに。夢のなかの男は髪も結っておらず、農民のように粗末ななりをして、茶《ちゃ》碗《わん》に入った泥のような液体をのんでいた。驚いたことに、夢のなかの茴香はそれを不気味とも思わなかったばかりか、その液体をいい香りだと思い、それをのんでいる男に好感を持っているのだった。何か紙に書かれたものを手渡され、言葉を交わしたことは憶えているが、会話の中身は思いだせない。ただ、男の声や言葉つきが、やさしく胸にしみた感触だけが残っている。祝言をあげたばかりなので、いまはさすがに遠慮をして誰も近づいてこないが、茴香には、すこし前まで正嗣以外にも通ってくる男が何人かいた。が、夢のなかの男は、断じてその誰とも似ていなかった。あのあばら家――。ほとんどなつかしい心持ちで、茴香は夢を反芻《はんすう》する。大きな木製の台が一つある以外に家具らしい家具はなく、そのかわりのように、そこらじゅうに屏風《びょうぶ》のようなものが置かれていた。屏風にはさまざまな絵が描かれていていて、まぶしいほど色鮮やかだった。塗料の匂いまで感じとれた気がする。そのうちの一つには馬の絵が描かれていた。輪になって駆ける、五頭の白い馬――。男と言葉を交わしたとき、間違いなく自分は胸を高鳴らせた。このままこの男のそばにいたいと感じた。思いだし、茴香は恥入る。正嗣の妻になったばかりだというのに。

目がさめたとき、夫がそばにいなかったのがせめてもの救いだ。正嗣は、祝言のあと十日近くも茴香の許を離れずにいたのだが、さすがに仕事に戻らないわけにいかず、きのう、ひさしぶりに宮中に出向いたのだ。催し事があるとかで、しばらく帰ってこられない。

運ばせた朝食をたべていると、遣戸《やりど》ごしに柳の声が聞こえた。妹の柳は、しょっちゅう庭にでているのだ。

「正嗣さまはもう帰ったんでしょう？　入ってもいい？」

「いいわよ」

こたえるや否や遣戸があき、朝の光といっしょにお転婆の妹が入ってくる。あいかわらず汗衫《かざみ》姿で、下に袴《はかま》もつけていない。もう童女ではないのだから、と小言を言うべきかもしれなかったが、茴香はうれしくなってしまう。妹に、変ってほしくなかった。

「おはよう」

声をかけたが、柳はそれにはこたえず、戸口に仁王立ちして部屋のなかを見まわしている。

「くさい」

そして言った。

「正嗣さまの香の匂いがこもっている」

と。

「あら、ゆうべはいらっしゃらなかったのよ、宮中にご用があるとかで」

「それでもこもっている」

柳は譲らない。部屋の空気を意識して吸っても茴香自身は何も感じなかったが、まあ、十日近くも寝起きを共にすれば、残り香くらいあるだろう。

「それは仕方がないでしょう？　私はあの方の妻になったんだから」

それでそう言ったのだが、夢のなかの男のことがまた思いだされた。あれは誰だったのだろう。あばら家も塗料の匂いも不快ではなく、自分は確かに胸を高鳴らせた。もしかすると前世の出来事が、夢に現れたのかもしれない。

「まあね」

柳が言う。

「妻だもんね」

と、おもしろくもなさそうに。

「規那さまとはどうなの？」

尋ねたのは、正嗣の弟の規那が柳をよく訪ねてくると母親に聞いたからだ。

「どうって？」

几帳《きちょう》についた飾り糸を意味なく三つ編みにしながら、柳は訊き返す。昔から、飾り糸と見れば三つ編みにして、乳母に叱られていた。きつく編むので、ほどいても糸にうねりが残ってしまい、まっすぐ流れるようには、なかなか戻らないからだ。

「まだしのんではいらっしゃらないの？」

尋ねると、柳は糸を編む手を止めて、呆れたように茴香を見た。

「規那はしのんだりしないよ」

きっぱりと言う。

「規那さま、でしょう？」

さすがにここは窘《たしな》めておかなくてはと思い、そう口にしたのだが、柳にまた呆れ顔をされた。

「正嗣さまは正嗣さまだけど、規那は規那だよ」

真顔で言われても、茴香にはその理屈はわからなかった。

掃除、掃除、掃除。掃除にはきりがないのだ。夫を会社に、娘を小学校に送りだしたあと、時岡明日美《ときおかあすみ》は寝室二つとリビングに掃除機をかけ（無論そのあいだに食洗機と洗濯機も回し）、廊下と階段には化学雑巾《ぞうきん》のモップをかけた。トイレと風呂場を磨き、玄関まわりを掃いてから、雑巾がけにとりかかる。そこまでが毎日の習慣で、曜日ごとに決めている掃除（月曜日は台所、火曜日は洗面所、水曜日は家じゅうのドアとドア枠と窓枠、木曜日はすべての電気の笠《かさ》と、スイッチや差し込み口のプラスティック盤とテレビ周り、金曜日はカーテンの埃《ほこり》とりと除菌、土日は夫と娘がいてはかどらないのでなし）がそのあとに控えている。私の人生の半分は掃除だ、と、明日美は半ば驚きながら認めざるを得ないのだが、それでも、家のなかが十分にきれいだと思えたためしはなかった。下駄箱《げたばこ》のなかには砂がたまっているし、食器棚のなかだって、手前側はともかく奥には埃が存在するはずで、そんなことを言えばすべてのひきだしの奥や本棚の本のうしろ、家具と壁のあいだのわずかな隙間にも埃は積もっているに違いなく、この家を買ってから七年間、化学雑巾のモップで撫《な》でるだけで一度もきちんと拭いていない天井などは、拭けば雑巾が真っ黒になるに決っている。おまけに気がつけば年末なので、今月は窓拭きとかベランダ掃除とか、普段手の回らないところにも手を入れる必要があり、まったく、世のなかの人は一体どうやってそのすべてをこなしているのだろうかと、明日美はつくづく不思議に思う。家のなかを常に清潔に保とうとするなら、人生の半分を費すくらいではとても足りないのだ。夫も娘も明日美を掃除のしすぎだと言うが、それは的外れだ。どんなにしても、しすぎるということのない作業が掃除なのだから。

明日美の家に、室内ドアは全部で八つあり、当然ながらその一つずつに両面がある。だから把手《とって》は十六あり、かなり力を入れて空拭きをしないと、把手の曇りというものはとれない。さらに、内側と外側に合せてやはり十六あるドア枠についた埃を、脚立に乗ったり降りたりしながら次々に拭きとる、という、労力のかかる割にはいまひとつ達成感のない仕事を終え、窓枠に雑巾をかけるころには午後一時を過ぎていた。

独身だったころには——。なつかしさではなく信じられなさと共に明日美は思いだすのだが、独身だったころには、明日美にとって掃除というのは自分の部屋だけのそれを意味していた。狭い、居心地のいい、自分以外に散らかす人のいない空間のそれは、なんて簡単だったことか。

ようやくきょうの分の掃除を済ませ、一息つこうとリビングに戻った明日美は、ソファの上にたたまれた膝掛けを見て立ち止まった。思わず両目を閉じる。掃除機をかける前に気づかなかった自分に腹が立った。膝掛けのフリンジがまたしてもすべて三つ編みにされていたからで（娘のしわざに違いなかった）、モヘア糸はくっつきやすく、ほどくのに手間がかかる上、ほどけば必ず周囲が毛羽だらけになるのだ。

寒い、とつい呟くと、うしろから抱きしめられた。そのままの恰好《かっこう》で冬の海を眺める。曇り空だ。自分の人生にこんなことが起こるなんて、掛川文月《ふづき》は想像もしていなかった。が、現に起こったのだ。自分に回された男の腕を、離さないでとでも言うかのように上からぎゅっと押さえながら、この瞬間のことをずっと憶えていようと文月は思った。

男――藤丸龍馬《ふじまるりょうま》――とは、十年前から顔見知りだった。当時文月が勤めていたアパレル会社とおなじビルに、龍馬の会社も入っていたからで、きっかけが何だったかはもう忘れてしまったが、会釈だけの関係よりも、もうすこし親しくなった。といっても雑談をする程度のことで、感じのいい人だと思ってはいたが、それ以上のことは何もなかった。そのときの文月には交際中の男がいたし、その男と別れたのはいまの職場(おなじくアパレルだが、前の会社より小さい分仕事の密度が濃く、自由度も高い)に転職したあとで、龍馬と顔を合せることはなくなっていた。

「犬、好き?」

背中にぴったりくっついたまま、耳元で龍馬が訊く。冬の曇り日にわざわざ海を見に来るような酔狂は、自分たち(他に行き場のない者たち、あるいは、人目をはばかる恋愛に度を失っている者たち)だけだろうと思っていたが、そうではなかったらしく、すこし離れた場所で、中年の男性が飼い犬にフリスビーを投げてやっていた。

「もちろん」

文月は躊躇《ちゅうちょ》なくこたえる。両親が動物好きだったので、子供のころから犬や猫に囲まれて育ったのだ。いちばん多いときには犬が三匹、猫が五匹いた。

「俺も」

龍馬は言い、子供のころに弟といっしょに飼っていたという犬の話をする。

「雑種犬で頭がよくて、リードなんてつけなくても散歩ができたよ。ほんとはいけないんだけどね、リードをつけなきゃ」

目の前の海は波が高く、ざばんざばんと騒々しいが、至近距離で発せられる龍馬の声はかき消されない。話し手の体温を伴って、文月の耳に直接流れ込んでくる。

「春馬《はるま》っていう名前は俺がつけたの。俺が龍馬で弟が冬馬《とうま》で、その弟分だから」

いい名前ね、という意味のつもりでもらした笑い声の甘さに文月は自分で驚く。いまのはほんとうに自分の声だろうか。

新宿《しんじゅく》のファッションビルの眼鏡売り場で、龍馬と偶然再会したのは今年の夏だった。お茶をのみ、アドレスを交換して別れた。さして親しい間柄ではなかったのに、あの日に感じた圧倒的ななつかしさが何だったのか、いまでも文月にはよくわからない。純粋にうれしかった。龍馬にというより、昔の自分に再会したみたいだった。

「春馬は幾つまで生きたの？」

尋ねると、十三年という返事だった。生き物はみんな死んでしまう。文月の家にいた犬も猫も、みんな死んでしまった。

回されていた腕がほどけ、龍馬がかがみ込んで何か拾った。貝殻かと思ったがそれは薄緑色のガラスで、波に洗われて丸く平べったくなっていた。

「きれい」

さしだされたそれをコートのポケットに入れて、きょうの出来事をなにもかも憶えておこう、と、文月はまた思う。

「この海岸も、夏はにぎやかなんでしょうね」

一晩だけでいいからいっしょにどこかに行こう。そう言われて、文月はいまここに来ている。夫には出張だと嘘をついた。

「夏も、来る？」

尋ねられ、文月はほとんど驚く。

「私たち、夏も、来るの？」

それは、考えてもみないことだった。きょうを、いまを受けとめるだけで精一杯で。

「あーっ、すみません！」

大きな声が聞こえ、見ると男性の投げたフリスビーが、龍馬の足元近くに落ちた。レトリーバー犬が突進してくる。

っていた。
「シンディ！」
男性が叫んだときには龍馬はもう腰をおとして、駆けてきた犬をねぎらう体勢にな
「おう来たか。お前、シンディっていうのか。外人だな」
やわらかな毛におおわれた犬の身体を、撫でたりたたいたりする。
それは自業自得でしょ
はあはあと荒い犬の呼吸音と波の音に混ざって、小さくだがはっきりと聞こえた。
ヨーロッパ？
絶対に認められない。言語道断だね
いいわねえ、ヨーロッパ
だけれどもさ、ヨーコさんだって悪気があって言うわけじゃないだろ
ぞっとして鳥肌が立ち——幾つもの声が、確かにすぐそばで聞こえた——、
「りょうちゃん」
と、文月はふるえ声で呼んだのだが、それは龍馬の耳に届かず、
「シンディ！」
と男性がもう一度叫び、フリスビーをくわえた犬が、尻尾を激しくふりながら駆け
戻って行く。

「挨拶《あいさつ》に来たのかな」

龍馬の言葉にはこたえず、文月は耳を澄ませた。が、聞こえるのは風の音と波の音、それに、再びうしろから腕をまきつけてきた男の、

「どうした？」

という甘い声音だけだった。


「きょう、二度目だ」

店の前を疾走していく自転車を（わざわざ店の外に飛びだして）見送り、奈良橋勝《かつ》善《よし》は言った。勝善のなかで、なんとなく、彼女を見られた日はいい日ということになっている。

「最近のお年寄りは元気ね」

お得意さんにおまけとして配るじゃが芋を袋詰めにしながら妻が言い、お前だって最近のお年寄りじゃないか、と思って勝善は可笑しくなる。

「どこに住んでるんだろうな」

もう何度となく考えたこと（というのも奈良橋勝善は米屋であり、十五のときから父親を手伝って御用聞きにまわり、正式に店を継いでからも三十年以上、たくさんの家に日々配達をしている。だからこの近所の住人にはくわしいつもりだし、とくに女

性——米を買ってくれるのは大抵女性だ——は顔と住所がセットで記憶されているくらいなのだが、自転車の老女の住いにはまるで心あたりがないのだ）をつい呟くと、

「ホームじゃない？」

と、妻がこたえる。

「きっと最近入居したのよ」

と、たいして興味がなさそうに。

ホーム。近所には、そう呼ばれている老人向け施設が二つある。が、妻に指摘されるまで、彼女がそこの入居者かもしれないとは考えてもみなかった。というより、その二つの施設のあることを、勝善はなんとなく意識からしめだしていた。頭のなかの地図からも。指摘されてみれば、なるほどそれは、大いに可能性のあることに思える。

しかし——。

「なんか似合わなくないか？」

毎日のように近所を自転車で疾走している老女の毅然《きぜん》とした表情や姿勢のよさを思いだし、勝善は言った。

「元気だし、独立独歩の人っていう気がするけどな」

妻には話していないことだが、老女は勝善にある女性を思いださせるのだ。高校時代に憧《あこが》れていた、一学年上の女性を。橋本という名だった。スポーツウーマンで、バ

レーボール部と詩吟部をかけもちしていた。日灼《ひや》けした手足がすらりと長く、体育の授業でハードルを跳ぶ姿の美しさといったらなかった（その姿を見たくて、勝善はよく自分の授業をさぼったものだった）。ほとんど言葉を交わしたこともなく、卒業後の彼女が進学したのか就職したのかも知らない。その後すっかり忘れていたが、老女をたびたび見かけるうちに、誰かに似ていると思うようになった。橋本先輩だ、と気づいてからは、本人かもしれないという期待を拭いきれない。本人にしては年をとりすぎているように見える（勝善がいま六十七歳なので、橋本先輩はまだ六十八か九のはずで、老女はどう見ても七十を越えている）が、人の年齢と外見は、必ずしも一致するものではないだろう。

「だからこそなんじゃない？」

妻が言った。

「あの人が独立独歩かどうかは知らないけれど、もしそうなら、そういう人だからこそ入居を選べたってこともあるんじゃないかしらね」

勝善にはわからなかった。

「そんなもんかね」

それでそうこたえた。老人ホームといえば、医者や介護士がいて安心な分、個人の自由のきかない場所、というイメージしか湧かない。めんどうをみてくれる身内のいない、気の毒な老人のいるところというイメージしか。

「ね、前から思ってたんだけど、私たちも一度、見学に行ってみない？」

妻が言い、勝善は自分の耳を疑う。ほんとうに、妻はいま自分が聞いた気のすることを口にしたのだろうか。

「だってほら、いつかはどっちかが先に――」

「ばか言うなよ」

妻に最後まで言わせず、勝善はそう声にだした。が、妻が何もばかは言っていないことに気づいたので、

「何を言いだすんだろうね、この人は急に」

と笑ってみる。妻はじゃが芋を袋詰めにする手を止めず、

「予想どおりの反応でした」

と、誰かに報告するみたいな口調で言って、首をすくめた。

曇り空だ。加々美《かがみ》双葉《ふたば》は退屈している。こんなことならさっきママに誘われたときに、夕食のための買物にいっしょに行けばよかったと思う。でも、誘われたときには行きたくなかったのだ。それで留守番を選んだ。他に誰もいない家のなかで、一人きりで留守番をする、という考えにはいつもわくわくさせられる。が、実際にしてみる

と退屈なだけで、所在なく家のなかをぐるぐる歩きまわる羽目になる。ぐるぐる、ぐるぐる。

いつものように、双葉ははだしだ。赤いフェルトのかわいいスリッパを持っているけれど、スリッパは、家のなかで靴を履いているみたいで好きになれない。それに、はだしなら廊下の床がつめたいことや、畳がさらさらすることや、ソファの革が足の裏にくっつくことなんかがよくわかる。

双葉はいま小学校二年生で、友達がいない。もっとも、双葉は誰とでも話をするし、先生は「クラス全員が友達」だと言うから、その意味では友達がたくさん（全部で三十六人も！）いるのかもしれない。休み時間にはいつも一人で図書室にいて、放課後に遊ぶ相手もいないとしても。

家のなかをぐるぐる歩きながら、双葉はデタラメな歌を歌う。

げんかんはー、チェーンをかけたのであかないよー。ドロボーがきてもあかないよー。オオカミがきたってあかないよー。魔女がきたってあっかないよー。トラがきたってあっかないよー。誰がきたってあっかないよー。ママが帰ってもパパが帰ってもあっかないよー。

ほんとうは、もちろんママやパパが帰ったらすぐにあけるつもりだ。でも歌はほんとうのことじゃなくてもいいのだから、そう歌ってもいいのだ、と、双葉は思う。

今泉牧也《いまいずみまきや》は三歳でヴァイオリンを始めた。覚えが早く音感もよく、練習熱心だったこともあり、幾つものコンクールに入選し、神童だと騒がれた。が、高校生になると、ヴァイオリンへの興味を急速に失ってしまった。

大学時代はゴルフに熱中した。ゴルフと恋愛に。当時つきあっていた松本結衣《ゆい》という女子大生とは身体の相性がおそろしくよかったのに、なぜべつな女と結婚したのかわからない。妻となった女とは職場で出会った。息子二人に恵まれたが、結婚生活は順調とはいえず、結局十一年で離婚した。趣味でヴァイオリンを再開したが、神童の名残りはどこにもなく、そのことに自分で落胆した。とはいえ練習は楽しく、参加したサークルを通して仲間もできた。そのころ父親が亡くなり、多額の借金が残った。牧也は働いてそれを返し、ようやく返済し終えたところで病を得た。再生不良性貧血という、それまで聞いたこともなかった病名を知らされたときには、すでにかなり進行していた。のだが、それらはすべて、霧の向うの過去のことだ。いまの牧也が知りたいのはここがどこかということで、というのも、死んで以来さまざまな奇妙な場所に、自分の意志とは無関係に、突然出現しているからだ。

静かだ、と、まず牧也は思う。それに暖かい。建物のなかなのは確かだ。戸外か否かには、いつも大きな差がある。視点が定まるのに時間がかかるのだが、それがなぜなのか、牧也にはわからない。わからないが、新しい場所に来るたびに、ゆっくり、ゆっくり視界が晴れていくのだ。

大きな棚が何列もある。湿ったような書物の匂いがし、案の定、棚にならんでいるのは書物だ。ということは、ここは図書館かもしれない。書店という可能性もないではないが、それにしては静かすぎるし、棚ばかりで陳列台がなく、匂いがどことなく古めかしい。それに、と、牧也はここで証拠をつかむ。それに、ほら、背表紙の一つずつに分類シールが貼ってある。

生前、牧也は決して読書家ではなかった。図書館という場所にも、学生時代にレポートの資料を集めるためにしか来たことがなかった。読書というのは、運動能力にも音楽的才能にも恵まれなかった人間のすることだろうと思っていた。にもかかわらず、牧也はいま、どことも知れない図書館の書棚のあいだで、安らかさにほとんど陶然とする。誰か生きている人が来て、本をとりだしてくれればいいのにと思う。本の、ページをめくる音が聞きたかった。

牧也が思いだすのは図鑑のことだ。うんと幼いころにくり返し眺めた、恐竜図鑑や乗り物図鑑や昆虫図鑑。子供向けの、安直な造りの――。いまのいままで、自分がそれらを憶えていることすら知らなかった。

牧也はこの場所を気に入る。この場所にいられることをうれしいと思い、自分がいようといまいと、この場所の平和が続くことを願う。

死んで随分たつので、森田あやめはもう、ここはどこだろうとは考えない。かわりに、ケモノくさい、と思って瞬時に活気づく。何のケモノかはわからないまま、その匂いを胸いっぱいにすいこむ。あやめは自分があやめであることも、子供を五人産んだことも憶えていない。すぐそばで神田《かんだ》の大火を経験したことも、その後二度の戦争を生きのびたことも。けれど、いまここにある噎《む》せるようなケモノくささはわかるし、それに伴う活力と温かさも全身で（というか、正確に言うなら全霊で）感じとれる。いまのあやめには視覚も聴覚もない。だから自分が犬の毛のなかにいることを知る手がかりがない（犬はまだ若く、性別は雌だ。室内で大切に飼われており、自分の境遇に満足している。ケイクという名をつけられているのだが、無論あやめにそれを知る由はない）。

ケイクはいま食事をしているところで、ドライタイプのドッグフードを健康な歯でじゃこじゃこ噛み砕いている。水をのみたい欲望が湧きつつあるが、全部たべ終るまで皿の前を離れるつもりはない。食事中の犬の純然たる喜びと、咀嚼《そしやく》による物理的な振動の両方が惜しげもなく伝わって、あやめは得もいわれず恍惚《こうこつ》となる。なんて力強いんだろうとあやめは思う。あやめには、犬と自分の区別がつかない。だから力強いのはあやめ自身だ。ケモノくさいのも健康なのも、若いのも温かいのもあやめ自身で、いまのあやめには何の憂いも曇りもない。輝かしいばかりに幸福だった。

漂っている、というのが自分の状態にいちばんしっくりくる言葉だと、佐々木泰三は思う。どこともいつとも知れない場所を、ただ漂っている。どういうことかまるでわからないが、気がつくとどこかにいるのだ。

そして、いま、自分が夜の戸外にいることが泰三にはわかる。空気がひどくつめたいことと、そばを川が流れているらしいことも。水音がするのだ。それからひそめた話し声も。星がでている。それも、ちょっと数えきれないほどたくさんの星が。

「パパはあなたのことが心配なのよ」

女性の声がした。が、目をこらしても姿が見えない。すこし離れたベンチに腰掛けている、別な女性――若い娘だ――の姿は見えるのに。アスファルトだと思われる道路と、黒っぽいシルエットになった木立ち、その先で鋭い光を放っている街灯と、おそらく川であろう黒々とした平面。

「もうすこし時間をかけたら？」

声は、ほとんど泰三の耳元でささやかれる。

「ママはどう思ってるの？　若月《わかつき》くんのこと、ママもつまらないと思ってるの？」

ベンチの娘が言った。女二人に自分の姿が見えないらしいことに、とりあえず泰三は安堵《あんど》する。カチリと音がして、目の前が赤くなった。紙の燃える匂い。煙草だった。

「ほんとうのことを知りたい？」

煙を吐き、女性が言う。姿が見えなかったのは、自分と女性がぴったりおなじ位置にいたからだ、と気づいて泰三は愕然《がくぜん》とした。

「いい。知りたくない」

ベンチの娘がこたえて立ちあがり、前に数歩歩いた。長い髪、ダウンジャケット、ジーンズ。

「思ってるわ」

煙草の女性が娘の返事を無視して言った。

「思ってるけど、つまらないから悪いと決ったものでもないでしょう？」

と、おもしろがるような口調で。

娘の恋人を認めるとか認めないとかの話だろうと、理解はできた。理解はできたが興味は持てず、それよりも泰三は、すぐそばにいる女性の顔が見たいのだった。というのも煙草の匂いにまざっていかにも風呂《ふろ》あがりらしい肌の匂いもするからで、それが、官能というより郷愁をかき立てた。郷愁――。ということは自分もかつて、肉欲に溺《おぼ》れたことがあったのだろう。そう思うことは愉快だったが、それは肉欲ではなく母親との接触――母乳とか添い寝とか？――の記憶かもしれず、確かなことはわからなかった。

だから絶対に確かだと思えるものだけに泰三は意識を集中させる。いまここにある夜のつめたさと、星空と水音と母と娘に。

「あした、私だけ先に東京に帰っちゃだめ？」

娘がこちらにふり向いて訊《き》く。

「だめ」

即答して立ちあがった母親は、いつのまにか煙草を吸い終っていたようだ。泰三は、彼女の肉体が自分を通りすぎるのを感じる。

「先に入ってて」

娘が言う。

「私は電話してから行く」

と。

泰三の背後で戸のあく音がして、母親がいなくなった。顔を見ることはできなかったが、郷愁を呼び覚まされただけで泰三は満足する。女体――。星が、依然として数えきれないほどまたたいている。

こいつはどこから入り込んだのだろう。ラブホテルの壁をうろうろと這《は》っている、ごく小さな蜘蛛《くも》に気づいて村上周太《しゅうた》は顔をしかめる。諸岡《もろおか》なつめ（確かそんな名前だ）に気づかれないといいのだが、と思った。きゃあきゃあ騒がれたらうっとうしい。アンダーパンツ一枚の姿でベッドにもぐり込むと、シーツがおそろしくつめたかった。なつめは蜘蛛に気づくふうもなく、ブラジャーをはずしているところだ。薄ピンク色の下着に押し込まれていた乳房がぽろりとこぼれでる。

「寒っ」

言葉と同時に転がり込んできた女の身体におおいかぶさり、周太よりつめたいが、シーツより温かい女の肌に全身で吸いつく。すでに某所には力が漲《みなぎ》っているが、その前に手と足と唇ですることがある。

すべきことをしながら、簡単すぎると周太は思う。暮れに飲み会で知り合って、連絡先を交換して別れ、会いたいという主旨のメッセージをやりとりしたあとで、新年早々二人で会った。だからこうなることを、期待したのではなく知っていた。たぶん相手もそうだったのだろう。諸岡なつめという女のことを、周太はほとんど何も知らない。着衣のときの印象よりもやや豊満だということは、いままさに身をもって知りつつあるにしても。

自分が女子に好かれるタイプだということに、ごく幼いころから周太はうすうす感づいていた。中学を卒業するころにはそれはほぼ確信になり、高校を卒業するころにはおもしろくもないただの事実になった。そして大学生活も終りに近づいたいま、その事実は周太を苛立《いらだ》たせる。要は容姿と要領の問題で（まあ、加えて二千メートル泳ぎながら喋ったとか美人じゃない子や年寄りにもやさしいとか、教師に信頼されているとか必要なら残りものを平らげてやれるとかもあったかもしれないが）、いずれにしても、そこからわかるのは女の子というのがひどく浅はかな生きものだということだ。それはもう、気の毒になってしまうくらいに。が、もちろんそれは周太自身にも跳ね返ってくるわけで、浅はか故に好まれるなんて最低だった。こいつらは俺を何だと思っているのだろう。

目の前の女を試みにうつぶせにしてみる。膝立《ひざだ》ちにさせ、腰のくびれをつかんで挿入すると、諸岡なつめは激しく背を反らせた。さっきまで寒がっていたくせに、肌がじっとり汗ばんでいる。よく知りもしない男とこんなところに来やがって。怒りに任せて周太は突き、突いて、突く。罰するみたいに、あるいは、おなじ罪で罰せられていることに腹を立てて――。

狭いバスルームで二人いっしょにシャワーを浴び（マスカラが溶け流れて黒くなったなつめの顔はまぬけだったが、女の子というのはそもそもまぬけなものなのだから、周太はそっと洗い落としてやった）、でてくると、壁のおなじ位置にまだ蜘蛛がいた。

全体が地味な茶色の、どこにでもいそうな蜘蛛。こいつはいつからここにいて、どれだけの嬌態《きょうたい》を見、あえぎ声を聞いたのだろう。そう思うとなんだか気味が悪く、周太はその小さな虫から目をそらした。

朝、窓を開けた瞬間に、またそれがきた。それというのは、〝ああ、私、まだ生きている〟という感慨で、冬の外気と薄い日ざしを顔の皮膚と目と鼻と口で受けとめながら、富樫《とがし》敏子《としこ》はしみじみそれを味わう。きょうも世界を享受できることが嬉《うれ》しかった。ああ、私、まだ生きている。

その感慨は、バスに乗って料金箱に小銭を入れた瞬間とか、夕刊をとりに玄関先にでた瞬間、あるいは道で近所の人にばったり会って会釈をする瞬間といったなんでもないときに、ふいに、抗《あらが》いようのない勢いで身の内に湧きあがってくる。

最近は、九十歳をすぎても元気な人が増えたと聞くし、七十八という自分の年齢は、もしかするとまだそれほど死に瀕《ひん》してはいないのかもしれないが、だとしても死から遠いわけもなく、敏子にはもう随分以前から、自分はいまお迎えを待っているところなのだという自覚がある。

二階建ての家一軒分の持ち物をほとんど処分して、いまの小さなマンションに越して六年になる。お迎えはまだ来ず、敏子は台所に行ってコーヒーをいれる。ヒーターがタイマーで稼動しているので、リビングの一角にすぎない台所はすでに十分暖かい。朝食は、三度の食事のなかでも敏子がいちばん好きな食事だ。果物（きょうははっさく）とパン（さまざまな種類のものを冷凍してあり、きょうはぶどうパン）、それに卵（きょうは茹《ゆ》でた）を必ずたべることにしている。お腹がすいていれば、さらにレトルトか缶詰のスープをたべるし、ハムやチーズを切ることもある。朝食はたのしい。

食事が済むと簡単に掃除をして、朝刊を丹念に読む。若いころと違って、書かれていることのいちいちに憤慨したり怯《おび》えたりせずに（いわば他人事《ひとごと》として）世相を眺められるのは楽だ。年をとって良いことなどほとんどないが、これだけは良かったことだ。おもしろかった記事は切り抜いて、電話のそばに置いておく。子供たち（といっても、二人とももういい年だが）から電話がきたら、話してやるためだ。敏子が呆《あき》れることに、息子も娘も新聞をきちんと読んでいないのだ。電話は二人ともよく寄越《よこ》し、娘は一時間くらいつきあってくれる。そして、二人とも敏子は百まで生きるだろうと言う。

朝刊熟読のあとは散歩か買物にでてもいいし、昼風呂に入ってもいい。昔からの趣味であるキルトを縫ってもいいし、映画専門チャンネル（加入手続きは息子がしてくれた）を観てもいい。恵まれた老後だと自分でも思うし、このまま、それこそ百までだって生きたいと、敏子のなかの一部はたぶん主張している。けれど両親も夫も多くの友人たちもいなくなってしまったいま、自分が生きているのは奇妙な気がする。何かのまちがいであるような気が。みんな、ほんとうにすばらしい人たちだったのだ。いまの時代には存在しない、愉快で陰翳《いんえい》に富んだ人たち。

ああ、私、まだ生きている。そう思って小躍りしそうに嬉しくなるとき、だから敏子は恥しさと申し訳なさに身がすくむ思いも、同時にする。


鞄《かばん》を持った右手が遠くに行ってしまい、つられて浮かせた左足を戻す床面積が見つからない、という過酷な通勤電車（ひさしぶりなので余計こたえる）に揺られながら、どうすればいいのかわからない、と堂島灯《どうじまあかり》は思っていた。右手と左足をどうすればいいのかわからないし、今夜会うことになっている若月くんに、どう説明すればいいのかもわからない。他人のコートに顔が埋まっているので息が苦しく、誰かの何かが背中を押すので身体がくの字に反りかえってしまう。勝手に空間を見つけたらしい右手と鞄を無理に戻せば、どう考えてもまわりの人に迷惑がかかるだろう。せめてもの救いは、どんなに押されても転ぶ余地がないことだ。次の駅に着いて、人波が動くまでは。

お正月休みは最悪だった。毎年箱根《はこね》で過すのは家族の決りで、露天風呂もテレビで観る駅伝も、母親と受けるエステも豪華絢爛《けんらん》な料理も、去年まではたのしかったのに。若月くんとの結婚を両親に反対されるとは、灯は想像もしていなかった。二人とも喜ぶとばかり思っていたのに。

何度考えても納得がいかなかった。反対の理由が〝つまらない〟からだなんて。娘の結婚を何だと思っているのだろう。おもしろい男って、ジョークをとばすとか変った趣味があるとか？　自分でも自分を（自嘲《じちょう》ぎみにだが）従順な娘だと見做《みな》している灯は、つきあい始めてすぐに両親に報告をしたし、家に呼べと言われたから二度食事にも呼んだ。若月くんは、自分が気に入られたと感じたはずだ。それなのにいまになって――。

箱根の旅館で夕食をとりながら、父親は若月くんについて、〝つまらない〟の他にもひどいことをたくさん言った。〝うすっぺらい〟とか〝中身がない〟とか、〝自分の言葉を持っていない〟とか。それで結局、「ボーイフレンドの一人としてつきあうぶんには構わないが、結婚なんて論外」だと言われた。おしまい。それまで。でもへったくれもなし。

たぶんいやな空気を変えようとして、そのあと母親が散歩に連れだしてくれたのだが、母親の意見も大同小異で、灯としては多勢に無勢、孤立無援の三日間だった。問題は、旅のあいだに結婚のことを両親に話す、と若月くんに言ってしまっていた点で、だから彼は当然今夜、両親の反応を知りたがるはずだ。

右手はどうにかとり戻し、左足もなんとか着地したものの、ありえないほどぎゅうぎゅう詰めのままの電車に灯はひたすら耐え、ようやく会社のある駅につくと、降りるというより人波に無事押しだされた。ホームも人だらけで歩きにくいが、それでも外気が吸えてほっとした。

若月くんに嘘はつきたくないけれど、全部ほんとうのことを言うのもよくないだろう。周囲に合せたのろのろペースで階段（およびエスカレーター）に向いながら、灯はそう考える。時間をかけなさいと母親は言っていたから、結婚はもうすこし待つように言われたとだけ話すのがいいかもしれない。父親と結婚したときの母親が二十一歳だったことを知っている二十七歳の灯としては、「あのね、よく言いますね」と、あのとき箱根で母親に言ってやりたかったにしても。

結婚するのは簡単だった。すでに五年同居していたし、優雅《ゆうが》を女手一つで育てた母親は、娘の同棲《どうせい》相手である浦辺《うらべ》をはじめから気に入っていた。浦辺は自分の両親と「ほとんど没交渉」で、だから結婚も「べつに知らせなくていい」らしかったが、それはさすがにひどい気がして、優雅が主張して暮れにははるばる秋田県まで会いに行った。寒かったし、雪国に不慣れな優雅は風景の寂寥《せきりよう》感に圧倒されはしたものの、両親も同居している弟さん一家も予想に反してごく普通の人たちで（どういう人たちを予想していたのか、いまでは優雅自身にも定かではないのだが、浦辺が会いたがらないことから考えて、排他的でよそ者と口をきいてくれないとか、息子に腹を立てていて家に入れてくれないとか、何かそのような困難を予想していたような気がする）、ごく普通にもてなしてくれた。

だから結婚はあっさり、ほんとうに、あっけないほど簡単にできてしまった。式もなしパーティもなし、指輪もなし新居探しもなし、紙を一枚役所に提出して終了。

それでも、夫婦になったという感慨はあった。夫と妻。それは単なる同居人とは違うし、恋人とも愛人とも違う。柄にもなく（というのも優雅は自他ともに認める現実主義者であり、結婚を決めたのも、夫婦になりたかったからというより妊娠したからだったので）そんな感慨にとらわれたせいだろう、いつものスーパーマーケットでステーキ肉を奮発したばかりか、一度も買ったことのない輸入物のオイルサーディンの壜詰《びんづ》めとか、身体にいいと謳《うた》われていた海藻（あかもくというもので、優雅はきょうまで名前も聞いたことがなかった）とか、ちょっと値段の高いりんごジュース（でもこれは、アルコールののめない妊婦のささやかな贅沢《ぜいたく》として許されるだろう）とか、変ったものをいろいろ買ってしまった。

カートを押して駐車場に戻ると、浦辺は運転席でスマホを手に、何らかのゲームをしていた。画面から顔をあげずに、

「五分待って」

と言う。いつものことだ。

優雅は言い、買ったものを後部座席に入れて助手席に坐《すわ》り、シートベルトを締める。天気がよく、薄く色のついたフロントガラス越しにさえ、ボンネットに反射する日ざしがまぶしかった。

「了解」

「いろいろ買っちゃった」

なんとなく報告する。

「今夜はステーキ」

返事は期待していなかった。なにしろゲーム中なのだ。浦辺が「うるさい」と怒鳴るような男ではないことに、優雅は感謝している。昔、そういう男とつきあったことがあるのだ。

「いいよね、一応、結婚して初めての日曜日だし、お祝いってことで」

週末休みの一般的な企業に勤めている優雅と、地下鉄の運転士である浦辺とは、普段なかなか休みが合わないのだが、きょうはたまたま合った。そんなことも、優雅には、この結婚の幸先《さいさき》のよさに思えた。

「あとね、海藻も買った。栄養バランスよさそうじゃない？　肉のとき海藻って」

ゲームに区切りをつけたらしい浦辺がエンジンをかける。

「まぶしいな」

呟《つぶや》いて日除《ひよ》けをおろし、係員に誘導されながら駐車場をでた。

「あとね、ラトヴィア製のオイルサーディンも買ったよ。どこにあるのかわかる？ラトヴィアって」

質問したので若干返事を期待したが、浦辺が無言でも優雅は驚かなかった。いつものことだ。それに、運転中なのだ。食事中の浦辺が返事をしないのは食事中だからだし、テレビを観ているときに返事をしないのはテレビを観ている途中だからだ。朝、返事をしないのは寝起きだからだし、夜、テレビを消したあとに返事をしないのは、寝ようとしているさなかだからだ。五年間ずっとそうだった男が（ただし他人に対しては頑張るので、たとえば優雅の母親は、浦辺を社交的だと思っているのだが）、紙きれを一枚役所に提出したからといって変るわけもないのだった。

マンションに帰り着くと、浦辺は荷物を二つとも持ってくれた。台所で、買ってきたものを袋から取りだそうとした優雅は、カートに入れた憶《おぼ》えのないものを目にして戸惑った。

「え。なにこれ」

と呟く。つかみだしてみると、それは四個入りのトイレットペーパーで、色はピンクだった。

「あり得ない」

断固、買っていない自信があった。トイレットペーパーは白と決めているのだ。気に入りのメーカーも決っている。いま目の前にあるそれは見たことのないパッケージで、しかも異様に古めかしい。外袋に印刷された文字や絵がひどく色褪《いろあ》せている上、外袋のビニール自体が劣化して波打ち、すっかり縮んで中身にはりついてしまっている。

財布からレシートをだして確かめると、優雅はリビングに踏み込み、

「ねえ、これ見て」

と言った。すでにテレビをつけ、同時にゲームも始めていた浦辺は返事をしなかったが、優雅は怯《ひる》まずトイレットペーパーを夫（そう、夫なのだ、いまや）の目の前に突きだし、

「ねえ、これ見て」

ともう一度言った。そして、わずらわしそうに顔をあげた浦辺に、

「私、これ絶対買ってないから。買ってない証拠のレシートもあるから、返品しに行こう」

と訴えた。語気強く訴えたのに、浦辺の返事は、

「は？」

だった。

「買ってないものは返品できないでしょ」

と言って、すぐにゲームに注意を戻してしまう。

「できるでしょ、買ってないんだから」

優雅は反射的に言い返したが、自分の言っていることも変なような気がして、わからなくなった。

「でも、じゃあ、どうすればいいの？　このトイレットペーパー」

疑問形で呟いたが、それは無論ひとりごとになり、まあ、使うしかないか、と、現実主義者の優雅としては、思うしかなかった。


勢喜の家の向いの宿屋に長逗留《ながとうりゆう》している男が絵師だと聞いて、加代は俄然《がぜん》興味を持った。

「どんな絵をかくの？」

父親が上絵師で叔父《おじ》が蒔絵師《まきえし》という職人一家に育った加代は、人の手が造る美しいものに目がない。

「襖絵《ふすま》？　美人画？　それとも禅画？」

母方の菩提寺《ぼだいじ》で、加代はかつて、巨大な禅画を見たことがあった。大人の背丈よりも大きな絵で、たっぷりと使われた墨の濃淡の美しさに、子供ながらひきこまれたことを憶えている。

「さあ、絵は見たことがないけど、おもしろい人よ」

勢喜の返事は頼りない。

「父と意気投合したみたいで、今朝はいっしょに赤蛙を捕りに行ったわ」

「絵師が？」

「そう。絵師が」

勢喜はくすくす笑った。二人はいま川辺の縁台にならんで坐り、夕涼みをしているところだ。奉公先から休暇をもらって帰っているという勢喜のために、加代はきょうの分の仕事を早めに切りあげた。勢喜とは、子供のころに、いっしょに手習所へ通って以来の仲だ。どちらも先生をへこませてしまえるくらい成績がよかった。そして、どちらもその後、幾つかあった縁談にまったく興味が持てず、それぞれ自分の仕事を持った。

「そうそう、このあいだね、突然綾ちゃんが来たの、お屋敷に」

勢喜が言った。

「『でろれん、でろれん』って、祭文語の口真似をしながらやってきて、おかみさんたちみたいに世間話をして帰って行った」

と、可笑《おか》しそうに。

「そう」

こたえて加代も微笑む。綾は利発な子供で、加代の自慢の妹なのだ。

「あ。ねえ、時次郎《ときじろう》とかいう廻髪結《まわりかみゆい》の男を知ってる？」

突然尋ねたのは、綾の名前を聞いてもう一人の妹の茂を思いだしたからで、母親の話では、茂は最近その男と、夜な夜な出歩いているらしいのだった。

「うん。お屋敷にも来るわよ。ひょろっとした色白の男で、桂が熱をあげてる」

「感じのいい人？」

さらに尋ねると、勢喜はぱっと表情をあかるくして、

「わかった」

と声を弾ませた。

「わかった？」

意味がわからず問い返すと、

「茂ちゃんでしょ」

と言い当てられた。加代はひどく恥しくなる。茂は決して悪い子ではないのだが、男の人に、気を許しすぎるところがあるのだ。へたな鉄砲のつけ文とか、待ち伏せされて言い寄られるとか程度のことで、すぐに舞上がってしまう。

「茂ちゃんはかわいいもの」

顔を上に向け、夕風に目を細めながら勢喜は言った。その言い方に蔑《さげす》みの気配は微《み》塵《じん》もなく、むしろうらやむような響きがあったことに加代は驚く。

ぽちゃん、と音がして魚が跳ねた。隣の縁台では、カップルがいちゃつき始めている。

「そろそろ行く？」

そう言って勢喜が立ちあがったとき、またぽちゃんと魚が跳ね、加代のすぐ耳元で、子供の歌う声が聞こえた。

げんかんはー、チェーンをかけたのであかないよー。ドロボーがきてもあかないよー

ぎょっとしてまわりを見回したが、それらしい子供の姿はない。

オオカミがきたってあかないよー。魔女がきたってあっかないよー。トラがきたってあっかないよー

目の前で、勢喜が不思議そうに待っている。

「どうしたの？　帰らないの？」

勢喜の声に重なって歌はまだ続き、何度目かの「あっかないよー」で、ふいに途切れた。もう一度周囲を見回したが、やはりそれらしい子供はいない。

「いまの聞こえた？」

加代が訊くと勢喜はあっさりうなずいて、

「聞こえたわ。魚が跳ねただけよ」

とこたえ、

「加代ちゃんたらこわがりね」

と続けて可笑しそうに笑った。

餅《もち》は白い。そして、餅の白さには気品というか、何か特別な風格がある。梅原充生《みつお》はそう思い、

「なあ」

と妻に話しかける。

「なんだろうな、餅のこの白さは」

と。たとえばいま餅にたっぷりかかっている大根おろしの水っぽい白さとは全然違うし、器の内側の肌の、つるつるしたつめたい白さともあきらかに違う。

「何かに似ているような気がするんだけどな」

あたたかな白さとでもいうのだろうか、どこかに光を含んだ白さだと充生は思う。

「何かって?」

昼食も摂《と》らずに工作に熱中している妻にうわのそらで訊き返されたとき、目の前の光景のすべてが、突然奇妙なものに思えた。自分のいる台所、シンクの恒常的な曇り、

炊飯器や電子レンジやコーヒーメーカー、食卓の上の醤油《しょうゆ》さし、その横に置かれた園芸雑誌——。見馴《みな》れたもののはずなのに、はじめて見たように感じ、見回せば隣接するリビングも、ソファもテレビもやたらとたくさんある観葉植物も、自分とは何の関係もないものに思え、床に坐って工作に熱中している妻も、それが自分の妻であることはわかっているものの、見知らぬ女だと思った。その感覚があまりにも強烈で、充生は茫然《ぼうぜん》として箸《はし》を持ったまま凍りついた。二十八年、と考える。二十八年も、自分は見知らぬ女と暮してきたのだ。そして、気がつけばこんな場所にいる。とりかえしがつかない、というおそろしい感覚に襲われ、けれどすぐに、そうだろうか、という疑問が浮かんだ。まだとりかえしはつくのかもしれない。そうではないだろうか。

充生は今年五十八になる。去年、早期退職をした。以来、妻である見知らぬ女に促されるまま、ステンドグラスの制作講座に通ったり(「あなたも何か趣味を持たなきゃ」)、週に二本も映画を観たり(夫婦割引が使える上、妻がそのシネコンの会員になっているので、五本観ると一本無料になる)して暮している。しかし、それらはあえて反対するほど嫌ではないからしているだけで、充生が望んでしていることではなく、妻とはいえ一度も理解できたためしのないこの女性とは円満に別れて、もっともともとの自分に忠実な生活をするべきではないのだろうか。

「食器、たべ終ったら水につけておいてね。お餅は乾くとこびりつくから」

工作中の妻が言い、

「うん」

と充生はこたえた。

たっぷりと大きな身体つきをした妻は、ほとんど赤に近い茶色に染めた髪を頭のてっぺんでまとめている。寒がりのくせにセーターが嫌いで木綿の服を複雑に重ね着している。昔からドールハウスが好きで、人形用の家具だの服だのを買い集めて楽しんでいたが、最近ではキットを買ってきて、家具も自作するようになった。ドールハウスは増える一方で、だから充生の家のなかには、文字通り見知らぬ他人の住む家が、何軒も建っている。

食欲が失《う》せ、大根おろしまみれの餅の残骸《ざんがい》を流しに運び、捨てた瞬間それが何に似ていたのかわかった。障子だった。冬の朝の障子の、やわらかく仄《ほの》あかるい白さ――。が、そのときにはもう餅は生ゴミ用のネットのなかで、茶葉や野菜くずやその他なんだかわからないものにまぎれて、見えなくなってしまっていた。

「友達だと思ってたのに」

木村舞《まい》に言われ、大友《おおとも》だりあは泣きたくなった。

「友達だよ」

確信のないまま言ってみる。もっとも、だりあには確信のあることなど一つもないのだったが。放課後の教室は掃除も済み、自分たち二人の他には誰もいない。部活中の子たちの荷物が幾つかの席に残されているだけだ。

「友達なら、困ってるときにお金を貸してくれてもいいじゃん」

舞は言い、近すぎるほど近い位置に立ったまま、だりあの返事を待っている。切り揃えられた前髪、グロスを塗ってふっくらさせた唇、袖口《そでぐち》のボタンが一つとれたままのブレザーと、その下に着た紺色のセーター。

「二千円でいいから」

だりあが何も言えずにいると、そう続けた。いやだ、と言うのは難しい。それで、

「でも」

と言ってみた。だりあにとっては、それが精一杯の〝いやだ〟なのだ。

「でも、何よ」

けれど、もちろん舞には通じない。だりあの〝でも〟は〝いやだ〟だから、その先はないのだ。それで黙っていると、

「あー、もうめんどくさいな。でも何って訊いてるんでしょ」

と、舞が勝手に苛つきだす。

舞にはもう十回近くお金を貸している。多いときは五千円、すくないときはきょう

のように二千円で、頼まれるのはいつも月頭でお小遣いをもらったばかりだから払えない額ではないのだが、これまで、貸したお金が返ってきたことは一度もなく、これからもないだろうということが、だりあにはわかっている。

「二千円」

舞がぴしりと言う。

「どうせ貸してくれることになるんだから、こんなの時間の無駄でしょ。そんなふうだからいつもみんなにうっとうしがられるんだよ?」

なぜ舞にお説教されているのかわからず、だりあはただ早く舞のそばを離れたかった。教室をでて、校舎からも校門からも遠く離れて電車に乗り、恵比寿と渋谷と明大《めいだい》前《まえ》で三回乗り継ぎをして、安心な家に帰りたかった。そのためなら二千円払ってもいいと思った。

「ありがと」

お金を渡すと舞は言い、ぱっとだりあを抱擁した。その動作の自然さに、いつものことながらだりあは感心する。身を離す直前に、舞はだりあの耳元で、

「いい友達」

と囁《ささや》いた。鞄を手に、あっというまに教室をでて行った舞を見送って、これで帰れるとだりあは思った。ともかくこれで帰れる。

うしろの壁にならんだフックから、コートと衿巻《えりまき》をとってのろのろと着る（そして巻く）。暖房の切られた教室のなかは寒い。雑巾《ぞうきん》の拭《ふ》き跡の残る黒板と、教卓の上に置かれた鉢植えのクロッカス。だりあはいま高校一年生だ。卒業までにはまだ二年以上ある。そのあいだにあといくら舞にお金を貸すことになるのか、考えるのもおそろしかった。

また来ている。ベッドに寝たまま安積大介《あづみだいすけ》は思い、こんなに至近距離まで近づいてきたのははじめてだな、ともはっきり思ったのだが、それは熱に浮かされたまままぎれに見た妙にリアルな夢（趣味のスノーボードで雪山を滑走し、盛大に雪煙をまきあげたかと思うと今度は雪のない森にいて、大介はなぜか巨大なビーチパラソルをかついで歩いている。そのパラソルがひどく重く、かつぐのをやめたいのに運ぶことが使命であるように感じていてやめられず、もういやだ、捨てたい、重い、捨てたい、とばかり考えている夢）のあいまに目をあけたときのことであり、ひょっとするとあれも夢の一部だったのかもしれないと、完全に目をさましたあとに大介は思った。というのも、もし現実ならあのカラスはいつものように窓の外、ベランダの手すりに止まっていたはずで、ベッドからそれが見えた記憶はあるものの、そのあとで至近距離まで近づいてきた（ほとんど匂いがかげそうなほど近く、黒々した目と大きすぎるくちばしが、大介の目の前にあった）というのはどう考えてもありそうにないことで、第一、窓は閉まっているのだから、あれは朦朧《もうろう》とした意識が見せた幻と考えるのが、いちばん理にかなっていた。

そのカラスは半年ほど前からやってくるようになった。ベランダの手すりに止まり、ガラス越しに（窓をあけているときには網戸越しに）物問いたげな目で大介をじっと見る。ふてぶてしいやつで、威嚇しても逃げない。片側の羽に赤い汚れが付着していて、誰かにいじめられた経験があるのだろうと、大介は不憫《ふびん》に思っていた。

大量の汗で湿ったパジャマを脱ぎ、清潔なパジャマに着替える。薬が効いたのか、朝よりもだいぶ楽になっていた。

大介が発熱したのはきのうで、ゆうべは悪寒と関節の痛みに一晩中苦しめられた。それできょうは会社を休み、朝いちばんで病院に行ったのだが、インフルエンザではなく普通の風邪という診断で、薬だけをもらって帰り、あとはひたすら寝ていたのだった。水分補給のために台所に行ってスポーツドリンクをのみ、ベッドに戻ると枕元に置いてある電話が鳴った。なみ、と表示されたので、つきあい始めたばかりの彼女からだとわかった。が、でてみると、聞こえたのは彼女の声ではなくキーンという耳鳴りみたいな金属音で、しかもすさまじく大きく、大介は思わず電話を耳から遠ざけて、うへ、と、変な声をもらした。しばらく待ったが金属音は止む気配がなく、仕方

がないのでいったん切ってかけ直した。すると今度は本人がでたが、

「いま電話くれた？」

と訊くと、

「してない」

と言われた。熱のせいで自分の頭がどうかしたのかと一瞬心配になったが、

「テレパシーかも。電話はしてないけど、大介くんのことを考えてたから」

とかわいらしい声で言われ、さっきかかった電話のことは、たちまちどうでもよくなった。しばらく喋《しゃべ》って電話を切ると、体力まで回復した気がし、しかし一応寝る前にもう一度薬をのんでおこうと枕元を見ると、確かにそこに置いたはずの薬が忽然《こつぜん》と消えていて、布団のなかも台所もコートのポケットも探したのにどうしても見つからず、大介はまたしても、熱のせいで自分の頭がどうかしたのではないかと心配になる。


午後早くにお客さまがあって、柳は箏を弾かなくてはならなかった。あまり上手ではないし、以前のように姉にひきうけてほしい役目だったが、その姉は目下悪阻《つわり》で伏せっており、だからこの家の〝お嬢さん〟として、柳が弾くよりなかった。

お客さまというのは母親の乳母で、しばらく滞在するらしい。普段はどこかの山寺にこもりきりなのだそうで、柳は初対面だったが、母親にとってはなつかしく大切な

人であるらしく、再会は、嘘でしょ、と思うくらい大騒ぎだった。母親もお客さまもヒステリーを起こしたみたいに泣き、互いに相手の無事を喜び合っていた。そういう場面が柳は苦手だ。たぶん父親に似たのだろうと、自分では思っている。泣いたり騒いだりの嫌いな父親は、きょうもお客さまの顔を見るなりどこかにでかけてしまった。男の人はいいなあと柳は思う。〝お嬢さん〟として箏を弾かなくてはならない柳とは違って、いつでも、どこでも好きなところにでかけて行かれるのだから。

まあ、いまはお客さまが旅の疲れをとるために寝《やす》んでいるところで、だから柳も普段通りに歩きまわれる。と思ったのだが、庭にでるとお客さまがいた。到着時とおなじ壺装束《つぼしょうぞく》で、薄墨色の外套《がいとう》にすっぽりと頭までおおわれて。

「あ」

つい声がでた。花の咲く春や夏ならばともかく、こんな冬枯れた寒い庭に、お年寄りが立っているとは思わなかった。が、お客さまは立っていて、柳に気づくとにこやかに手招きする。もうすこし幼いころの柳なら、猫のようにすばやく逃げただろう。でも、もうそうするわけにはいかない。近づいて、

「お寝みになられているとばかり思っていました」

と言った。

「年をとるとね、もうそんなに眠らなくてもよくなるのですよ」

お客さまはこたえ、曇り空を見上げると、

「いいお庭ね」

と言って目を細めた。

「空気がせいせいしている」

とつけたす。

「せいせい？」

言葉の響きがおもしろく、柳はそのままくり返した。すると、その言葉はほんとうにこの庭にぴったりの、いい言葉に思えた。

「あっちに行くと、もっとせいせいします」

柳は言い、庭のなかでも気に入りの、いつも朝にカラスがやってくるあたりを指さして、なんとなく歩き始める。

「そうなの？」

お客さまがついてきたので、案内する恰好《かっこう》になった。

「築山《つきやま》があるんですけど、木がいろいろ植えてあって、鳥や虫がたくさん来ます。たまにうさぎも」

と説明する。

「そうなの？」

お客さまは狭い歩幅でちょこまかと歩く。そうしながら、庭とは関係のないことを話した。「これは私の最後の旅だと思っていて」とか、「あなたは小さいころのお母さまにそっくり」とか、「でも、箏はお母さまの方が上手でしたよ。もうすこし練習をしなくてはね」とか。歩くのと話すのとを同時にしたものだから、厨《くりや》の先にある築山についたときには息を切らしていた。

「ここです」

柳は胸を張った。人工的に造られた空間だから、もちろんほんとうの山――神仏がおわし修験者がこもり、水が流れ動物たちが憩う山――とは違うけれど、それでも木々の放出する気配は清らかで野性的で、人を寄せつけない霊験がある、と柳は思う。それに、ここは夏に規那と出会った場所でもあるのだ。

男の人なのに不気味ではなく話も合う（と柳の思っている）規那は、けれどここしばらく遊びに来てくれないし、文もくれない。そのあいだに驚く――というか、困惑させられる――ことがあったのだが、姉にも母親にも話していないその出来事を、

「ほんとうに、とてもせいせいする場所ね」

と呟いた初対面のお客さまに、なぜいきなり打ちあけたのかわからない。

「このあいだ」

と、気がつくと口にしていた。

「このあいだ、男の人がしのんで来たんです。へんな声で笑うお供を一人だけ連れて、いきなり」

と。

「まあ、文もなく？」

尋ねられ、

「文はありましたけど、つまらない歌しか書いてなかったし、返事をしなかったので、まさか来るとは思わなくて」

とこたえると、お客さまは可笑しそうな顔をした。

「そんなのよくあることですよ。いやなら逃げればいいんです」

と言う。まさにそれこそ柳のしたことだったので――乳母の寝ている部屋に駆け込んで、あとの対応はすべて任せた――、肯定されてほっとした。

「露玉さまもよく逃げてきましたよ」

お客さまはそう続けて微笑み、微笑んだかと思うといきなり涙ぐんだので、柳は驚いた。

「それがもう孫までおできになったなんて、月日のたつのは何て早いこと」

すすりあげ、ぼろぼろ泣く。これよこれ、と柳は思う。これがほんとに苦手なんだよな、と。自分より幼い子供ならいいけれど、年上の人が泣くのを見るのはいたたまれない。それで家の者を呼びに走り、お客さまを部屋に送り届けてもらった。ほんとうは自分で送り届けるべきだったのかもしれないが、なぐさめるとかいっしょに涙ぐむとかの芸当は、柳の手に余る。

一人になり、さっきまでよりさらに〝せいせい〟した庭の空気をすいこんで、規那のことを考えた。柳は規那に、しのんで来てなどほしくはない。そんなのは奇妙きてれつで、来られたところでどうしていいかわからず、まちがいなく困り果てるだろう。でも――。だからといって他の男の人にやって来られるのは不本意なのだった。

風がでてきた。もうじき、厨ではお客さまのためのご馳走《ちそう》作りが始まるだろう。おこぼれをねらって、犬や猫が顔をだすかもしれない。そうしたらからかって遊ぼう、と考えてそちらに向いかけたとき、枯れ草のなかに白いものが見えた。近づいて拾うとそれは紙で上手に作られた袋で、なかに、まぶしいほどぴかぴかした銀色の、手が切れそうに新しく四角い物体が三つ（それぞれがたくさんの白い玉を内包している）入っていた。あのカラスが運んできたに違いない。ということは、たぶん唐のものだ。白い袋にはいかにも唐っぽい文字――内服薬とか安積大介とか――がならんでいる。柳は袋を袂《たもと》に入れた。もちろん宝物《コレクション》に加えるつもりだ。早く規那に見せたいと思った。

たとえば公園の池に張った薄氷、たとえば自転車で疾走する老女のうしろ姿、たとえば雨の日のアスファルトの、水たまりにできる幾つもの水の輪、たとえば朝陽を浴びた、完璧《かんぺき》な形の蜘蛛の巣。綿貫誠司《わたぬきせいじ》のスマートフォンには千枚近い写真が保存されている。たとえば近所の喫茶店のテーブルと、その上に置かれたモーニングセット（とスポーツ新聞）、たとえば古い床屋の店構え、たとえば自宅マンションのエントランスに、置き去りにされていた三輪車。

写真を撮ることも撮られることも好きではなく、子供たちが小さかったころでさえ、何らかの節目とか行事――七五三とか入学式とか、せいぜい運動会とか――のときにしかカメラを手にしなかったのに、数年前にスマートフォンを買ってから、撮るようになった。撮り始めるとほとんど癖のようになり、何かおもしろいものを見つけると（まあ、他人の目にはおもしろくもないものかもしれないが）、撮らずにいられなくなった。そうなると物の見方自体が変り、たとえば天井からぶらさがった埃《ほこり》や風呂場に生える赤カビまでおもしろく思え、写真に収めて満足している。成人して以降の人生で間違いなくはじめて、暇だからかもしれない。

鮨屋《すしや》だった誠司の店は、四年前に地上げにあった。理不尽な話で、弁護士を立ててなんとか抵抗しようとしたのだが、おなじころに妻の病気が発覚し、入院やら手術やら、退院やら再入院やらで手いっぱいになり、最終的に店はたたむことにした。スマートフォンも、妻や医師とすぐに連絡がつくように、そのころ購入したのだった。妻は逝《い》き、電話が残った。誠司にとって、だから写真は、妻のいない日々の記録でもあった。記録は日々増え続けていく。誠司自身は、自分の写真を悪くないと思っている。自分で言うのも何だが、アングルとか光の加減とか、なかなかに芸術的なのだ。切り取り方の妙とでもいうのか、撮りたいと思ったものを時空間ごと、確かに閉じ込められたと感じる。誠司のしたいことは、結局それなのかもしれなかった。とどめ置けないはずのものをとどめ置くこと――。手放した店や茶毘《だび》に付した妻のことも、撮っておけばよかったと思う。風呂場のカビとか天井の埃とか、池に張った薄氷とかとおなじように。

いつか自分が死ねば、写真は電話と共にただ処分されてしまうだろうし、そう思うと淋《さび》しさを感じないでもないのだが、それでも日々写真を撮ることを、誠司はやめられずにいる。子供たちか、まだいないがじきにできるかもしれない孫たちのうちの誰かが発見し、お父さん（あるいはおじいちゃん）がこんな写真を、と言って鑑賞してくれる可能性もゼロではない、と思いたい。電線に止まった夥《おびただ》しい数のすずめ（降るような鳴き声だったが、声までは写真に収められない）、台所の流しの上の、切れかけた螢光灯、よその家のベランダではためいている洗濯物、ショウケースにならんだ味噌《みそ》――。心に訴えかけてくるものというのは、存外そこらじゅうにあるのだ。

二時間目と三時間目のあいだの休み時間に、隣の席の金丸美生《かねまるみお》が、またへんなことを話しかけてくる。

「言葉ってどこに行くんだろう」

というのがそのへんなことで、木村舞は金丸美生がちょっと苦手だ。私はみんなと違っているの、と思っていそうなタイプだからだ。校庭でちょうちょを見かけると追いかけて行ったり、自分の傘に〝たま子〟と名前をつけて呼んだり、お弁当のふたをあけて一人で歓声をあげたり、私って無邪気でしょオーラを全開にしている。

ちょうどスマホに目を落としていた舞は最初、聞こえないふりをしたのだが、

「ねえ、木村さん、どう思う？」

と訊かれて返事をしないわけにはいかなくなり、

「意味がわからない」

とこたえた。木村さん──。その呼ばれ方も舞はなんとなくしゃくにさわった。クラスには、苗字《みょうじ》で呼ばれるタイプの子と下の名前で呼ばれるタイプの子、それにあだなで呼ばれるタイプの子がいて、それはもちろんその子のクラスでの位層や立場と関係があり、舞は最初から（というのは小学校に入学した日から、どのクラスでも）舞だった。男子にも教師にもそう呼ばれていた。ちゃんもさんもつかない、ただの舞。

「だってほら、一度発生した運動は永遠に止まないっていう法則があるわけでしょ

う？　そうしたら、一度発生した声はどこに行くんだろう。ずーっと空中を漂ってるのかな」

「消えるよ」

舞はこたえる。

「消えるにきまってるじゃん」

と、スマホに目を落としたままで。

「うん。でもさ、消えたあとにどこに行くのかなと思って」

舞は呆れ、つい金丸美生の顔を見た。

「自分の言ってること、わかってる？」

尋ねると、金丸美生は困ったように笑って、

「あんまりわかってないかも」

とこたえ、

「でも、だから木村さんに訊いてみたの」

と続ける。

「美生はね、ずーっと前に弟に言われた『ばかじゃない？』っていう言葉がときどき聞こえるの。思いだすとかじゃなく、ほんとに聞こえるんだよ、自分が何かばかなことをしたり言ったりしたときに。木村さんはそういうことってない？」

「ない」

即答し、そういえばこの子が自分で自分を美生と呼ぶところもなんだか鼻につくのだ、と舞は思った。

この子は、たとえばだりあほどには弱くない。舞には本能的にそれがわかる。けれど、もちろん舞と対等につきあえるほどには強くもなく、だから舞にとってはただわずらわしいだけの相手なのだった。

「トラウマとかなんじゃない？」

いいかげんに言ってみる。

「弟に、そんなこと言うとしめるよって言ってやんなよ」

自分ならそうする、と思ってこたえたのだが、金丸美生は無邪気そうに笑って、

「えー？　美生は誰かをしめたりできないもん、木村さんと違って」

と言うのだった。

いつもとおなじ夕方だった。定時退社を旨としている楫取清《かんどりきよら》は一度帰宅してシャワーを浴び、ジーンズにセーター、ショートブーツにウールのコート、という楽な（そして自分らしいと清の思っている）恰好で、約束の店にでかけた。職場から近いマンション（普段はバスを使っているが、徒歩通勤すら可能な距離だ）に住むことの利点

は、こういうことのできるところだ。すぐに基本の自分に戻れるところ。狭い部屋だが、清は自分の住居を愛している。

いつもとおなじ夜だった。仕事を終えて帰宅する人々とは逆に駅に向って、一日の疲れなどないも同然の気分で颯爽《さっそう》と、清は歩く。シャワーを浴びたばかりなので、外気のつめたさも自分の肌の匂いも心地がいい。入社八年目で仕事にはもうすっかり慣れたし、自分の生活をまるごと自分の収入で賄えるようにもなった。交際五年目になる恋人との関係も順調で、平日もこうしてたいてい週に二日は、いつもの店（というのが和洋中と三軒あり、そのどれか）で会っていっしょに食事をする。清が部屋で手料理をふるまうこともたまにはあるが、そうすると互いに別れ難くなり、泊れば泊ったで早朝に送りださなくてはならず、それならば外で会う方がいろいろな意味で良い、と二人の意見が一致していて、要するに清と恋人の岩渕真人《いわぶちまこと》は双方にとって居心地のいい関係をしっかりと見定め、それを維持しているのだった。住む場所と仕事と恋人。他に何が必要だろう。地下鉄に揺られながら清は思う。

店（きょうは和で、つまり真人の自宅近くの居酒屋）のなかも、いつもとおなじ雰囲気だった。程のいい客の入り、冬でも半袖の調理着を着ている大将、煮物や焼き魚や生牡蠣《なまがき》の匂い。真人は先についていて、テーブル席でビールをのんでいた。お、という顔で彼が清を見たのもいつもとおなじなら、「おなかすいたー」と言いながら清が向いの椅子をひいたのもいつもとおなじで、だから清はこのとき、自分がもうすぐふられるのだとは思ってもみなかった。注文もいつもどおりで（ここに来たらクラゲ酢ははずせない。銀鱈《ぎんだら》の西京焼きは絶対で、ヤングコーンのバターしょうゆ焼きも絶対。そういう食の好みもドンピシャに合っている、と清は思っていた）、安心しきって〝たべるモード〟に入ったのにだ。

最初は何かの冗談かと思った。が、真人は笑っていなかった。

「別れてください」

というのが真人の言った言葉で、「別れよう」ではなく「別れてください」だったことが、清を余計に混乱させた。

「はい？」

訊き返した。冗談ではないらしいとわかっても、まだ信じられなかった。記憶を慌ててさぐったが、前回会ったときも前々回に会ったときも、口論その他、普段と違うことは何もなかった。セックスも、かつてほど頻繁ではないものの、すくなくとも週末にはしているし、平日にもときどきしている。なんで、と訊く前に、

「ごめんなさい」

と言って真人が頭を下げた。

「他に好きな人ができました」

とシンプルな説明を加える。

訊きたいことはたくさんあった。いつから、とか、どうして、とか、ていうか誰、とか。とりわけ、真人が相手を好きなだけなのか、相手の気持ちも確認ずみなのか、は重大な問いに思えたが、前者をわざわざ表明するのも妙な話なので、後者だろうと考えたらあとはもう何も訊きたくなくなった。

「そうなの？」

それでそう訊くと、

「そうです」

と、またしてもですます調で返事があった。

「なるほど」

清は落着こうとしてビールを一口のんだが、グラスを持つ手がわずかにふるえていて、そのことが清をさらに動揺させる。これは現実なのだ、と自分の手に告げられている気がした。

「ごめんなさい」

真人がまた言った。清は箸をとり、運ばれたばかりのヤングコーンを口に入れた。随分前に運ばれたまま手つかずだったクラゲ酢にも箸をのばす。味はわからなかったが、涙はでなかった。ただ咀嚼《そしゃく》して、のみくだす。自分はいまふられているのだ、もう真人とこうしてここに来ることもないのだ、ということが突然はっきり認識され、いたたまれなくなった。

「わかった」

清は言い、箸を置く。

「私、帰るね」

席を立ったとき、ひきとめてもらえるはずだと、まだどこかで期待していた。このまま帰されるはずはないと。真人は何も言わなかった。

店をでて、駅までの道を歩きながら、見馴れているはずの景色のすべてがよそよそしいことに清は気づく。もう何一ついつもとおなじではない。まだ夜は始まったばかりで、一日の仕事を終えた人たちが、駅を背にしてぞろぞろ歩いてくる。ともかくここから遠ざかりたい。その一心で、清は足を動かした。

改札口の手前でパスモをだそうとポケットに手を入れたとき、指先がべつなものに触れた。とりだすとそれはキャンディの包み紙で、黄色のものとオレンジ色のものが合計四枚あった。代々木《よよぎ》のピザ屋（真人と行くいつもの店の〝洋〟）で会計のときにくれるキャンディの包み紙だ。傷を抉《えぐ》るような気持ちで反対側のポケットもさぐると、先週真人と観た映画の半券や、去年真人と行った社会人アイスホッケーの試合のチケットがでてきた。一瞥《いちべつ》し、清はすべてポケットに戻す。それらを一体どうすればいいのか、見当もつかなかった。

真織が五人の子持ちだと言うと、みんな驚く。とてもそうは見えないとか、賑《にぎ》やかでいいですねとか、たいしたものだ、少子化の救世主ですねとか、だんなさんと仲良しなんですねとか、表現はさまざまだけれど共通する感想はたぶん一つで、それは〝いまどき珍しい〟なのだろうと真織は理解している。でも、誰がどんな反応を示そうと、真織自身ほど驚いてはいないはずだとも思う。昔の真織、という意味だが。

タブレットの画面を凝視して、真織はしばし茫然とする。フェイスブックの〝友達リクエスト〟の文言は短く、〝Allô, Maori, Tu te souviens de moi?〟とだけあった。アロー、真織、私を憶えてる？　差出人はスウェーデン人のパニーラで、アイコンの写真を拡大してみると、加齢による変化はあるものの、確かになつかしい友人の顔だった。真織は〝承認〟も〝削除〟もしないまま、ただ電源を切る。

「しゃしん、とるの？」

三歳の長女が寄ってきて、真織の膝にもたれかかる。母親がタブレットを手にしていれば、それは自分の写真を撮るためだ、と思い込んでいる。兄三人は小学校と幼稚園に行っていて留守なのだし、弟はまだ赤ん坊で、いまは昼寝のさなかなのだから。

「撮らないよ。だってのーちゃん、へんな顔しかしないんだもん」

真織が言うと、娘はくすぐったそうに身をよじって笑う。一人娘の野々子は最近へん顔がブームで、カメラを向けると瞬時に顔をぶしゃりと歪《ゆが》める。

「しないよ？　のーちゃん、へんな顔なんてしないもん」

おまけにあっさり嘘をついてのける。

「そうかなあ」

子供たちがいとおしくてたまらない真織は、へん顔だろうとなかろうと写真を撮るし、子供たちが日常的に発するユニークな言葉や、妙に哲学的だったりする言葉を書きとめてもいる（つい先週、野々子が真面目な顔をして、「ママはもうすこしお化粧をした方がいいと思うの」と言ったのも可笑しかったし、五歳になる三男がバターのしみたトーストを見て、「パンとバターが一体化したね」と言ったことにも真織は虚を突かれた。今年中学生になる長男も、まだ幼かったころに、「暗闇には色があるね」と言って真織を感動させたし、そういうことは数えきれない。一つ一つが特別な、輝かしい言葉たち）。

「それより卵に絵をかいてくれる？」

真織は提案する。

「えー、またあ？」

野々子は言ったが、それはもちろんポーズだ。

「いいよォ」

とすぐに続けて、食卓の椅子によじのぼった。

生卵の殻にサインペンで絵をかかせるのは、長男が小さかったころに始まって以来のいわば伝統的な習慣で、この家の冷蔵庫の扉をあけると、そこにならぶ卵には、だからつねに絵がかいてある（生活にアートを、は、昔から真織の信条なのだ）。カラーペンを使ってざらざらした卵の表面に凝った絵をかいた次男（九歳の彼はいまも絵が好きだ）とは違って、野々子がかくのは顔ばかりで、眉《まゆ》と目と鼻と口、そのまわりに雑な髪の毛、というシンプルな構図（しかも、黒一色しか使わない）なのだが、それはそれで一つずつに趣きがあり、なんともいえずいい（と真織は思う）のだった。

真織は持てるエネルギーのすべてを子育てに傾注している。たべるものはもちろん着るものもできる限り手作りしているし、自然とふれあわせるべく、旅行やキャンプもしばしば決行している。英語とフランス語を自ら教えてもいて、生活のすべてが子供たち一色だと言ってもいいのだが、いま、長女が卵に絵をかいていて、四男がリビングに置いたベビーベッドで眠っている平和な家のなかで、真織はパニーラのことを考えている。電源の切られたタブレットが、過去に続くおそろしいものに思える。

過去を、いまでは真織はまったく思いださない。というより、自分ではない誰かの過去のように感じる。若くて、無軌道で、無分別な、ほとんど知らない女の過去のように。けれどそれが部屋のなかに侵入して来ようとしていた。真織と子供たちだけの（まあ、夫もいることはいるのだが）生活のなかに。

パニーラをめぐる記憶は、必然的にアリにつながる。二十代のころの真織が、生涯を（結婚とか、子供とかには縛られず）共に過すのだと信じた男との日々に。平凡な話だ。写真を専攻する美大生だった真織は、試験を受け、政府の助成金を得てフランスに留学した。外国暮しの自由さに耽溺《たんでき》し、学業などあっというまに放棄して、街およびに人生の探索と恋愛にのめり込んだ。スウェーデンからの留学生だったパニーラもおなじようなもので、よく二人で（あるいはそれぞれの男を加えた四人で）遊んだ。当時、あの街にはそんな外国人がたくさんいた。

八年――、真織はそこで暮した。人生のすべてがそこにあったし、何よりもアリがいた。次々と男を替えるパニーラとは違って、真織は全身全霊でアリ一筋だった。出会ってすぐに一緒に暮し始めて、八年間そばにいた。フランスという国がすっかり好きになっていた真織は、永住するつもりでいた。両親のために、ときどき日本に里帰りはするにしても。

だからアリに新しい（しかも男性の）恋人ができたときには絶望した。自分がゲイであることに「ようやく気づいた」というのがアリのした説明だった。

アリなしで暮すフランスは耐え難かった。何もかもがアリに結びつき、アリの不在を叫び立てているようだった。逃げるように真織は帰国して、結婚を目的としたマッチングサイトに登録した。三十歳だった。

アリに使い果したと思っていた愛情は、一人目の子供が生れると、アリのときとは比較にならない烈しさで噴出した。十三年間で五人、ぼんぼんと産んだ。愛情とは別の観点から選んだ夫のことも、子供たちの父親だと思えば自然と大切にできた。

「かけた」

野々子が言い、ペンをテーブルに放る。

「どれ。見せて」

さまざまな顔の描かれた卵を一つずつ手にとって見ながら、パニーラに返信はすまいと真織は決める。

「あはは。これ、いいね。心細そうな表情」

ほめてやると、長女は得意そうな顔になる。

「これもいい。髪が多いね」

あの娘――制度にも子供にも縛られず、自由に生きてフランスに骨を埋めるつもりだった娘――はもういないのだ。それに、と、顔つきの卵を冷蔵庫の卵立てにならべながら真織は思う。それに、子供を産み育てるより大切なことなんて、結局のところこの世には一つもないのだから、と。

朝起きられなかったのは、寒さのせいだ。午後も遅い時間の寝室で、渡辺耕介《こうすけ》はそう自分に言い聞かせた。三日連続で会社を休んでしまったことと、四日前に妻が出て行ったこととは何の関係もない、と。

枕元には週刊誌の山とカップ麺《めん》の空容器、水の半分入ったペットボトルが置いてある。耕介が寝室でそんなものをたべたと知れば、妻は激怒しただろう。

この三日間、必要に迫られてトイレと台所には行ったが、リビングは注意深く避けている（だからテレビも観られない）。台所に行けば必然的にリビングが目に入るのだが、極力目をそむけて見ないようにした。リビングにはテーブルがあり、テーブルには離婚届がのっているのだから。

もしほんとうに、このまま離婚してしまえば、耕介の結婚はわずか三年で潰《つい》えることになる。そうしたら、またはじめからやり直さなければならない。なにしろ、まだ三十二歳なのだ。が、耕介にはとてもその気力はなかった。出会いから結婚に至るまでの、あの七面倒くさいプロセスをゼロから、全く知らない女とくり返すことなど考えるだにぞっとする。だから、耕介は妻に戻ってきてほしかった。

週刊誌をぱらぱらめくる。「食べてはいけない加工食品の見分け方」という記事を読み、「あなたの血管年齢は大丈夫か」という記事を読み、「血液型別かかりやすい病気」という記事を読んで暗澹《あんたん》とした。さっきたべたカップ麺は、「食べてはいけない加工食品」リストにばっちり載っていたし、運動嫌いで禁煙に失敗し続けている自分の血管年齢が若いはずもなく、耕介の血液型であるAB型は、「免疫力最弱」と書かれていたからで、理屈に合わないことながら、それもこれも妻のせいだという気がした。妻はカップ麺を決して口にしないし、煙草も吸わない上、血液型がO型（「免疫力最強」）なのだ。それは不公平というものではないのだろうか。

週刊誌を放りだし、耕介は掛布団の下で身体を丸める。すでに夕方で、電気をつけていない部屋のなかは薄暗い。最近どこからか大量に飛んでくるようになったすずめが、窓の外でやかましく鳴き立てている。

こいつは俺じゃなく俺の絵に惚《ほ》れたんだ、と犬喜《いぬき》はよく冗談めかせて人に言うのだが、それはあながち嘘というわけでもない、と加代は思う。絵は絵師そのものなのだから。

実際、犬喜が描くような奇妙で大胆な絵を、加代はこれまで見たことがなかった。なにしろ中国には実在するという噂の虎と、太助さんといっしょに捕ったという赤蛙がおなじ画面に、おなじ大きさで登場したりするのだ。他にも、枝が奇妙にくねくねした梅の木とか、まったくおなじ外見の二人の少女とか、彼の画帖《がちょう》に描かれた絵はどれも、その怪しさと美しさと物語性で加代の心をざわつかせる。もっとも、犬喜が工房で手掛けていたという豪華絢爛たる襖絵を加代は見たことがないし、この先もおそらく見ることはないだろう。御用絵師に嫌気がさしたとかで、幾らでも高価な画材を使えた工房に背を向け、ほとんど着の身着のまま旅をしている変り者なのだ、犬喜という男は。

まあ、そのお陰でこうして出会えたわけなのだが。

犬喜はごつごつとした身体つきで、顔は家畜にでも踏まれたみたいにつぶれていて、決して美しい男ではない。が、表情が豊かで生命力に満ち、その奇怪な外見も彼の描く絵と同様に、加代の心をざわつかせた。

「またあの犬がいた」

行為のあと、布団に横たわった姿勢で犬喜が言う。真昼間から（ときには日に二度も三度も）こんなことをしていると知ったら、勢喜はどんなに驚くだろう。勢喜だけではなく妹たちも。

「煮売屋の裏の道に、誰かを待っているみたいに、じっと立っていた。誰かを待っていたとしても、それは俺ではないみたいで、俺を見て途方に暮れた顔をした」

そう話すあいだ、犬喜の片手は加代の腹の上に置かれている。その手がゆっくり（おそらく犬喜自身も無意識のうちに）動き、指が加代の臍《へそ》や陰毛に触れる。

「他の犬とは違うものが、あの犬にはある気がする」

加代は犬喜と出会ってはじめて、男と居ることを愉快だと思えた。だから金のない犬喜が宿屋を引き払い、加代が仕事場として借りているこの長屋の一角に転がり込んできたことにも驚かなかった。むしろ、ほらね、と思った。勢喜に犬喜を紹介されてから、十日もたっていなかったのだが。

「絵にかいてみたら？」

加代は言った。灰色でおそろしく痩《や》せているというその犬の、何がそんなに特別なのか加代にはわからなかったけれども、赤蛙でさえこの人の筆にかかると特別な存在感を放つのだから、犬だって放つだろうと思った。

「もしありのままにかけば、架空の生きものだと思われるだろうな」

犬喜は言い、身を起こすと加代の腹に唇をつけ、

「何しろこのくらい滑らかな肌をしているし、おまけに妙な野良着みたいなものまで着せられているんだから」

と続けて加代を笑わせた。この男は、ユーモアのセンスも奇怪なのだ。

「もしこういう肌をしてるなら、それは犬じゃなくてどこかの娘さんよ」

加代は言い、自分でも身を起こして、布団をでようとしていた犬喜の片足を素早くつかみ、形のいいふくらはぎに唇をつける。

風呂場だ。それはすぐにわかった。バスタブにたっぷりと張られた湯、シャワーにカラン。確かに風呂場だ。湯気と湿気、久しく忘れていた電気のあかるさと閉塞感《へいそくかん》に、市岡謙人はたちまち怯む。人間も犬も馬もいない場所は落着かない。風呂というものの存在を、いまのいままで謙人は忘れていた。が、こうして現物を目の前にしてみると、その用途も使い方もよく知っていることを思いだした。

「俺だって会いたいけど」

風呂場の外側で男の言う声が聞こえた。

「五月の連休にはまた帰るし」

相手の声が聞こえないということは、たぶん電話で話しているのだろう。

「いや、急に来られてもここはほら狭いし」

どこともいつとも知れない場所にふいに存在している、という状態に慣れたつもりの謙人だったが、この、煌々《こうこう》とあかるい（おまけに狭い）風呂場は居心地が悪かった。電話を終えた男がいつ入ってきてもおかしくないのだし、そうなれば、他人の裸体を間近で見てしまうことになる。厩《うまや》や寝室の方がよほどよかったと謙人は思う。それに、もし相手に自分の姿が見えていたら（実際、そういうことが何度かあったし、キナと名乗った男とは、言葉まで交わした）、どうなってしまうのか、考えたくなかった。

「んなわけないじゃん」

男が、電話での会話を続けながら風呂場に入ってくる。身構えたが、謙人には気づくふうもなく、バスタブに入浴剤をふり入れると、

「これから入浴タイムだからさ」

と電話の相手に向って言った。

「きょうはイチジクミルク」

とも。

着衣のままでも十分に男臭い、その大きな身体に謙人は虚を突かれる。まるで馬だ、と思った。が、バスタブとの対比から考えれば男は身長も体重もそう大きいわけではなく、ということは、謙人自身が記憶よりずっと小さいのかもしれなかった。

生気――。いずれにしても、男はそれを放っていた。キナや、寝ていた子供たちや犬たちや、馬たちとおなじように。

「うん、写真も送る。約束する。アケミさんによろしく言って。お父さんにも」

ごそごそと服を脱ぐ気配をさせながらも、男はまだ喋っている。

「うん。お休み。自転車気をつけろよ」

裸の男が再び浴室に入ってくる。まずハンドシャワーを手に、でてくる湯が温まるのを待ち、全身を濡《ぬ》らして足と性器はやや念入りにすすぎ、そろそろとバスタブにつ

かる。謙人にとって意外だったことに、他人の裸を間近で見ても、どうということはなかった。馬や犬とおなじだ。バスタブの湯はわずかに白濁して、甘い匂いを放っている。

浪人が決定したきょう、海堂治《かいどうおさむ》が感じたのはまず解放感だった。自分でも間違った感慨だと承知していたが、それが正直な気持ちだった。試験前の緊張と結果待ちの不安。それがきょう、四校七学部全部終ったのだ。

「複数学部受ければ受験料が割引になるってなんか納得いかないよね、大学も商売なんだなって感じで」

夕食の席で治が言うと、母親に、

「そんなことを批評してる場合じゃないでしょ」

とたしなめられた。治にはそれも納得がいかなかったが（不合格は自分の責任だけれど、それと批評の自由は別ではないだろうか。試験に合格した者だけが意見を言えるなんておかしい、と治は思う）、口にださないだけの分別はあった。

浪人することも、予備校には行かずに自習したいこともすでに両親には伝えてあり、とくに反対されていないとはいえ、食卓の雰囲気はなんとなく重い。献立が微妙に豪華なせいも間違いなくあり（きょうはローストビーフだし、前回の合否発表の日はちらし寿司《ずし》、その前はなんと皮から手作りの点心いろいろセットだった）、合格祝いになるかもしれないという母親の期待を裏切り続けたことについては、治としても申し訳なく思う。が、それはそれとして、ここ一年自分に禁じていたあれこれ――ゲームをする、漫画を読む、街をぶらつく、ラインに全面参加する、などなど――を、すくなくともいましばらくのあいだはしてもいいのだ（なぜいいのかはわからないにしても）、という解放感は圧倒的で、雰囲気の重い食事中のいまですら、ふつふつと湧きあがってくる。

「いいな。学校に行かないなんて、惰眠貪《むさぼ》り放題じゃん」

という妹の、普段なら癇《かん》にさわる物言いさえ嫌な気がしない。無論、治としても不安がないわけではない。自宅学習でほんとうに大丈夫なのか、とか、もしも来年またすべての試験に落ちたら一体どうすればいいのか、とか。しかし、果てしなくながいとしか思えない人生のなかで、一年や二年の回り道が何だというのか、という気がすることもまた確かで、治としては早くこの食事を終えて自室にひきあげ、買い溜《だ》めしてある漫画雑誌の読破にとりかかりたいのだった。

若い男が若い女を自宅アパートに監禁した上殺害した、というニュースの続報（加害者被害者双方の生い立ちや、それぞれの友人知人による証言、卒業アルバムの写真などなど）を、糸井《いとい》武男《たけお》は見ることも読むこともできない。その若い男が自分の孫だからで、最初に（電話で息子から）聞いたときには衝撃と動揺のあまりめまいがした。やりきれなさと怒り、申し訳なさ、無力感、その後さまざまな感情が押し寄せ、せめぎあい、居すわり、怒張して武男を苦しめ続けているのだが、なかでも容赦のないのは喪失感だった。喪失感――。無論、亡くなったのは被害者の女性であり、武男の孫は生きている。生きていて、拘束され、罪を認めている。武男たち家族としては、法にのっとった形で償いをさせなければならないし、孫が更生できるよう、見守る義務もある。そこに喪失感など存在する余地はないはずなのだが、あるのだ。それも莫大《ばくだい》に。孫を失っただけではない。これまでの人生で信じてきたもの、自分がまっとうな社会を構成するまっとうな人間であるという認識、誇りや信頼、心の平穏といった、あたりまえに所有していたはずのものがすべて、二度と手の届かないところに消えてしまったと感じる。

せめてもの救いは妻がすでに他界していることだ。生前あれほどかわいがっていた孫が何をしでかしたかもし妻が知ったら――。武男にはつらすぎて想像もできない。

続報がこわくて新聞も読めず、コーヒーと茹で玉子だけの朝食を終えると、武男は布団をずるずると窓辺までひきずる。以前はベランダの手摺《てすり》に掛けて干していたのだが、最近はその腕力がないのだ。敷布団と掛布団、それに枕をべつべつにしてならべ、すこしでも多く太陽の光があたるようにする。ゆうべ、雨音がして夜中に目をさました憶えがあるのだが、おもてはまぶしいほど晴れている（ということは、あの雨音は夢だったのかもしれない）。

布団と畳にあたる日ざしをじっと見ながら、これも自分の失ったものの一つだと気づく。自分が日ざしをかつてのように、美しいとか心地いいとか感じることはおそらく二度とないだろう。

武男は、心根のいい子供だったころの孫のあれこれを思いださないように努める。あの少年（ほんとうにやさしい子供だったのだ。金魚を水槽に閉じ込めることさえ嫌がった。ここに泊りに来ると、料理でも掃除でも買物の荷物持ちでも、祖母である妻をよく手伝った。武男と妻に半ば無理矢理携帯電話を買ってくれたのは息子夫婦だったが、辛抱強く使い方を教えてくれたのは、当時中学生だった孫だった）と現在勾留《こうりゅう》されている犯人とはべつの人間だ、というふりをする。そうしないと正気を保てそうもない。世界はすっかり、そして永久に変容してしまった。


「シブースト」

熟考の末、谷田部《やたべ》理保《りほ》はこたえて、

「恭《きょう》ちゃんは？」

と親友の島原《しまばら》恭子《きょうこ》に尋ねる。

「いちじくタルト」

恭子は即答した。

「じゃあアイスクリームのなかでは?」

尋ねられ、理保が考え始めると、

「私はね、サーティワンならキャラメルリボンで、ホブソンズならアップルパイ」

と、自分が先にこたえた。二人はいま公園のベンチにならんで坐り、あるジャンルのなかでいちばん好きなものはどれか、について話しているところだ。二人の通う中学校ではまだ五時間目の授業が行われている時間だが、こんなにいい天気の日に学校にいるのはもったいない、と二人の意見が一致して、理保は仮病を使って早退し、恭子はただ脱走した。

「迷うけど、私はやっぱりサクレレモンかな」

ようやく納得のいくこたえをみつけて理保は言ってみたのだが、

「それは氷じゃん」

と、あっさり却下された。公園は広く、敷地内に大きな図書館もあるのでさまざまな人――幼児や赤ん坊を連れた女の人たち、昼休み中らしい勤め人たち、宅配便の配達(あるいは集荷)中の男の人や、大学生と思われる人たち――が通るが、ベンチに腰掛けて喋っているだけの、制服姿の少女二人にわざわざ目を留める人はいない。

「じゃあねえ、車は？」

アイスクリームの好みについては匙《さじ》を投げたのか、恭子が訊き、

「車？　車種とかわかんないな。興味もないし」

と理保はこたえて前かがみになり、自分の靴先を見つめた。正確に言えば靴のまわりの地面をだ。そばに大きな木があって、地面の葉もれ日がちらちら動いてきれいだったからだ。

「そうなの？　じゃあ観察して憶えなよ」

恭子が言い、理保は若干驚く。

「なんでよ」

恭子とは小学校時代からの友達で、中学受験専門の学習塾にもいっしょに通い、こうして無事おなじ中学校に合格した仲だけれど、それでも趣味や考えることが違っていて、驚かされることがある。

「ママが言ってたけど、女の子は大人になったら絶対に免許をとって、車の運転をするべきだって。そうしないと男の人に頼るようになるからって」

「そうなの？」

理保にはわからなかった。車の運転と頼ることにどういう関係があるのかも、頼るとなぜいけないのかも。

「私はハマーが好きなんだけど、もう製造されてないんだって」

恭子が言う。

「残念だなあ」

と、ほんとうに口惜《くや》しそうに。それからぴょんと立ちあがり、

「まあ、私が大人になって車を買うころには、もっといい車がでてるかもしれないけどね」

とつけ足してにっこり笑う。まだ免許も取っていないのに、いずれ車を買うことが決っているかのような親友の口ぶりに、理保はまた驚かされる。〝大人になる〟のなんて、まだまだ先のことなのに。

「でてるといいね」

他に何と言っていいのかわからず、理保は言った。

「そのなんとかっていう車より、もっと恭子の気に入る車がでてるといいね」

と、心から言った。

若い娘たちの気配だ、とそれは思う。自分の名前もとっくに忘れてしまっているのに、若い娘たちというのがどういうものかは忘れていないのだ。あかるい、くすぐったい気配をそれは感じる。安心感と、眠気に似たものも。

娘たちの発する言葉はそれには意味を持たない。言葉とすら認識されない。虫の羽音とおなじだ。あるいは葉ずれの音や、大通りを走る車の音と。

それはいまここにいて、そこらじゅうに日ざしのあることがわかる。地面が乾いていることも。

娘たちの気配が消える。いなくなった、と思うそばからそれは彼女たちを忘れてしまう。いま感じるのは樹木だ。その静かな生気。それからたくさんの小さな虫、近づいてくる老人。老人が手にしている新聞を、それは新聞としては認識しない。ただ、紙、とだけわかる。紙の匂いや手ざわりが、記憶のなかから立ち現れる。それは老人が手にしている新聞ではなく、それだけが知っている紙の匂いと手ざわりだ。一瞬強烈ななつかしさに包まれるが、その一瞬が過ぎると、それはなつかしさを忘れてしまう。紙のことも、老人のことも。

それがいま感じているのは草だ。一茎のクローバーで、踏まれたのか半ばつぶれ、乾いた地面に緑色のしみをつけているのだが、まだ生きていて、だから大きな樹木とおなじだけ、静かな生気を放っている。それは気持ちよくその静かな生気を味わう。

またべつのそれもおなじ公園にいる。が、それが感じているのは硬さとつめたさで、なぜなら青銅製の騎馬像に、ぴったり密着しているからだ。おなじ騎馬像を蟻が二匹言っている。騎手の頭上には鳩が一羽とまっているし、台座の上では瀕死のテントウムシが、ただじっと身体を休めている。瀕死であろうとなかろうと、生きものたちのものの存在をそれは歓迎する。他者だからだ。いまやそれにわかるのは、自分と自分以外のものの区別だけだ。生前自分が人間の男だったことをそれは憶えていないし、子孫を残したことも憶えていない。そもそもの始めから自分はこういうふうだったと思えるし、実際それで申し分なかった。硬さとつめたさ、そして他者たち。はるか上空をヘリコプターが飛び、その音を、それは空気の振動としてだけ感じる。ヘリコプターが存在しないころを生きて死んだそれはしかし、その振動を世界の鼓動の一部として、何の苦もなくあたりまえに受け容《い》れる。

公園の向いにあるスーパーマーケットで、近田《ちかだ》ひかりはできるだけ手早く買物を済ませようとしていた。おもてに犬のバンビをつないで待たせているからで、子犬のころからよくそうしてきたのでバンビ自身は待つことに慣れているとはいえ、世のなかにはおそろしい人もいるので、犬を蹴《け》るとか盗むとか、いつしないとも限らないからだ。バンビはイタリアングレイハウンドの雌で、性格がよく、おまけに超美犬だ。短い毛におおわれた皮膚はベルベットみたいに滑らかな手ざわりだし、半ば立ち、半ば垂れた小さな耳の内側は、いまでもきれいなピンク色だ。

買うべきものはたくさんあった。忘れないように紙に書いてきたのだが、紙は上から下までびっしり文字で埋めつくされている。あさって、八人の友人を手料理でもてなす予定なのだ。昔から料理上手で通っているひかりとしては、はりきらざるを得ない。八人（ひかりを入れて九人）が揃って集るのはひさしぶりだった。ひかりが定年退職するまで勤めていた小さな会社の仲間たちで、つきあいがながいので、いまでは友人というより親戚《しんせき》のような気持ちがしている。そのうちの二人は一時期夫婦だったし、べつの一人とひかりはかつて（遠い昔だ）恋愛関係にあった。けれどそういういろいろはどれ一つとして九人の友情の妨げにはならず、むしろ絆《きずな》（というか親戚感）を強めた。

オレンジとじゃがいもとポロねぎ、にんじんとマッシュルームとサラダ菜とアボカドといんげんをカートに入れ、チーズを選び、豚肩ロース肉のかたまりを切りだしてもらう。買ったものはすべて宅配にするので（このスーパーでは、六十歳以上の会員は宅配が無料だ）、お酢とか食パンとか干物とか乾麺とか、来客と関係のない品物もメモにそって加える。

あさってやってくる友人たち一人ずつの酒量もたべものの好き嫌いも、自分が熟知していることをひかりは愉《たの》しいと思う。気がつけば彼らとのつきあいの方が、両親と過した年月より別れた夫と暮した年月よりながくなっている。

八人の友人たちのうち六人には、みんな子供や孫がいる。ひかりにはいないが、いまのひかりは、それをむしろよかったと思っている。自分が人生から学んだことがあるとすれば、それは大切に思う相手がふえればふえるだけ心配なこともふえる、という事実で、心配事がすくない方が、当然ながら心穏やかでいられるからだ。

それに、ひかりにはバンビがいる（バンビの前には猫のフィリフヨンカ――呼ぶときにはただフィリ――がいた）。ひかりが人生から学んだもう一つの事実は、犬も猫も人間よりずっと高潔だということだ。

会計を終えたひかりは急いでバンビのもとへ向う。六十二歳のひかりとおなじ程度に（ということはつまり、まだよぼよぼではないが十分に）年をとっている、それでも依然として愛らしい生きもののもとへ。

バンビはもちろんそこにいた。出がけに着せたセーター、フックにつないだリード、イタリアングレイハウンド特有の、華奢《きゃしゃ》で優美な身体つき。壁際に佇《たたず》み、何もない空中を見つめている。ひかりが近づいても反応せず、いつものように控えめに尻尾《しっぽ》をふって、〝さあ早く行きましょう〟という顔をすることもなかった。

「バンビ？」

声をかけたが耳に入らないようで、もともと大きな目をさらに大きくして、空中の一点をじっと見つめ続ける。まるで、ひかりには見えない何か――あるいは誰か――

が見えるみたいに。

ときどきこういうことがあるのだ。家のなかにいても、自分と天井のあいだの一点を見つめて動かないことが。

フックからリードをはずし、

「さあ帰りましょう」

と言いながら軽くひっぱってようやく、バンビはひかりに気づいて尻尾をふった。

「どうしたの？　何を見てたの？」

尋ねても、無論バンビは返事をしない。〝まあ、お互いもう若くないから〟ひかりは胸の内で愛犬に語りかける。〝そう素早く反応できないこともあるわよね〟と、共感を込めて。


先週誕生日がきて五歳になったばかりの尾形啓斗《けいと》は退屈している。美容室に連れてこられているからで、啓斗のカットはいつもすぐに終るのに、母親のそれはどういうわけかものすごく――永遠に終らないんじゃないかと思うくらいものすごく――ながくかかるのだ。母親に渡された絵本は読み終えてしまったし、美容師さんがだしてくれたりんごジュースはのんでしまった。

啓斗はいま、髪を切るときに坐らされる椅子ではない椅子に坐っている。入口の横にある、待つための椅子だ。正面に受付用のカウンターがあり、お姉さん的な人が二人立っていて、ときどき話しかけてくる（「おしゃれなスニーカーだね」「髪、かっこよくなったじゃん」）のだが、啓斗は大人の相手をするのが苦手だ。とくにお姉さん的な大人の相手は。

それで椅子を離れてうろうろする。奥の席に坐っている母親のところに行き、「まだ？」と尋ねる（頭にラップを巻いて雑誌を読んでいる母親は、「まだ」とこたえる）。ならんだシャンプー台に横たわっている人たちの、ならんだ靴の裏を眺める。立ち働いている美容師さんたち（髪がピンクだったり黄色だったりする）の腰に巻かれたエプロンを、もし自分が持っていたらポケットに何を入れるか考えてみる（なにしろ幾つもポケットがついているのだ、そのエプロンには）。店内は広く、どこもかしこも白く、鏡つきの座席がたくさんならんでいる。

うろうろし、観察し、啓斗はなんとか退屈から逃れようとする。が、うろうろしても観察しても退屈なものは退屈なので、また母親のところに行って、「まだ？」と尋ねる（母親は「まだ」とこたえる）。啓斗はほとんど絶望する。無限の時間のなかに捕獲されてしまったと感じる。いますぐ大声で泣き叫ぶか走りまわるかしなくてはならない、という切迫した衝動に駆られ、啓斗は後者を選んだ。ウー、ウー、ウー、ウーというサイレンのような音を口からもらしながら、広く白い店内を走りまわる。ウー、ウー、ウー、ウー。椅子や人やワゴンにぶつからないよう寸前で身をかわしつつ、できる限りスピードを緩めずに。そうしながら、何とか時間の流れを速めようとする。ウー、ウー、ウー、ウー。

「けーとくん、けーとくん」

けれど二周目で捕まってしまう。お姉さん的な人の指が、うしろから啓斗の両肩をつかむ。万事休すだ。今度こそ啓斗は絶望する。もう二度とここからでられないのだ、ということがわかる。

「危ないから走らないの。あっちの椅子に坐ってママを待とうね」

お姉さん的な人が何か言っていたが、啓斗の絶望はあまりにも深く、言葉など意味を持たず、この時点での選択肢は一つしかなかった。身をよじってその人から離れ、母親に現状を理解させに行くこと――。

「なに？　どうしたの？　どうして泣いているの？」

啓斗を見ると母親は言い、啓斗が膝につっぷしやすいように椅子をすこし回転させてくれた。

「泣いちゃおかしいでしょ。どうしたの？　退屈しちゃった？」

母親の膝につっぷして嗚咽《おえつ》しながら、啓斗は〝違う〟と言いたかった。いまの自分は退屈などしていない、ただ絶望しているのだ、と言いたかった。けれどそれを一体どう説明すればいいのかわからず、熱い息と涙であえぎあえぎ、顔じゅう（母親のスカートもいっしょに）濡らすよりなかった。

パジャマにセーターを重ねた恰好で、坪倉新那《つぼくらにいな》はリビングの、ソファの横のひきだしをあけた。そこにはメモとかペンとか頭痛薬とか、爪切りとかハサミとかが入っているのだが、新那のめあてはべつなものだ。

新那はきょう、学校を休んだ。朝、また喘息《ぜんそく》の発作を起こしたからだ。ひゅうひゅう、ぴいぴい、胸が鳴った。そうなると、吸入器を当ててもらっても最初は上手《うま》く息が吸えず、ぐったり、ぼんやりしてしまう。けれど、発作はたいていすぐに治まる。ベッドに寝かされ、すこしうとうとして、白湯《さゆ》をのまされたり、もう百回くらい観た気のする〝アナと雪の女王〟のDVDを（たぶん百一回目に）観せられたりするうちに、いつのまにか回復する。きょうもそうだった。お昼ごはんも普通にたべられたし、そのあとはベッドに入れられても眠くなくて、退屈し、こうして起きて動きまわっている。

ひきだしのなかを注意深く探り、新那はめあてのものをみつける。それはいつもパパが眼鏡を拭くときに使う小さな紙の束で、ピンク色の表紙がついている。台所にいるママに気づかれないように、新那は紙を一枚だけそっと破りとり、残りを元通りひきだしにしまった。

それから深呼吸を一つして——期待を込め、目をつぶって息をとめ——、そのぺらぺらに薄い茶色い紙を顔にあてる。まず鼻に、次にほっぺたに、おでこに、そしてあごに。とめていた息を吐きだし、ゆっくりと目をあけてみる。紙には何の変化もない。新那の胸に失望がひろがる。念のためにもう一度、今度はもっと強く、顔にこすりつけてみる。けれどぺらぺらの紙はぺらぺらのまま、しわが寄っただけだった。おなじことをパパがすれば、紙はたちまち濃く深く色を変え、そのうえ透き通る（！）のに——。

新那が頼めば、パパはいつでもその不思議を見せてくれる（それは、何度見ても胸のすくような、目のさめるような驚きだ）。のみならず、新那も大人になればできるようになるよと言ってくれる（それはあぶらの問題なのだそうだ。大人はあぶらがでるけれど、子供はでないのだとパパは説明した）。でも新那には信じられない。ほんとうに自分もいつか、あぶらをだせるようになるのだろうか。〝大人になる〟のはいつなのだろう。

新那は待ちきれなかった。

解説

凪《なぎ》良《ら》ゆう（作家）

夕暮れどきになると、昔からなんとも心細くなってしまう。

子供のころは鍵《かぎ》っ子《こ》だったので、友達とわかれて家に帰っても誰もいない。すてばちな気分で通りすぎる家々からはあたたかな夕飯の匂いが流れてくるし、空も昼間のぱきっとした青空とはぜんぜんちがっている。同じ青色なのにひんやりしていて、なんだかさびしい。色としては昼間の青より綺麗《きれい》だから、よけいに。

江國《えくに》さんの『ぬるい眠り』を読んで、建物まで青く染まるそれをプルキニエ現象というのだと知った。幼い主人公が青色の空気に手を伸ばす。その心細さの描写が、子供のころの記憶にすうっと重なった。以来、街ごと冷たい青色に沈む夕暮れどきには、『ぬるい眠り』を思い出すようになった。

あるいは十年続いた結婚生活を終わらせた、明るく晴れたお昼間のこと。がらんとした新居で本を整理しながら、「離婚するってどんな気持ちのもの？」、「そうねえ、半殺しにされたままの状態で旅に出るような気持ち、かしら」という『流しのしたの骨』の会話にぶち当たり、思わずにやっとした。まさしくそのとおりすぎて、笑うしかなかった。それ以来、わたしは半殺しというおそろしい言葉が妙に気に入ってしまった。

日常が、唐突に物語と結びつく瞬間がある。常なら流れて消えていく心模様に言葉が与えられて、何度も取り出して味わったり笑えるものになる。江國さんの物語は濃密に読み手の中に浸潤していくので、たまに混乱することもある。

去年のクリスマス、親しい人がワインを持ってきてくれた。『家族の秘密』という、甘いような苦いような不穏な名のワインだった。わくわくしながら開けたそれは甘さ一辺倒で、用意していた料理には合わなかった。これはデザートワインだねえとふたりで笑いながら、なぜかわたしは江國さんの物語を思い出していた。特定のタイトルはなく、『なんか江國さんっぽい』というふわっとした、けれど確固たるイメージだ。

江國作品のファンは、必ず自分の中に『江國香織《かおり》の世界』を持っているのだ。

甘すぎる不穏な名のワインや、クリスマスだからと張り込んだ料理が並ぶ中で、おいしいと褒められたのがブロッコリとにんにくをただ蒸したものだったことや、七時間も向かい合っておしゃべりをした挙げ句、翌朝にはなにを話したのかすっかり忘れてしまったことや、そういうことすべて。街ごと青く染めるプルキニエ現象に手を伸ばす少女のように、半殺しにされたままの状態で旅に出るように、『なんか江國さんっぽい』という形容しかできない、江國さんだけが醸し出せる世界がある。

だけど、去年の雪はどこに行ったんだ？

『去年《こぞ》の雪』の冒頭で引用されたフランソワ・ヴィヨンの詩だ。

くるくると、ひらひらと、空から降る一片の雪のように、この物語に出てくる人物は百人を超える。語り手は生きている人、死んでしまった人、自分が過去に人であったことを忘れてしまったなにか、猫までいる。それらのささやかな日常が半ページから数ページの間隔で淡々と綴《つづ》られる。それぞれの話はつながっていたり、そうでなかったり、時間軸も過去と未来を行き来し、時空を跨《また》ぐカラスまで登場する。

幻想的な構成の一方で、話の通じない夫に絶望しながら専業主婦の座には居続けたい妻、天気がよくてよかったと母親の死の哀しみから逃げる息子、お祖母《ばあ》ちゃんの朝の支度を盗み見る男の子など、しっかりと地に足の着いた人々の暮らしが描かれる。

どの人物も身近で、けれど深くは入り込めない。もっと読みたいと思うところで終わってしまうからだ。そして次の話がはじまり、忘れたころに、ふいにつながる。ああ、この子は少し前の話でおじさんとぶつかった女の子か。けれど、ふたりが生きている時代はあきらかにちがっていて、そこにはなんの説明もない。ただ時空を越えて、ただふたりは路上でぶつかった。幻想と現実が当たり前に交わり、淡々と進んでいく。最初はその奇妙な交わりに意味を見つけようとしたけれど、読み進めるうちに、これはわたしたちが生きている世界そのものなのだとわかってきた。マイムに合わせてふくらんだりちぢんだりするダンスの輪のように、気が遠くなるほど繰り返される、それぞれのささやかな日々の営み。生者が、死者が、猫が、それらの器すらなくしたなにかが語り、時間も空間も無限につながりあっていく。中でも黒猫のトムの話が印象的だった。老猫のトムは亡くなった家族の匂いや気配が今も家に残っているのを感じられるし、嗅《か》ぎ取れる。閉めきられた家のなかをふいに風が渡るとき、長年住み慣れた家が消えることも知っている。床のあったところには透明な水が流れ、人々が遊んだり魚をつかまえようとするのを見ることができる。〈～彼らがトムに気づくことはない。だからトムも、彼らには構わない。じきにみんな消えてしまうのだ。流れる水も、人も石も木々も。〉

ここに漂う、ある種の無常観が物語全体を覆っているように感じる。わたしたちは人生や出会いに意味や法則を探しがちだけれど、命そのものにはなんら意味もないのだろう。それはただ在るもので、どこともしれない場所で生まれ、ひらひらと此岸《しがん》と彼岸を行き来する。そのあわいに、わたしたちのささやかな営みがある。日々の喜びも悲しみも苦しみも、いつかは儚《はかな》く消えていく。江國さんの筆はそれをあるがままにやわらかく描き出す。その豊かさと深さといったら――。
読み終わって、ライナー・マリア・リルケの『秋』という詩を思い出した。

木の葉が落ちる　落ちる　遠くからのように
大空の遠い園生が枯れたように
木の葉は否定の身ぶりで落ちる
そして夜々には　重たい地球が
あらゆる星の群から　寂寥《せきりょう》のなかへ落ちる
われわれはみんな落ちる　この手も落ちる
ほかをごらん　落下はすべてにあるのだ
けれども　ただひとり　この落下を
限りなくやさしく　その両手に支えている者がある

＊

昨年、わたしはほぼ二年ぶりとなる長編小説を上梓《じょうし》した。
瀬戸《せと》内《うち》の小さな島で出会った十七歳の男女の、十五年間の恋の物語。

その最初の打ち合わせで、担当編集氏が江國さんの小説が好きだということを知って意外に感じた。なにを書いてもいいですよと言われていたけれど、わたしはその人をミステリ大好きのミステリ専門の編集者だと思っていたのだ。『落下する夕方』や『冷静と情熱のあいだRosso』の話で盛り上がり、そのうち編集氏が自分の初恋の話などをはじめ（からっとした人だと思っていたけれど、実はかなりのロマンチストだった）、この人と組むなら恋愛小説だなと次回作の方向性が決まった。

今、この原稿を書きながら世界はやはりおもしろいと感じている。ずいぶんと昔、それぞれ江國さんの物語に胸をときめかせていたふたりが作家になり、編集者になり、生まれた土地とはちがう場所で出会い、また別の物語が生まれた。

それぞれは偶然の重なりで、ただからまって、ほどけて、百年も持たずにふわりと消えてしまう出来事だけれど、儚いからこそ愛《いと》しくも思う。

「将来、あなたは江國さんの物語の解説を書くよ」

時空を越えて教えてあげたら、若かったわたしは一体どんな顔をするだろう。なんだかわたしも『去年の雪』に登場する誰かになったような気がしてくる。

本書は、二〇二〇年二月に小社より刊行された
単行本を加筆修正のうえ、文庫化したものです。

去年《こぞ》の雪《ゆき》

江國《えくに》香織《かおり》

令和5年 2月25日 初版発行

発行者●山下直久

発行●株式会社KADOKAWA
〒102-8177 東京都千代田区富士見2-13-3
電話 0570-002-301(ナビダイヤル)

角川文庫 23542

印刷所●株式会社暁印刷
製本所●本間製本株式会社

表紙画●和田三造

●お問い合わせ
https://www.kadokawa.co.jp/（「お問い合わせ」へお進みください）
※内容によっては、お答えできない場合があります。
※サポートは日本国内のみとさせていただきます。
※Japanese text only

ISBN 978-4-04-113115-2 C0193

◇◇◇

角川文庫発刊に際して

角川源義

第二次世界大戦の敗北は、軍事力の敗北であった以上に、私たちの若い文化力の敗退であった。私たちの文化が戦争に対して如何に無力であり、単なるあだ花に過ぎなかったかを、私たちは身を以て体験し痛感した。西洋近代文化の摂取にとって、明治以後八十年の歳月は決して短かすぎたとは言えない。にもかかわらず、近代文化の伝統を確立し、自由な批判と柔軟な良識に富む文化層として自らを形成することに私たちは失敗して来た。そしてこれは、各層への文化の普及滲透を任務とする出版人の責任でもあった。

一九四五年以来、私たちは再び振出しに戻り、第一歩から踏み出すことを余儀なくされた。これは大きな不幸ではあるが、反面、これまでの混沌・未熟・歪曲の中にあった我が国の文化に秩序と確たる基礎を齎らすためには絶好の機会でもある。角川書店は、このような祖国の文化的危機にあたり、微力をも顧みず再建の礎石たるべき抱負と決意とをもって出発したが、ここに創立以来の念願を果すべく角川文庫を発刊する。これまで刊行されたあらゆる全集叢書文庫類の長所と短所とを検討し、古今東西の不朽の典籍を、良心的編集のもとに、廉価に、そして書架にふさわしい美本として、多くのひとびとに提供しようとする。しかし私たちは徒らに百科全書的な知識のジレッタントを作ることを目的とせず、あくまで祖国の文化に秩序と再建への道を示し、この文庫を角川書店の栄ある事業として、今後永久に継続発展せしめ、学芸と教養との殿堂として大成せんことを期したい。多くの読書子の愛情ある忠言と支持とによって、この希望と抱負とを完遂せしめられんことを願う。

一九四九年五月三日